À PROPOS DE L'AUTEUR

C'est parce que la fin d'un roman emprunté à la bibliothèque l'avait déçue que Denise Lynn résolut un beau jour de se mettre à l'écriture. Une décision dont se félicitent ses lectrices depuis lors.

À la merci du guerrier

DENISE LYNN

À la merci du guerrier

Traduction française de
MARIANNE JACKSON

Les Historiques

HARLEQUIN

Collection : LES HISTORIQUES

Titre original :
AT THE WARRIOR'S MERCY

HARPERCOLLINS FRANCE
83-85, boulevard Vincent-Auriol, 75646 PARIS CEDEX 13
Service Lectrices — Tél. : 01 45 82 47 47

www.harlequin.fr

ISBN 978-2-2803-6998-5 — ISSN 1159-5981

À ma famille et à mon mari.
Avec tout mon amour, pour toujours.

Prologue

Château de Carlisle, mai 1145

— Il nous est apparu que le fief de Warehaven avait été laissé trop longtemps sans seigneur.

Gregor, deuxième fils de l'ancien lord de l'île de Roul, se retint de poser la moindre question. Pour calmer son impatience, il se concentra sur le vacarme des ouvriers qui s'employaient à agrandir et à fortifier le château de Carlisle. Avec un peu de chance, le roi David Ier en viendrait au fait avant que le ronronnement incessant des travaux n'ait raison de ses nerfs. Il avait depuis si longtemps été contraint d'abandonner ses propres projets de construction qu'en entendant le bruit des marteaux et des scies il brûlait de manier l'herminette ou la hache. Peu lui importait l'outil : il aurait de loin préféré couper ou façonner du bois plutôt que de rester planté comme une statue dans la cour du souverain.

En outre, les sourcils froncés qu'arborait le roi n'auguraient rien de bon. Gregor pressentait qu'il n'était pas près de retrouver le navire qu'il avait laissé inachevé, et que la tâche dont on allait le charger allait s'avérer particulièrement déplaisante.

Mais David Ier se moquait bien de son avis. Dix ans auparavant, le père de Gregor avait eu l'audace de contrecarrer ses plans. Le lord de Roul n'avait pas supporté que le souverain confie à un étranger un domaine situé au sud de son île, sur le continent. Il avait donné l'assaut.

Comment son père avait-il pu défier l'autorité du roi ? Et pourquoi avait-il fallu qu'il se mêle de cette affaire ? Gregor n'avait jamais réussi à le comprendre, lui qui se souciait peu de savoir qui détenait ces terres. Le vieil homme avait eu bien de la chance de mourir dans son lit, de sa belle mort. Sa trahison aurait pu lui valoir une fin autrement plus désagréable.

Gregor et ses frères avaient été moins bien lotis. C'étaient eux qui payaient le prix des actes commis par leur père. Elrik, l'aîné, qui avait hérité du titre de lord de Roul, était en ce moment même en mission secrète pour le roi. Edan et Rory, les cadets, étaient quant à eux restés dans le fief familial. On ne leur avait guère laissé le choix : c'était cela ou céder leur île au souverain et quitter l'Écosse pour de bon. Leur seul refuge eût alors été le fort de Roul, en Normandie, qui appartenait à un cousin inconnu d'eux. Les quatre frères avaient donc décidé, d'un commun accord, qu'il n'était pas sage de partir. Ainsi avaient-ils placé leur vie entre les mains de David Ier.

— Il nous est également apparu qu'à l'âge de vingt-huit ans, tu n'avais toujours pas pris femme.

Le roi s'arrêta un instant pour dévisager Gregor.

— Mon garçon, des noces qui se terminent par la mort de l'un des époux ne peuvent être considérées comme un véritable mariage, ajouta-t-il sur un ton moins accusateur.

Une nouvelle fois, Gregor jugea bon de tenir sa langue. Que pouvait-il répondre, du reste ? Tout le monde savait ce qui s'était passé ce jour-là. Les noces arrangées par le roi s'étaient achevées dans le sang lorsque sa femme avait découvert à qui on l'avait mariée.

Gregor avait nourri tant d'espoirs pour cette union ! Bien sûr, on l'avait averti qu'elle n'écourterait aucunement son service auprès de David Ier. Mais elle lui aurait apporté un répit bienvenu entre deux missions. Et il était convaincu qu'avec le temps un sentiment d'affection serait né entre Sarah et lui, et qu'ensemble ils auraient fondé une famille. Il s'était imaginé passant les froides soirées d'hiver devant un feu de cheminée, son épouse à ses côtés, tandis que leurs enfants joueraient par terre.

Oui, il s'était réjoui à l'idée de ce mariage, sans se douter un seul instant qu'il se trompait cruellement. Le jour des noces avait commencé dans l'espoir de promesses chuchotées, de rêves bientôt réalisés. Mais tout s'était effondré lorsque l'un des invités avait félicité « le Loup » pour le choix de sa partenaire.

Tout à coup, le temps avait semblé s'arrêter. Gregor avait vu, impuissant, sa jeune épouse ouvrir des yeux emplis d'effroi, le visage soudain pâle comme un linge. Et, quand il avait tendu la main vers elle, il n'avait réussi qu'à effleurer la manche de sa robe. Lui tournant le dos, elle s'était enfuie en courant de la grande salle du château.

Sans attendre, il s'était élancé à sa suite, mais lorsque enfin il l'avait rattrapée, elle était déjà parvenue au sommet des remparts. Il l'avait trouvée juchée sur un créneau, les bras écartés. Le vent gonflait sa longue robe et fouettait ses cheveux. Quand elle avait tourné la tête vers lui, il avait été saisi par son regard terrifié. Fugitivement toutefois, un voile de tristesse avait assombri son visage. Avait-elle soudain éprouvé quelque regret, comme il aimait à le penser ? Il ne le saurait jamais. L'instant suivant, elle avait disparu. Entre les deux merlons, il n'y avait plus que le vide.

Aussitôt, les accusations avaient commencé à pleuvoir : dans un accès de rage, le Loup avait tué sa femme en la jetant du haut des remparts. Lorsqu'il s'était défendu, les calomnies s'étaient tues pour se muer en rumeurs que l'on colportait dans son dos. Mais rien ne le délivrerait jamais des souvenirs et de la culpabilité qui l'accablaient. Car coupable, il l'était bel et bien : non seulement il n'avait su empêcher Sarah de sauter, mais il n'avait pas compris qu'elle risquait de commettre l'irréparable. Enfin, il lui avait inspiré une telle frayeur qu'elle avait préféré mettre fin à ses jours plutôt que de devenir sa femme !

Cet événement avait bouleversé sa vie à tel point qu'il s'était jeté à corps perdu dans le rôle du Loup de David Ier, dans l'espoir vain de chasser les cauchemars qui le hantaient. Si une mission exigeait quelque cruauté, le roi semblait se faire un plaisir de la lui confier. Et, chaque fois, Gregor obéissait sans discuter, ce qui n'avait fait qu'ajouter à sa réputation. On le craignait tant que ceux qui croisaient sa route, surtout les femmes, prenaient soin de l'éviter.

Certaines nuits d'hiver, lorsque le vent glacial menaçait de le geler jusqu'aux os, il lui arrivait de repenser à ses rêves de mariage et de famille. Mais ces chimères étaient vite balayées : mieux valait qu'il restât seul. Son âme était à jamais ternie, il avait trop de sang sur les mains. Aucune femme ne méritait un époux qui la terrifie au point qu'elle veuille se donner la mort.

— M'écoutes-tu, le Loup ?

Gregor cessa là ses réflexions pour accorder toute son attention au roi.

— Oui, sire. Randall FitzHenry, le seigneur de Warehaven, semble être absent, et je ne suis pas marié.

— Ma nièce est convaincue d'avoir trouvé un moyen de résoudre ces deux… difficultés.

Sachant qu'il s'était attiré le courroux de l'impératrice Mathilde pour avoir mis à mal les projets d'union entre deux de ses nobles familles, Gregor n'osait imaginer le « moyen » qu'elle avait pu échafauder. Jamais elle ne lui pardonnerait d'avoir provoqué un conflit entre Lady Emelina de Mortraine et le comte Souhomme, c'était certain. De toute évidence, elle nourrissait également quelque rancœur contre son demi-frère, le fils bâtard d'Henri Ier, si elle considérait Warehaven comme une « difficulté ».

— Si tu parviens à régler ces deux questions, tu seras libéré de tes obligations envers moi, ajouta le roi comme si l'idée venait de lui traverser l'esprit.

Cette promesse redonna aussitôt du courage à Gregor. La perspective de ne plus avoir à payer pour les fautes de son père lui apparaissait comme une délivrance presque providentielle.

— Et mes frères ? demanda-t-il cependant.

— Il est temps de penser à toi, Gregor. À eux de se soucier de leur sort ! Mais, si tu réussis, ils pourraient eux aussi tirer avantage de ton succès.

Le soulagement que Gregor venait d'éprouver à l'idée d'une libération prochaine le quitta brutalement. En silence, il se jura que, quelle que soit la fureur de l'impératrice à son égard et la difficulté de la tâche qui l'attendait, il mettrait tout en œuvre pour accomplir sa mission.

— Dites-moi ce que je dois faire.

Chapitre 1

Sud du Derbyshire, juillet 1145

— N'essayez pas de vous défendre. Vous n'avez aucune chance !

Beatrice de Warehaven regarda, épouvantée, l'homme qui avait l'impudence de l'affronter ainsi dans l'intimité de sa tente.

Charles de Wardham avait pourtant été l'amour de sa vie. Avec sa mince silhouette, sa peau claire qu'aucune cicatrice de guerre ne venait gâter, ses cheveux blonds et ses manières douces et attentionnées, il n'avait eu aucun mal à gagner son cœur.

Comment croire que l'individu qui lui faisait face était celui dont elle était tombée éperdument amoureuse trois ans plus tôt ?

Désemparée, elle planta ses yeux dans les siens pour tenter de dissiper le trouble qui embrumait son esprit. Les deux lacs azur dans lesquels elle avait tant aimé plonger son regard étaient devenus des étendues gelées qui lui glaçaient le sang.

Une violente douleur lui déchira le cœur : elle comprenait à présent que ses parents avaient eu raison de se méfier de cet homme. Tous deux étaient persuadés qu'une sombre réalité se cachait sous ses dehors aimables. Comme elle avait été sotte de ne pas les écouter, convaincue qu'elle était qu'ils se trompaient sur son compte ! Dans son aveuglement, elle avait accepté sans hésiter qu'il l'escorte jusqu'à Warehaven sans que sa famille n'en sache rien.

— Approchez, Beatrice.

Elle ne se laissa pas abuser par le ton calme de sa voix ni par son sourire, que démentait un regard froid. Jamais plus un homme ne la duperait, et encore moins celui-là. Il n'y aurait aucune douceur dans son étreinte, elle le savait. Du reste, elle n'avait jamais eu l'intention de se donner à lui avant le mariage. Il était donc hors de question qu'elle partageât le lit de Charles à présent qu'elle était certaine de ne jamais vouloir l'épouser.

Un frisson parcourut son dos tandis qu'elle prenait la mesure de la trahison dont elle était victime. Devant la main qu'il lui tendait, elle fut saisie de panique et recula d'un pas.

— Edythe ! cria-t-elle.

— Vous vous fatiguez pour rien ! rétorqua-t-il en s'esclaffant. Votre servante est bien trop occupée pour vous entendre !

Il souleva le rabat de toile, et les échos d'une conversation animée pénétrèrent dans la touffeur de la tente. Edythe répondait d'un ton mutin aux rires bruyants des deux compagnons de Charles. Alors seulement, Beatrice comprit pourquoi il avait insisté pour qu'elle remplace Agatha, sa vieille nourrice, à ses côtés. Il savait que la jeune servante fermerait plus facilement les yeux sur ses agissements.

À cette pensée, l'effroi laissa place à la colère. Elle considéra le fourbe avec un regard furieux qui ne fit que redoubler son hilarité.

— Ne me dites pas que vous venez seulement de comprendre votre erreur !

— Ma famille vous tuera.

— Ils en auront peut-être envie, mais je doute fort qu'ils passent à l'acte, répliqua-t-il avec un haussement d'épaules.

— Ils n'ont pas peur de vous.

— Ce n'est pas ce que je voulais dire.

À ces mots, Charles s'approcha lentement d'elle avec un regard lascif qui laissait clairement deviner ses intentions.

— Croyez-vous qu'ils toléreraient que leur fille enceinte reste sans époux ?

— Je ne porte pas votre enfant !

Il referma la main sur son bras et se pencha au-dessus d'elle.

— Pas encore, certes, mais je vous promets que ce sera le cas lorsque nous quitterons cet endroit, murmura-t-il à son oreille.

Beatrice se maudit intérieurement pour lui avoir donné l'occasion de proférer une telle menace.

— Pourquoi faites-vous cela ? Pourquoi ne pas essayer de convaincre mes parents de notre… attachement l'un pour l'autre ?

Attachement. Le mot franchit difficilement ses lèvres, mais c'était le seul qui ne lui donnât pas envie d'éclater d'un rire amer ou de fondre en larmes.

— Allons, vous croyez que je n'ai pas remarqué votre contrariété au cours des deux dernières soirées ? demanda-t-il avec un sourire narquois.

Charles avait vu juste. Les discussions d'ivrognes auxquelles elle avait assisté entre ses compagnons et lui l'avaient écœurée à tel point qu'elle n'avait pu dissimuler son mécontentement.

Les trois hommes parlaient comme s'ils se trouvaient sur un champ de bataille, en compagnie de soldats aguerris. Même à bord des navires de son père, elle n'avait pas entendu de langage aussi cru.

— J'ai tenu ma langue en me disant qu'une fois arrivés à Warehaven nous serions débarrassés de l'influence de vos amis.

— Hélas, vous vous trompiez ! Je vous connais, Beatrice : vous êtes une petite fille têtue. Je ne suis pas assez idiot pour croire que vous auriez patienté aussi longtemps.

Il glissa sa main le long du bras de Beatrice en effleurant de son pouce la courbe de son sein. Ce geste la fit tressaillir, non de désir, mais de dégoût et de peur. Une peur qui allait grandissant.

— Voilà pourquoi j'ai cru bon de hâter la progression de notre relation.

Tandis qu'il parlait, Beatrice parcourut discrètement des yeux le contenu de la tente.

— Vous choisiriez donc vos compagnons plutôt que moi ? demanda-t-elle pour gagner du temps.

— Pour la plupart des choses, oui. Mais pas pour ceci, répondit-il en la serrant contre sa poitrine tout en l'attirant vers sa paillasse. Je suis certain que m'enfouir dans la chaleur de votre corps m'apportera bien plus de plaisir qu'ils ne pourraient m'en offrir.

Blessée autant que choquée par la grossièreté de ses propos, elle se refusa pourtant à laisser paraître la moindre émotion. Quand ils furent près de sa couche, elle tenta en vain de le repousser.

— Charles, vous ne pouvez pas me forcer ! Lâchez-moi !

Son rire grinçant retentit contre son oreille.

— Oh ! ma belle Beatrice, cessez ces protestations inutiles ! Je ne vois guère comment vous pourriez m'arrêter !

À côté du lit, elle remarqua un pichet d'eau en étain posé sur un coffre de bois. Elle tendit la main pour en saisir l'anse et, sans laisser à son agresseur le temps d'intercepter son geste, elle le frappa à la tête avec l'objet.

Aussitôt, il relâcha son étreinte, les yeux écarquillés, avant de s'effondrer sur le sol avec un bruit sourd. Beatrice se pencha au-dessus de lui pour vérifier qu'il respirait encore.

— Voici comment je peux vous arrêter, Charles, chuchota-t-elle.

Sachant que ses hommes ne tarderaient pas à s'étonner du silence qui régnait dans la tente, elle s'empara du poignard qu'il portait à la ceinture et se dirigea vers le fond de l'abri. Lorsqu'elle commença à trancher la toile, le bruit la fit grimacer, mais elle ne s'arrêta pas. Dès que l'ouverture fut suffisamment grande pour qu'elle puisse s'y glisser, elle rangea le couteau sous le ruban qui lui serrait la taille. Au moins disposerait-elle d'une arme, si dérisoire fût-elle.

Une fois sortie de la tente, elle s'arrêta pour décider quel chemin prendre. La route qui passait devant leur camp serait la voie la plus aisée pour retourner à Montreau. La forteresse de son frère était située au nord, à deux jours de voyage. Mais il serait alors trop facile pour Charles et ses compagnons de la capturer.

Elle plongea son regard dans les ténèbres de la forêt. Quels dangers pouvaient bien se cacher là ? Le poignard qui pendait à son flanc ne lui serait sans doute pas d'une grande utilité si elle devait défendre sa vie, mais curieusement il lui donnait du courage.

— Charles ?

Bruce, l'un des deux hommes, se tenait devant l'entrée de la tente.

Beatrice n'avait plus le temps de réfléchir. Faisant appel à son sang-froid, elle s'élança dans les profondeurs du bois avant qu'il ne découvre le corps inanimé de Charles ou ne remarque son absence.

Elle courut longtemps sans regarder derrière elle. Ses jambes lui faisaient mal, et son cœur battait à se rompre. Au début, la pleine lune avait éclairé sa fuite effrénée parmi les buissons qui bordaient la forêt. Mais bientôt elle se trouva sur le flanc d'une colline semée d'arbres qui la plongèrent dans une profonde obscurité. À plusieurs reprises, elle trébucha sur des racines noueuses. En tombant contre un tronc, elle s'érafla une épaule. Ses genoux l'élançaient à force de heurter le sol dur.

— Il faut que je continue ! dit-elle d'une voix désespérée en tapant des poings contre ses jambes, au bord des larmes.

Alertée par un bruit trop proche, elle se releva d'un bond, rassembla d'une main les pans de sa longue robe et se remit en route. Qui se trouvait derrière elle ? Peut-être s'agissait-il de Charles et de ses compagnons. Mais ce pouvait tout aussi bien être un animal à la recherche d'une proie, ou une bande de voleurs et d'assassins dont il ne ferait pas bon croiser la route. Dans tous les cas, elle était en danger et il ne fallait pas qu'elle se laisse rattraper.

Frissonnante de froid, elle ravala un sanglot en gravissant péniblement une pente particulièrement escarpée. Comme elle regrettait d'avoir cédé à Charles en se parant d'une robe aussi peu commode ! Il avait insisté pour qu'elle fût en grande toilette pour le souper ; or, dans son départ précipité pour ce qui devait être une nouvelle vie avec son bien-aimé, elle ne s'était guère encombrée de bagages. Hormis les vêtements qu'elle avait sur le dos, elle n'avait emporté que la tenue qu'elle avait confectionnée pour leurs noces. C'était une robe magnifiquement ornée de fleurs et de feuilles brodées et incrustées de pierreries. Mais la mince étoffe de lin, ainsi que celle de la chemise, plus fine encore, ne lui offraient que peu de protection contre la rudesse des éléments.

Une idée lui vint subitement : d'une main, elle saisit fermement le manche de son poignard et, de l'autre, elle souleva les pans de sa robe. En découpant une bonne longueur de tissu, sans doute avancerait-elle plus facilement. Mais elle n'en eut pas le temps : un craquement de branches résonna dans les ténèbres. Comme elle aurait voulu être à Montreau, installée devant un feu crépitant, au chaud et en sécurité !

Oh ! elle supporterait volontiers les règles strictes imposées par son frère Jared et les leçons interminables de son épouse, Lea ! D'autant plus qu'elle savait que, si elle avait prêté la moindre attention à leurs conseils, elle ne se trouverait pas aujourd'hui dans cette situation désastreuse.

Ses parents l'avaient envoyée à Montreau pour sa protection lorsque sa sœur aînée, Isabella, avait été enlevée. L'arrangement devait être provisoire, mais, au même moment, la famille de sa mère, établie au pays de Galles, avait essuyé un revers de fortune avant d'être frappée par la maladie. Pendant une longue période, les parents de Beatrice avaient donc partagé leur temps entre Warehaven et le fief maternel, sans cesser de rechercher leur fille.

Lorsque l'enlèvement d'Isabella avait abouti à un mariage, ils s'étaient rendus en bateau à Dunstan, où elle demeurait désormais, pour la naissance de son enfant. Après cela, ils étaient immédiatement retournés au pays de Galles en laissant leur cadette aux bons soins de Jared et Lea.

Fils naturel d'un ancien roi, le père de Beatrice avait joui du privilège et de la fortune nécessaires pour bâtir et faire prospérer une flotte de navires. Il pouvait ainsi aller et venir comme bon lui semblait. C'est pourquoi, malgré les dangers d'une mer impitoyable et les caprices du temps, ses parents préféraient-ils se déplacer en bateau.

À cause de leur goût pour les voyages, le séjour de Beatrice à Montreau s'était éternisé et, peu à peu, sa patience s'était émoussée. Jared et Lea s'étaient à leur tour lassés de sa présence. S'ils avaient longtemps tu leur agacement en sachant qu'il lui tardait de rentrer chez elle, ils avaient de plus en plus de mal le cacher.

Arrachée à ses songeries par un nouveau craquement, elle accéléra le pas. Si elle ne parvenait pas à échapper aux monstres qui la poursuivaient, elle aurait à affronter des épreuves bien plus pénibles que les remontrances de son frère et de sa belle-sœur.

Soudain, elle accrocha le bas de sa robe à un buisson d'épines et trébucha à nouveau. Se mordant la lèvre pour ne pas crier de douleur et ainsi trahir sa présence, elle se releva tant bien que mal. Pour se libérer, elle trancha les branchages à l'aide de son poignard avant de ranger l'arme à sa ceinture. Dans le noir, elle avança d'un pas sans voir qu'elle se trouvait au sommet d'une pente abrupte.

Seigneur, faites que ma mort soit rapide ! se dit-elle dans sa chute, certaine que sa dernière heure était venue. Qu'au moins lui soient épargnés des jours de souffrance !

Elle dégringola jusqu'au bas du talus pour échouer sur la rive d'un fleuve. Le visage enfoui dans l'herbe douce, elle poussa un gémissement, heureuse de constater qu'elle ne s'était pas blessée avec son couteau. Se levant, elle étira ses bras et ses jambes pour vérifier qu'elle ne s'était pas rompu un membre. Ensuite, se repérant au grondement des flots, elle se traîna jusqu'au fleuve.

Plonger les mains dans l'eau fraîche raviverait peut-être son corps meurtri et son esprit confus. Hélas, en s'approchant, elle glissa sur l'herbe mouillée et tomba la tête la première dans la rivière, heureusement peu profonde. Saisie par le froid glacial, les vêtements trempés, elle se releva péniblement en suffoquant.

C'est alors qu'elle entendit une voix grave marmonner un juron. Le cœur battant, elle voulut reculer mais, par malheur, elle glissa à nouveau sur le lit rocheux du fleuve.

Cette fois, le juron se fit plus sonore et nettement plus compréhensible. Beatrice grimaça, outrée, tandis que l'homme pénétrait dans l'eau pour lui tendre la main.

Ignorant quelles étaient ses intentions, elle pointa son poignard vers lui et leva la tête pour l'observer. À la faveur de la pleine lune, elle distinguait suffisamment son visage pour constater que son regard était davantage irrité et surpris que menaçant.

Le bras toujours tendu, il haussa un sourcil.

— Ne trouvez-vous pas cette eau un peu froide pour un bain ?

Beatrice agrippa sa main et se retrouva aussitôt serrée contre son torse tandis qu'il la faisait voltiger pour la déposer sur la terre ferme.

Les yeux clos, elle s'efforça de reprendre haleine. Pourquoi l'air semblait-il soudain lui manquer ? Était-ce parce qu'il la serrait trop fort, ou simplement parce qu'elle se trouvait dans les bras d'un homme, un inconnu qui pouvait se révéler plus dangereux encore que Charles ?

Mais déjà il relâchait son étreinte et lui arrachait de la main son arme inutile pour la glisser à son ceinturon.

— Vous grelottez, dit-il en touchant son bras.

Bien sûr qu'elle grelottait ! L'eau était glacée, et l'air froid de la nuit ne la réchauffait aucunement.

— Êtes-vous blessée ? demanda-t-il après l'avoir examinée attentivement.

Il parlait d'une voix profonde, aux accents étranges, que Beatrice trouva singulièrement apaisante. Troublée, elle sentit au fond de son ventre un léger frémissement. Non, sa voix n'était pas seulement apaisante. Avec la vitesse et la précision d'une flèche lancée dans le silence de la nuit, elle l'envoûtait au point qu'elle aurait volontiers fait tout ce qu'il lui demandait.

Beatrice se reprit. Il fallait que cela cesse ! Elle n'allait tout de même pas tomber sous l'emprise d'un homme pour la simple raison qu'il avait une voix grave et rassurante !

— Je n'ai rien, répondit-elle en le repoussant des deux mains. Lâchez-moi !

Il obéit immédiatement, mais le regret qu'elle lut dans son regard fit écho au sentiment de manque qui la traversa aussitôt. Oh ! il était encore plus dangereux qu'elle ne l'avait craint !

Lorsqu'il écarta les bras en tournant vers le ciel les paumes de ses larges et puissantes mains, elle se força à détourner le regard.

— Je ne vous ferai aucun mal, lui dit-il en ôtant son manteau pour le poser sur ses épaules.

À dire vrai, qu'il lui fasse du mal n'était pas ce qu'elle craignait le plus. Du moins, pas dans le sens où il l'entendait.

Beatrice saisit les pans de sa robe et les tordit comme si cela pouvait faire sécher le vêtement plus vite ou le rendre plus présentable. Mais l'humidité de la nuit était telle que la tâche était vaine, et les dommages subis, irréparables. En réalité, elle voulait gagner un peu de temps pour rassembler ses idées.

— Je vous remercie pour votre aide, mais je vous prie de me rendre mon couteau. Je dois m'en aller, à présent.

— Seule ? demanda-t-il en jetant un regard autour de lui.

— Oui.

Elle s'apprêtait à partir lorsqu'il l'arrêta.

— Je ne peux pas vous laisser faire cela.

— Vous ne pouvez pas m'en empêcher.

— Au contraire, cela me serait très facile.

Il tenait là un argument de poids. Un argument qu'elle ne souhaitait pas contester, sachant fort bien que si elle devait se battre contre lui elle n'aurait aucune chance de l'emporter.

— Vous n'êtes pas responsable de moi, dit-elle en se retournant pour le regarder. Je ne vous connais pas et je ne souhaite pas demeurer en votre compagnie.

— Peut-être. Mais vous êtes une dame seule, perdue au beau milieu de la nuit. Une dame complètement trempée, ajouta-t-il en baissant les yeux vers sa robe dégoulinante.

— Vous êtes très observateur, rétorqua-t-elle.

Tandis que l'homme la contemplait de haut en bas puis de bas en haut, elle se rendit compte qu'en empoignant ses jupes elle n'avait réussi qu'à les plaquer contre ses jambes. Tout en jetant à son sauveteur un regard désapprobateur, elle tira sur le tissu pour dissimuler ses formes.

— Je m'en veux d'interrompre votre contemplation, mais je dois m'en aller.

Devant ses yeux stupéfaits, elle se rendit compte de son impolitesse. Seigneur, elle venait de réprimander un adulte qu'elle voyait pour la première fois !

— Je vous demande pardon.

— Où allez-vous ? l'interrogea-t-il sans écouter ses excuses.

Mais le bruit d'un caillou roulant au bas de la colline détourna l'attention de Beatrice. Il n'était pas tombé tout seul : quelqu'un avait dû le déloger d'un coup de pied.

— Qui fuyez-vous ? demanda encore l'inconnu en s'approchant d'elle.

— Un chien galeux qui mérite d'être abattu, répondit Beatrice.

Que lui arrivait-il ? Pourquoi la présence de cet homme la rassurait-elle au point qu'elle se sentait libre de parler sans détour ? Elle ignorait qui il était, mais elle aurait juré, à son apparence robuste, qu'il s'agissait d'un guerrier.

— Votre mari ?

— Dieu merci, non ! dit-elle en levant les yeux au ciel.

Elle fut heureuse de l'entendre rire. De toute évidence, il avait perçu dans sa voix son immense soulagement et en avait été amusé.

— Voilà qui semble intéressant. Il y a une auberge, au village, dit-il en esquissant un signe de tête en direction de la vallée. Vous pourrez vous y cacher et me raconter votre histoire en vous faisant sécher devant un bon feu. Pendant ce temps, je déciderai de ce que je dois faire de vous.

Peut-être trouvait-il son plan raisonnable, mais Beatrice était d'un autre avis.

— Je ne peux pas entrer dans une auberge à vos côtés !

Nous n'avons aucun lien de parenté et nous ne sommes pas mari et femme. Vous savez bien ce que les gens penseront !

Pour toute réponse, il entoura l'épaule de Beatrice de son bras musclé, la fit pivoter vers le village et se mit en marche, sans lui laisser d'autre choix que de le suivre. À chaque pas, sa cuisse frôlait la hanche de Beatrice. Elle s'écarta de lui dans l'espoir de calmer les palpitations de son cœur, mais il était encore bien trop proche !

— Connaissez-vous les habitants de ce village ?

— J'ignore jusqu'au nom de ce lieu, répondit Beatrice en haussant les épaules. Il est donc fort peu probable que j'y connaisse quiconque.

— Dans ce cas, pourquoi vous souciez-vous de ce qu'ils peuvent penser de vous ?

— J'ai une réputation à tenir et je fais déjà peur à voir !

— Ah ! Vous êtes une riche héritière, sans doute.

Il avait deviné juste. Mais elle ne prendrait pas le risque de l'admettre. Ce serait pour lui chose facile que de la retenir en otage pour extorquer de l'or à son père.

— Héritière ou pas, je me dois de protéger ma réputation et mon avenir.

L'homme secoua la tête en pouffant d'un rire incrédule.

— J'imagine que c'est pour cela que vous vous promenez toute seule dans la nuit !

Vexée par son ton moqueur, elle essaya de se dégager, mais il resserra ses doigts sur son épaule pour l'en empêcher. À son contact, elle fut envahie par une chaleur qui la déconcerta.

— Vous n'êtes ni mon père ni mon frère. Par conséquent, rien ne vous autorise à tourner ma mésaventure en ridicule.

— Votre mésaventure ? répéta-t-il en la dévisageant. Vous mettez en péril votre vie et votre précieuse réputation, et vous appelez cela une mésaventure ? Estimez-vous heureuse que je ne sois pas votre père ni votre frère, car si cela était le cas je ne me contenterais pas de mots pour vous rappeler à l'ordre !

Beatrice savait que lorsque sa famille apprendrait ce qu'elle avait fait elle risquait en effet de recevoir une correction. Mais pas de la main de son père, ni de celle de son frère. Ce serait sa mère qui aurait le plus de mal à contenir sa colère. Du reste, qu'une punition lui soit infligée ou non, ses parents ne pourraient plus lui accorder leur confiance et, à moins de l'enfermer à double tour dans une geôle, ils seraient forcés de la marier au premier prétendant venu.

Un sort qu'elle aurait pu éviter si elle s'était montrée plus prudente, comme l'aurait fait sa sœur Isabella, au lieu de céder à ses impulsions. Il lui fallait absolument devenir plus raisonnable, et cesser d'obéir aveuglément aux caprices de son cœur.

— Je sais parfaitement que j'ai été sotte de prendre un tel risque. Inutile de me le rappeler.

— Dans ce cas, pourquoi l'avoir fait ?

— Je croyais agir par amour, avoua-t-elle en soupirant.

Elle s'attendait à le voir rire devant sa naïveté, mais il n'en fit rien.

— Laissez-moi deviner : une fois seul avec vous, il a décidé de prendre ce qu'il considérait comme sa propriété, que vous le vouliez ou non.

Beatrice répondit d'un hochement de tête.

— Ne vous a-t-on jamais mise en garde contre la perfidie de la gent masculine ?

— Bien sûr que si !

— Mais vous pensiez qu'il était différent.

— Oui, reconnut-elle.

— Vous venez donc d'apprendre, à vos dépens, la triste vérité : les hommes sont tous les mêmes.

— Même si ce bon à rien s'est révélé être une brute odieuse, je crois que vous vous trompez. J'ai reçu une leçon que je ne suis pas près d'oublier, certes. Pour autant, cela ne signifie pas que tous les hommes sont les mêmes. Ni mon père ni mon frère ne sont des sauvages.

— Bien sûr, ils ne se conduisent pas comme des imbéciles en votre présence !

Sa remarque la fit sourire. Jared se comportait parfois comme un parfait idiot, mais elle comprenait que l'inconnu parlait de tout autre chose.

— Et vous ? Vous ne m'avez fait aucun mal, alors que cela vous aurait été facile.

— N'avez-vous pas peur de moi ?

— Ai-je l'air d'avoir peur ?

Pourtant, elle avait toutes les raisons d'être inquiète, et même terrorisée : elle était seule dans la nuit avec ce qu'elle devinait être un guerrier endurci. Or cet homme ne lui inspirait aucune crainte, ce qui était aussi troublant qu'incompréhensible.

Peut-être était-ce parce que toute sa peur était orientée vers Charles et ses compagnons, si bien qu'il ne lui en restait plus pour lui ? Quand elle aurait recouvré ses esprits et que ses poursuivants n'occuperaient plus toutes ses pensées, alors sans doute une frayeur bien légitime s'emparerait d'elle.

— Peut-être le devriez-vous.

— Peut-être aurai-je peur lorsque je serai au chaud et en sécurité.

— Comment pouvez-vous avoir la certitude que je vous conduis en lieu sûr ?

— Je ne le puis. Mais si je dois mourir je préfère que ce soit des mains d'un inconnu plutôt que de celles d'un homme que j'avais cru bien connaître.

En sentant sur elle son regard interrogateur, elle espéra qu'il ne lui demanderait pas d'explication. Sa réaction devait lui sembler bien étrange, mais comment trouver les mots justes pour la lui faire comprendre ? Il ne pouvait lui infliger qu'une douleur physique, tandis que Charles avait aussi blessé son cœur. S'en remettrait-elle jamais ?

— Être tuée n'est pas la pire chose qui puisse vous arriver.

Beatrice tressaillit, mais cette fois ce n'était pas de froid. Elle savait qu'il avait raison.

— Est-ce là votre intention ? M'infliger des tortures plus cruelles que la mort ?

À ces mots, il retira son bras de ses épaules, tira le couteau de son ceinturon et la saisit par le poignet. Il serra sa main jusqu'à ce qu'elle l'ouvre et posa brusquement le manche de l'arme dans sa paume.

— Ma seule intention est de faire en sorte que vous rentriez chez vous saine et sauve !

Le courroux qu'elle lisait sur son visage semblait cacher autre chose. Beatrice s'apprêtait à lui présenter des excuses, mais elle n'eut pas le temps d'articuler un mot : déjà, il s'éloignait à grands pas vers le village, sans se soucier de savoir si elle le suivait ou non.

Beatrice hésita, le poignard à la main. Que faire ? Elle pouvait, comme prévu, prendre le chemin de Warehaven… Seule. À cette idée, un frisson parcourut son dos, et ses vêtements trempés lui parurent plus froids encore. Elle pouvait aussi accepter la proposition de l'homme et s'asseoir auprès d'un bon feu, le temps de décider ce qu'elle ferait ensuite.

Quel que soit son choix, ce serait toujours mieux que d'être restée auprès de Charles.

Chapitre 2

Gregor de Roul avait eu la surprise de découvrir un peu plus tôt cette auberge bruyante et enfumée. Alors qu'il cherchait à fuir la compagnie de ses hommes pour quelques heures de solitude, l'endroit lui avait fourni un abri à la chaleur bienvenue. Il n'était pas mécontent de trouver à nouveau refuge sous son toit de chaume.

Installé à une table en bois brut au fond de la pièce, près du feu, il porta son gobelet à ses lèvres. Constatant qu'il était vide, il fit signe à une servante d'approcher.

Après avoir déposé un pot de bière devant lui, celle-ci prit le temps de l'examiner. De toute évidence, elle ignorait tout de son identité et de sa réputation.

Que voyaient en lui les femmes avant de comprendre qui il était ? Quand elles le regardaient comme un homme, et non comme une brute sanguinaire, remarquaient-elles que ses cheveux, autrefois noirs comme le charbon, avaient commencé à virer au gris trop tôt, le faisant paraître bien plus âgé que ses vingt-huit ans ? Ou la mèche argentée qui lui barrait le front leur évoquait-elle le pelage d'un loup ? Ces mêmes loups qui peuplaient les terres domaniales de son ancêtre en Normandie et lui avaient donné son nom, Roul…

Remarquaient-elles son nez, déformé par un combat de trop ? Ou la cicatrice dentelée qui courait au-dessus de sa bouche, accentuée par sa barbe de trois jours ? Ces imperfections faisaient-elles de lui un guerrier à prendre en pitié ou à craindre ?

Soudain, la servante devina à qui elle avait affaire. Gregor s'en aperçut immédiatement. Quand ils le reconnaissaient, les hommes posaient instinctivement la main sur leur arme et préféraient éviter l'affrontement s'ils le pouvaient. Quant aux femmes, leur sourire s'évanouissait et une lueur de frayeur brillait dans leurs yeux écarquillés.

— Désirez-vous autre chose ?

Ses manières chaleureuses avaient disparu, et elle s'exprimait à présent sur un ton brusque et distrait, comme si elle avait hâte de s'éloigner.

Gregor poussa un soupir. S'il avait été un autre, elle aurait accompagné sa question d'un clin d'œil provocant en posant une main sur son épaule. Oui, elle se serait fait un plaisir de lui tenir compagnie pour la nuit.

C'était une belle femme, avec des cheveux dorés qui tombaient en cascade sur ses reins, et sa robe était lacée si serré que rien de ses formes plantureuses n'était laissé à l'imagination.

Cependant, pour l'heure, ce n'était pas une servante blonde qui occupait ses pensées, mais une dame brune aussi têtue que capricieuse. Une lady à la détermination de guerrier et aux yeux verts brillants de curiosité. Une inconnue dont la bouche effrontée ne demandait qu'à être embrassée et dont la hardiesse le fascinait et l'intriguait à la fois.

À dire vrai, elle l'avait captivé dès l'instant où elle avait saisi sa main. Avait-elle senti comme lui une étincelle, suivie d'un flot de chaleur qui avait envahi son être tout entier ? Et, pendant le bref moment où il l'avait tenue contre son torse, avait-elle été frappée par le même sentiment de bien-être, comme si c'était là sa place ?

Il ne put s'empêcher de se demander quelle serait sa réaction lorsqu'elle découvrirait qui était venu à son secours. Une petite part de lui-même espérait que, l'espace d'un instant au moins, son impertinence serait plus forte que n'importe quelle peur.

Gregor s'arracha à sa rêverie. À quoi pensait-il ? La dernière chose dont il avait besoin était une femme, surtout lorsque cette femme avait suffisamment retenu son intérêt pour le distraire de sa mission. C'était déjà assez ennuyeux qu'après l'avoir vue dégringoler la colline, puis tomber dans l'eau, il se soit étrangement senti obligé de lui prêter assistance. Et tout était allé de mal en pis lorsqu'elle avait agrippé sa main, et qu'en la tirant hors du fleuve il avait plongé ses yeux dans les siens. Alors, quelque chose en lui s'était ranimé. Quelque chose qu'il eût mieux valu laisser dormir… Diable, il lui fallait au plus vite cesser d'imaginer ce qui ne pourrait jamais advenir !

Comme la servante attendait toujours, il jeta quelques pennies de plus pour elle sur la table avant de secouer la tête.

— Non, je n'ai besoin de rien d'autre.

D'une main tremblante, elle ramassa les pièces et s'éloigna en toute hâte.

— Aidez-moi, je vous en prie !

Il reconnut immédiatement la voix. La jeune femme avait donc fini par accepter sa protection… Certes, elle n'avait guère le choix : il l'avait volontairement abandonnée à son sort avec l'intention de la retrouver un peu plus tard, lui laissant ainsi le temps de réfléchir.

Jouant des épaules, il se fraya un chemin parmi les hommes qui étaient en train de se masser autour d'elle.

— Venez avec moi, dit-il en la saisissant par le bras.

Elle le suivit sans discuter jusqu'à sa table, et il lui fit signe de prendre place sur le banc.

— Non, je n'ai pas le temps, dit-elle avant de jeter un regard furtif en direction de la porte. Je dois me cacher !

Gregor ajusta le lourd manteau qu'elle portait toujours sur ses épaules et tira la capuche de façon à dissimuler son visage. Puis il appela à nouveau la servante.

— Y a-t-il une chambre libre à l'étage ?

Comme elle hochait la tête, il déposa plus de pièces qu'il n'en fallait dans sa main.

— Vous ne nous avez jamais vus, lui dit-il.

Elle contempla l'offrande avec des yeux ébahis.

— Je le dirai aux autres, dit-elle enfin.

Heureusement surpris qu'elle accepte de l'aider malgré sa réticence, il lui donna encore quelques pièces.

— Merci. Veillez à ce que tout le monde ait une coupe pleine.

Puis, jetant un regard à l'inconnue qui grelottait à ses côtés, il ouvrit encore une fois sa bourse.

— Si vous pouviez nous fournir des vêtements secs, nous vous en serions reconnaissants.

La servante écarquilla à nouveau les yeux, mais cette fois c'était de surprise et non de peur. Refermant le poing sur ce qui devait lui sembler une fortune, elle esquissa un signe de la tête.

Gregor se tourna vers la jeune femme et posa une main au creux de ses reins.

— Venez. Vous allez vous cacher là-haut.

Son beau regard perçant laissait deviner son incertitude. Il comprenait son hésitation : même s'ils avaient échangé quelques mots sur la rive du fleuve, elle ne le connaissait aucunement. Comment pouvait-elle être sûre qu'il ne représentait pas un danger plus grand que celui auquel elle tentait désespérément d'échapper ?

À ce moment, une bourrasque glaciale pénétra dans la pièce et elle tourna vivement la tête vers l'entrée de l'auberge.

— Que choisissez-vous : les loups à la porte, ou celui qui se tient à vos côtés et qui s'est jusqu'ici révélé inoffensif ? souffla-t-il en se penchant vers elle.

Comme il l'avait prévu, elle posa ses yeux sur la mèche argentée qui lui cachait le front. Elle n'avait pas eu peur de lui jusqu'à présent, mais maintenant la frayeur se lisait sur son visage.

— Vous pouvez me faire confiance, madame, lui promit-il en plantant son regard dans le sien.

Mais déjà trois hommes pénétraient dans l'auberge, et elle se précipita vers l'escalier. Soucieux de ne pas attirer l'attention, Gregor passa une main sur son épaule.

— Doucement, comme si nous étions deux amants qui regagnaient leur chambre.

Devant cette insinuation, elle se raidit mais ralentit le pas.

Lorsqu'ils arrivèrent à l'étage, il la fit entrer dans la première pièce avant de refermer la porte derrière eux en la bloquant à l'aide d'un madrier.

Beatrice eut la gorge nouée en entendant la lourde barre de bois retomber sur les ferrures. Qu'avait-elle fait ? Même si elle ne courait plus le danger d'être capturée par Charles et ses compagnons, elle était maintenant enfermée dans une chambre avec un inconnu !

Jusqu'à leur arrivée à l'auberge, elle s'était sentie étrangement à l'aise avec lui. Mais la peur qu'elle n'avait pas éprouvée alors était en train de s'emparer d'elle.

Il avait été si prompt à lui venir en aide. Pourquoi un tel empressement ? Avait-il agi par galanterie ou pour des raisons moins avouables ? En voulant fuir Charles, était-elle tombée dans un piège plus redoutable encore ?

Cela importait peu à présent ; son destin était scellé. Quels que soient les desseins de cet homme, elle était à sa merci. S'échapper était chose impossible : l'unique fenêtre de la pièce était une fente bien trop étroite pour qu'elle pût s'y faufiler. Quant à la poutre qui barrait la porte, elle n'avait pas la moindre chance de parvenir à la soulever seule.

Seigneur, pourquoi avait-elle quitté Montreau ? Après avoir pesté une fois de plus contre son imprudence, elle prit une profonde inspiration et observa attentivement l'inconnu.

Longeant le mur, il se dirigea vers l'autre côté de la pièce. Il semblait prendre soin de se tenir aussi loin d'elle que le permettait l'exiguïté de la chambre. Beatrice lui en était reconnaissante, mais elle savait que si l'envie lui en prenait il pourrait être sur elle en un instant.

À côté du lit se trouvait une petite table sur laquelle étaient disposées une cruche d'eau et une coupe. L'homme remplit cette dernière et but une gorgée avant de la lui tendre.

— En voulez-vous ?

Bien qu'elle fût trempée et transie de froid, elle était

assoiffée. Mais, si elle s'approchait, ne risquait-il pas d'en profiter pour se saisir d'elle ?

— Non, je vous remercie, répondit-elle en secouant la tête tout en considérant la coupe avec envie.

L'homme leva un sourcil incrédule.

— Il en reste, si vous en voulez plus tard, dit-il en reposant le récipient sur la table avant de longer à nouveau le mur pour s'asseoir sur le petit banc situé à côté de la porte.

Beatrice dirigea son regard vers la cruche. Elle avait la bouche si sèche qu'elle craignait que sa langue ne restât pour toujours collée à son palais.

— Votre poursuivant ne semble guère pressé de partir. Nous serons sans doute contraints d'attendre ici un certain temps. Buvez, retirez ce manteau et asseyez-vous près du réchaud, si vous ne voulez pas tomber malade.

Beatrice contourna le lit et porta la coupe à ses lèvres. Lorsque sa gorge sèche fut apaisée, elle jeta un regard vers l'homme. La tête appuyée contre le mur, il fermait les yeux. Alors, elle ôta le lourd manteau en retenant un soupir, l'étendit au pied du lit et s'assit sur le vêtement de cuir en veillant à rassembler ses jupes boueuses autour d'elle. Puis elle resta là sans bouger, les paupières baissées, tandis que la chaleur des charbons la gagnait peu à peu.

Dans le calme immobile de la chambre, elle n'entendait plus que sa propre respiration. Soudain, sa nuque fut parcourue d'un frisson. C'était la sensation d'être observée, guettée comme une proie qui lui faisait froid dans le dos.

Risquant un regard dans la direction de l'homme, elle rencontra ses yeux gris-bleu.

— Votre peur vous a donc rattrapée.

Ce n'était pas une question, et pourtant elle se sentit obligée de répondre.

— Il semble que oui.

— Tout à l'heure, lorsque nous n'avions que la lune pour témoin, vous n'aviez pas peur. Mais ici, dans une auberge bondée de clients qui seraient alertés au moindre appel à l'aide, vous voilà soudain terrorisée ? Ne trouvez-vous pas cela absurde ?

Beatrice haussa les épaules. Comment lui expliquer les émotions qui l'assaillaient alors qu'elle avait toutes les peines du monde à les comprendre elle-même ? Les événements de la journée s'étaient enchaînés à une telle vitesse qu'elle était en proie à la plus grande confusion.

Enfin, sachant qu'il attendait une réponse, elle esquissa un signe de tête en direction de la porte.

— Dehors, il m'était encore possible de fuir, tandis qu'ici je suis prisonnière. Même en y employant toutes mes forces, jamais je ne pourrais soulever cette poutre.

Avant de poursuivre, elle tapota de la main le matelas défoncé.

— En outre, vous disposez du lieu idéal pour faire la chose, si l'envie vous en prenait.

À sa grande surprise, il éclata d'un rire sonore. Toutefois, fort heureusement, il ne quitta pas le banc sur lequel il était assis.

— Quelle ingénue vous faites ! Certes, un lit serait plus confortable pour vous. Mais, croyez-moi, je pourrais tout aussi bien « faire la chose », comme vous le dites, à même le sol. Ou même debout : il me suffirait de vous plaquer contre un arbre et de relever vos jupes.

À ces mots, une lueur passa dans son regard tandis qu'un petit sourire se dessinait au coin de ses lèvres. L'idée qu'il venait d'évoquer semblait lui plaire infiniment.

Le souffle coupé, Beatrice détourna aussitôt les yeux pour les fixer sur ses genoux. Ce n'était plus de peur ni de froid qu'elle tressaillait, et les suggestions de son imagination lui tenaient bien plus chaud que ne l'avait fait le lourd manteau.

Le rire grave de l'homme ne l'aidait aucunement. Les joues brûlantes, Beatrice dut se mordre la lèvre inférieure pour retenir un gémissement.

Après un moment qui lui sembla une éternité, elle retrouva une respiration normale. Elle distingua alors des voix à travers le plancher. Charles se trouvait encore dans l'auberge et il parlait assez fort pour qu'elle entende ses moindres paroles.

Il exigeait qu'elle sorte de sa cachette. Un ordre auquel elle n'avait aucune intention d'obéir.

— Pourquoi tient-il tant à vous retrouver ?

Sa question la fit sursauter. Ne sachant que répondre, elle garda le silence.

— Vous ne m'avez pas menti, dites-moi ? Ce n'est pas votre époux que vous fuyez ?

— Non, je n'ai pas menti. Dieu merci, je ne suis pas sa femme. Mais j'aurais pu le devenir.

Aussitôt, elle regretta d'avoir laissé échapper cette dernière phrase. Peut-être était-ce la voix rocailleuse et douce de l'inconnu qui la poussait à lui fournir des informations qu'elle aurait mieux fait de taire.

— Je crois que le moment est venu de me raconter votre histoire. Vous dites que vous auriez pu devenir sa femme. Êtes-vous fiancée à lui ?

Beatrice changea de position pour le regarder.

— Mes parents s'y sont opposés, répondit-elle en secouant la tête.

— Peut-être avaient-ils leurs raisons ?

— De cela, je suis certaine, à présent.

Si seulement ils lui avaient exposé ces raisons, au lieu de se contenter de lui répéter qu'il n'était pas un parti convenable !

— Je vois. Et pourtant vous êtes sans chaperon, et voilà qu'il vous pourchasse. Vous a-t-il enlevée ?

— Ce n'était pas un enlèvement.

— Vous l'avez donc suivi de votre plein gré. Et lorsqu'il a tenté de prendre ce qui ne lui appartenait pas vous vous êtes enfuie.

— Oui.

— De toute évidence, vous connaissiez cet homme depuis un certain temps.

— Près de trois ans.

— J'imagine qu'après l'avoir fréquenté en compagnie d'autres personnes vous pensiez pouvoir lui faire confiance en tête à tête.

À peine eut-il prononcé ces mots qu'elle sentit une vive

chaleur empourprer son visage et son cou. Mais l'inconnu laissa échapper un petit rire qui détourna son attention.

— Qu'y a-t-il de si amusant ?

— Vous ! répondit-il simplement.

— Pourquoi donc ?

Autant qu'elle sache, elle n'avait rien fait qui pût susciter l'hilarité. Du reste, lorsqu'elle songeait aux événements de cette journée, il n'en était pas un qu'elle fût tentée de qualifier d'amusant.

— Je suis certain que vous n'êtes pas joueuse. Vous êtes un livre ouvert !

Quelle curieuse remarque !

— Que voulez-vous dire ?

— Il suffit de voir vos joues rouges pour deviner que votre prétendant et vous n'avez pas toujours été accompagnés d'un chaperon.

À son grand désarroi, son visage s'enflamma de plus belle.

— Cela ne vous regarde aucunement !

— J'en conviens. J'observais simplement que vous êtes incapable de mentir.

— On ne m'a pas élevée pour cela. Par conséquent, permettez-moi de considérer cette inaptitude comme une qualité.

— Absolument. Dès lors, toutefois, que vous n'avez rien à cacher.

— J'espère bien ne jamais me trouver dans une situation si fâcheuse que je sois contrainte de recourir au mensonge.

Il ne la contredit pas, mais Beatrice crut percevoir sur sa bouche un léger tremblement. Sans doute réprimait-il un nouveau rire. À ses dépens, bien entendu.

— Je suppose qu'à présent vous avez l'intention de retrouver la sécurité de votre foyer, poursuivait-il cependant.

C'était l'évidence même ; elle se contenta donc d'acquiescer d'un signe de tête.

— Et quand votre famille vous demandera où vous êtes allée, sans une servante pour vous surveiller et vous conseiller, sans même un garde pour vous protéger, que leur répondrez-vous ? Que vous avez profité de la nuit pour vous sauver avec votre amant ?

Beatrice ferma les yeux. Il avait vu juste. Ses ennuis avaient surgi si soudainement qu'elle n'avait songé qu'à sa sécurité. Elle n'avait pas pensé au lendemain, ni aux jours qui suivraient, et encore moins à son arrivée à Warehaven.

Avouer à ses parents qu'elle s'était enfuie de Montreau avec Charles était exclu. Ils risquaient de la forcer à épouser cette brute pour épargner sa réputation. Non, plutôt mourir que de devenir sa femme !

Comme elle se taisait, l'homme répondit pour elle.

— Vous mentirez pour sauver la face.

— Oui, vous avez raison, admit-elle en tordant nerveusement l'ourlet de sa manche souillée. Je leur mentirai. Mais pas pour sauver la face.

— Vraiment ? Dans ce cas, pourquoi ? Pas pour protéger le scélérat qui vous a tourmentée au point de provoquer votre fuite au beau milieu de la nuit, j'imagine ?

— Non ! s'écria-t-elle. Il peut bien brûler en enfer, ajouta-t-elle en s'efforçant d'adopter un ton plus mesuré.

Cette fois, l'homme donna libre cours à son hilarité. À son grand étonnement, Beatrice trouva son rire assez plaisant. Profond et franc, il n'avait rien de forcé.

— Au moins, vous ne nourrissez pas le vain espoir que ses manières sournoises changeront un jour.

— Cela n'arrivera pas, j'en mettrais ma main à couper.

Retrouvant son sérieux, l'inconnu se pencha en avant pour scruter son visage.

— Vous a-t-il fait du mal ? Dois-je descendre pour lui administrer une correction ?

— Je croirais entendre mon frère !

— J'en doute fort. Je suis certain que votre frère se hâterait d'aller rosser ce scélérat sans songer un seul instant à demander votre bénédiction.

Encore une fois, il avait raison.

— Non, dit-elle en secouant la tête, il ne m'a pas fait de mal : je ne lui en ai pas laissé le temps. Lorsqu'il m'a attirée dans sa tente pour me menacer, je l'ai assommé avec un pichet d'eau.

— Ah, il faut donc que quelqu'un lui enseigne les bonnes manières !

Beatrice le vit se lever avec inquiétude. Qu'avait-il en tête ? Lorsqu'il se dirigea vers la porte, elle devina ses intentions.

— Non, ne faites pas cela ! Il est accompagné de deux hommes aussi infâmes que lui, sinon plus. En outre, je ne veux pas qu'il sache que je suis ici.

— Je l'ai entendu aussi bien que vous, répondit-il en soulevant la poutre qui barrait la porte. Il sait déjà que vous êtes ici. Sans doute vous a-t-il vue entrer, à moins qu'un client ne lui ait révélé la présence d'une inconnue en détresse dans l'auberge. Ses compagnons et lui ne partiront pas sans vous avoir capturée.

Avant de sortir, il se tourna vers elle.

— Je ne les laisserai pas faire. Et je n'ai pas peur de trois hommes assez lâches pour terroriser une femme sans défense. Quand j'en aurai fini avec eux, ils n'oseront plus vous approcher.

Ses paroles ne firent qu'ajouter au désarroi de Beatrice.

— Pourquoi feriez-vous cela pour moi ? Je ne fais pas partie de votre famille, et vous ne me connaissez pas.

— Vous êtes une dame seule et vous avez besoin d'aide. Comment pourrais-je vous abandonner à un sort que je sais funeste ? Mon âme est déjà assez ternie. Je ne lui infligerai pas une nouvelle flétrissure dont je pourrais aisément faire l'économie.

Se levant d'un bond, Beatrice s'élança vers lui et le saisit par le bras.

— Non, je vous en prie ! Ne faites rien ! Je vous ai causé plus qu'assez de désagréments !

— Calmez-vous, répondit-il en se dégageant sans effort. J'ai bien l'intention de vous reconduire dans votre famille et je ne laisserai personne douter de votre sécurité alors que vous vous trouviez sous ma protection.

— Non, je…

Elle n'eut pas le temps de terminer sa phrase. Déjà, il avait ôté sa tunique et l'avait jetée sur le banc avant de disparaître.

Que faire à présent ? Beatrice se tordait les mains, désespérée. Le geste chevaleresque de cet homme lui inspirait autant de gratitude que d'embarras. Elle ne voulait pas qu'il se batte pour elle, ni qu'il la reconduise à Warehaven ! Si elle arrivait sous son escorte, elle devrait tout expliquer à sa famille, ce à quoi elle se refusait catégoriquement.

Mais ce serait pire encore si Charles et ses acolytes avaient raison de lui. Elle serait à leur merci, livrée à leur cruauté !

À cette pensée, elle se précipita vers la petite table, empoigna la cruche et en vida le contenu par la fenêtre. Au lieu de tourner en rond dans la chambre, autant essayer de se rendre utile !

Lorsqu'elle posa le pied sur la dernière marche de l'escalier, le combat était presque terminé. Charles et l'un de ses compagnons étaient étendus face contre terre sur le sol de l'auberge. Le troisième homme, à bout de souffle, reculait en direction de la porte tandis que le guerrier le frappait au visage et au ventre. Un ultime coup de poing à la mâchoire, si rapide qu'elle eut à peine le temps de le voir, l'expédia dehors, sous les acclamations joyeuses de la foule.

Beatrice ne savait ce qui l'impressionnait le plus : la force de son sauveteur, son adresse, son empressement à défendre son honneur ou les muscles qui saillaient à travers sa fine chemise.

Non, elle n'allait tout de même pas recommencer ! Ne venait-elle pas d'apprendre une bonne leçon ? Juger un homme d'après son apparence n'était pas seulement stupide, mais dangereux, et elle s'était juré de ne plus commettre cette erreur.

Autrefois, elle avait interrogé sa sœur, Isabella, sur la vigueur de son fiancé. Était-il assez robuste pour la porter si elle venait à défaillir sous ses baisers ? Sa question lui paraissait ridicule, aujourd'hui. Fondait-on un mariage sur pareil critère ? La gêne d'Isabella lorsqu'elles avaient abordé ce sujet l'avait fait rire. Mais elle ne riait plus.

Il était temps pour elle de devenir adulte. Et d'envisager l'avenir comme une femme, et non plus une enfant. Il lui fallait prendre exemple sur sa sœur, et rechercher chez un homme autre chose que la beauté : le courage, la dignité, l'honnêteté, le sens de l'humour et même, pourquoi pas, la bonté, pour commencer ! Quand Charles avait-il montré une seule de ces qualités ? Jamais.

Elle regarda l'inconnu qui s'avançait maintenant vers elle. Non seulement il avait fait acte de bravoure, mais il l'avait secourue et conduite jusqu'à ce refuge alors qu'il aurait fort bien pu passer son chemin et la laisser dans le fleuve sans qu'elle n'en sût jamais rien.

À présent, son visage ne trahissait aucun sentiment : ni fierté d'avoir mis à bas trois hommes, ni regret pour ce pugilat. Il ne prononça pas un mot lorsqu'il s'arrêta devant elle mais se contenta de tendre un bras pour lui faire signe de remonter à l'étage. Comme elle demeurait clouée au sol, il gravit l'escalier sans lui prêter plus d'attention.

Beatrice hésita avant de lui emboîter le pas. Pourquoi les battements de son cœur s'accéléraient-ils ainsi dans sa poitrine ? Cette indécision ne lui ressemblait pas. Avant cette nuit, elle avait toujours agi avec détermination, quitte à se tromper. Enfin, elle le suivit dans l'escalier.

Pourquoi était-elle à ce point troublée, désarçonnée par cet homme ?

Lorsqu'ils furent dans la chambre, il ferma à nouveau la porte derrière eux, avant de se tourner vers elle en haussant un sourcil interrogateur.

Suivant son regard, elle posa les yeux sur la cruche qu'elle tenait encore à la main.

— J'ai pensé que vous auriez peut-être besoin d'aide, expliqua-t-elle en brandissant l'objet.

— Et vous aviez l'intention de mettre ces hommes hors de nuire en les aspergeant d'eau ?

— Bien sûr que non ! répondit-elle en inclinant le récipient. Je l'avais vidé afin de m'en servir pour les assommer !

— Ah, dit-il en esquissant un léger sourire. Voilà donc votre tactique de défense ? Assommer les gens avec un pichet !

Puisqu'il semblait être d'humeur à la provoquer, Beatrice leva le menton en lui jetant un regard qu'elle espérait menaçant.

— Parfaitement ! Et c'est une arme que je manie fort bien !

— Je tâcherai de m'en souvenir.

Après avoir contourné le lit, elle reposa la cruche sur la petite table avant de s'installer à nouveau sur le manteau.

— Je partirai au lever du soleil.

— Non. Ce n'est pas une bonne idée.

— Mais je dois rentrer chez moi !

Sans témoin qui puisse informer ses parents de son escapade, omettait-elle de préciser. Dans la dernière missive qu'ils avaient envoyée à Jared, ceux-ci annonçaient leur intention de regagner Warehaven. Peut-être n'étaient-ils pas encore arrivés, mais elle préférait ne pas prendre de risque.

— Peut-être ai-je découragé vos poursuivants, mais cela ne signifie pas pour autant que vous êtes hors de danger. Je ne saurais laisser une femme voyager seule, sans protection. Je vous escorterai.

— Non, cela n'est pas nécessaire. Je suis certaine qu'ils ont retenu la leçon et qu'ils ne m'importuneront pas davantage.

En réalité, elle n'en était pas si sûre : Charles faisait parfois preuve d'une opiniâtreté redoutable, et elle ne pouvait jurer qu'il eût dit son dernier mot. Elle ne serait pas surprise qu'il se présente à Warehaven avec l'intention de révéler à ses parents qu'elle avait quitté Montreau avec lui. Ainsi serait-elle contrainte de l'épouser pour sauver sa réputation. Il ne lui restait qu'à prier pour arriver au château avant lui.

— Rien ne dit qu'ils ont retenu la leçon, répliqua le guerrier en haussant les épaules. Voyager seule serait imprudent.

Il lui fallait trouver un moyen de le dissuader.

— Je demeure bien loin d'ici et je m'en voudrais de vous faire perdre votre temps. J'engagerai quelqu'un de fiable, qui aura tout le loisir de m'escorter.

À dire vrai, elle ignorait à quelle distance de Warehaven elle se trouvait. Elle savait seulement qu'elle devait continuer à avancer vers le sud pour avoir observé la course du soleil la veille.

L'homme s'assit sur le banc et entreprit d'ôter ses bottes.

— Je n'ai aucune affaire urgente, vous ne me ferez pas perdre mon temps.

Cet homme ne voulait rien entendre !

— Et d'après vous que se passera-t-il si j'arrive au château sous votre escorte ? Comment l'expliquerai-je ?

— N'ayez crainte, je suis sous les ordres de la royauté. Vos parents croiront tout ce que je leur dirai.

Cette révélation la surprit. Si elle avait vu juste en supposant que l'homme était un guerrier, elle ne se doutait pas qu'il s'agissait d'un chevalier en mission pour son suzerain. Elle ne prit pas la peine de lui demander s'il servait Étienne de Blois ou l'impératrice Mathilde, puisque tous deux avaient un lien de parenté avec son père. S'il l'escortait jusqu'à Warehaven, l'effet serait par conséquent désastreux : sa famille ne ferait que poser davantage de questions.

Quel que soit le souverain auquel il avait prêté allégeance, il semblait étrange qu'il voyageât seul alors qu'il était en mission officielle. Pourquoi n'était-il pas entouré d'une troupe de soldats et de gardes ?

— Qui êtes-vous ? lui demanda-t-elle en le regardant fixement.

D'un pied, il arracha l'une de ses bottes, qui tomba sur le sol avec un bruit sourd.

— Gregor de Roul.

Beatrice cligna des yeux, incrédule. Cet homme était le Loup du roi David Ier ? L'inconnu ne ressemblait en rien à ce qu'elle aurait imaginé. Il était trop jeune, trop bien de sa personne et, surtout, il avait fait preuve de trop de bonté à son égard. Comment pourrait-il être le guerrier redouté dont on narrait les atrocités ? Elle se l'était représenté plus âgé, le visage marqué par davantage de cicatrices, bourru à l'excès et aussi impitoyable qu'effrayant. Mais la ruse n'était-elle pas le propre du loup ?

Tout en continuant à l'observer, elle hésitait à lui poser la question qui lui brûlait les lèvres.

— Je vois la curiosité plisser votre front. Que voulez-vous

me demander ? lança-t-il en lui jetant un bref regard avant de délacer sa deuxième botte.

Avant de répondre, elle tenta de juger de son humeur. Comme il ne semblait aucunement troublé, elle se risqua à prendre la parole.

— Combien de fois vous a-t-on appelé le Loup de Roul ?

— Tant de fois que je ne saurais les compter ! C'est ainsi que l'on me nomme depuis toujours, dit-il en laissant tomber sa deuxième chausse. Mes cheveux gris me trahissent. Quant à ceci, ajouta-t-il en passant une main sur la mèche argentée qui lui barrait le front, jc l'ai depuis aussi longtemps que je me souvienne.

— Je vois…

Cet éclat métallique dans sa chevelure semblait lui déplaire. Ne comprenait-il pas à quel point il le rendait séduisant ?

— À présent que vous savez qui je suis, vous n'avez pas peur de moi ?

Peur de lui ? Bien sûr, elle avait entendu les récits terrifiants que l'on rapportait sur cet homme. Si David Ier avait une tâche particulièrement déplaisante ou difficile à faire exécuter, il la confiait au Loup. Peu importait la façon dont il s'y prenait : une fois que l'ordre était donné, personne n'échappait à ses griffes.

Sachant cela, elle avait toutes les raisons de trembler. Sans doute devrait-elle hurler de peur à l'idée qu'il allait l'ajouter à la longue liste de ceux qu'il avait envoyés dans l'autre monde.

Pourtant, malgré la méfiance qu'éveillait en elle sa sombre réputation, elle savait aussi que le roi n'avait aucune raison d'avoir ordonné sa mort. De plus, cet homme ne l'avait jusqu'à présent aucunement maltraitée. Au contraire, il lui avait apporté une aide inespérée de la part d'un guerrier.

— Vous ne correspondez pas aux rumeurs qui se chuchotent au sujet du Loup de David Ier, avoua-t-elle enfin en secouant la tête.

— Vous attendiez-vous à voir un sauvage aux crocs rouges de sang ?

— Je vous en prie, épargnez-moi ces abominations !

Beatrice parcourut la pièce des yeux avant d'énoncer ce qui était une évidence.

— Je suis entièrement à votre merci, et pourtant vous ne m'avez fait aucun mal.

— Pour l'instant.

Son jugement sur les hommes avait été mis à rude épreuve ce jour-là, et elle ne s'était guère montrée à la hauteur. Elle n'était pas en position d'émettre une opinion sur une personne dont elle ne connaissait que la réputation, si épouvantable fût-elle. Après tout, rien ne lui donnait lieu de croire qu'elle courait le moindre danger en sa présence.

— Parlez-vous ainsi pour m'effrayer ?

Comme il ne répondait pas, elle continua.

— Je viens de vous voir réduire trois hommes en miettes, et tous trois ont survécu. Je n'aurais pas versé une seule larme pour eux s'ils avaient péri. Pourtant, contrairement à ce que pourraient suggérer les récits qui circulent sur votre compte, vous leur avez laissé la vie sauve. Pourquoi devrais-je croire que vous allez me supprimer alors que vous n'avez pas la moindre raison de le faire ?

— Vous êtes une femme bien étrange.

— Peut-être. Mais je me suis déjà cruellement trompée sur un homme, aujourd'hui même. Comment pourrais-je vous juger en me fondant sur de simples rumeurs ?

Encore une fois, il garda le silence.

— Comme je vous l'ai dit, si je dois mourir, je préfère que ce soit des mains d'un inconnu plutôt que de celles d'un homme que j'avais cru bien connaître. Si vous voulez me tuer, je ne pourrai pas vous en empêcher, alors finissez-en !

Le guerrier se leva lentement. Il emplissait la pièce de sa silhouette massive, dominant Beatrice de toute sa hauteur. Sous ses sourcils de jais, il lui lança un regard furieux.

Saisie de stupeur, elle sentit son cœur battre follement dans sa poitrine, avant de se calmer peu à peu. Oh ! oui, elle imaginait sans peine qu'il pouvait être effrayant, quand il le voulait !

À la froideur de son expression, elle devina également qu'il pouvait se montrer implacable lorsque la situation l'exigeait. Elle avait déjà pu constater son adresse et sa rapidité quand il avait combattu Charles et ses compagnons à la force de ses poings. Elle ne doutait pas qu'il fût tout aussi habile avec une épée, une massue ou une hache.

Toutefois, s'il s'imaginait qu'elle allait défaillir de terreur devant sa mine sombre et sa carrure imposante, il se trompait.

Son père et son frère étaient des guerriers. Pendant toute son enfance, elle avait joué dans le port et sur le chantier naval. Elle avait vu des hommes s'emporter bien des fois, avait assisté à de nombreuses bagarres, ainsi qu'à leur issue macabre. Bien sûr, si le Loup s'avançait pour l'attaquer, elle se mettrait aussitôt à frémir de peur. Mais elle n'oubliait pas ce qu'il avait fait pour elle. Et comment pouvait-il espérer la terrifier avec ce regard exagérément hargneux ? Non, son œil brillait trop pour qu'elle pût le prendre au sérieux !

Lorsqu'il fronça les sourcils pour afficher un air plus sinistre encore, elle éclata de rire.

— Ce n'est pas la réaction à laquelle je m'attendais ! observa-t-il en prenant à nouveau place sur le banc.

— Pa… Pardonnez-moi, je… je vous en prie…

Après avoir articulé ces maigres excuses, elle agita une main impuissante devant elle. Tout en séchant les larmes qui coulaient sur ses joues, elle s'efforça de reprendre son souffle.

— Je suis navrée, mais cette journée a été si éprouvante ! Je vous assure que d'ordinaire, je ne suis pas aussi… aussi…

— Effrontée ? suggéra-t-il.

Beatrice fit de son mieux pour réprimer un nouvel accès d'hilarité. Jamais de sa vie elle ne s'était moquée de quelqu'un avec une telle impudence. Sa mère aurait été horrifiée devant sa grossièreté. À la vérité, son père et elle auraient été scandalisés par tout ce qu'elle avait fait au cours des derniers jours.

Par chance, Gregor de Roul, lui, ne semblait ni horrifié ni même fâché. Tout de même, il fallait qu'elle apprenne à le traiter avec davantage de respect. Il serait plus sage, également, de faire preuve de prudence à son égard. Ne s'était-elle pas jetée dans la gueule du Loup ?

À cette pensée, toute envie de rire la quitta, et elle posa les mains sur ses genoux en prenant une profonde inspiration.

— Pardonnez-moi ; je n'aurais pas dû me moquer de vous.

— Inutile de me présenter des excuses, répondit-il en baissant les épaules, comme vaincu. Je faisais l'imbécile pour vous mettre à l'aise. J'ignorais que j'étais aussi doué !

Sentant un tressaillement faire vibrer sa lèvre inférieure, elle détourna la tête en priant pour ne pas céder à nouveau au rire.

Lorsqu'elle fut certaine de pouvoir maîtriser ses émotions, elle tourna son regard vers lui.

— Vous savez désormais qui je suis, dit-il en s'appuyant contre le mur. À votre tour, maintenant.

— Je suppose en effet que vous êtes en droit de découvrir qui vous avez défendu avec une telle agilité.

Curieusement, ce n'était pas sans nervosité qu'elle s'apprêtait à divulguer une information aussi personnelle que son nom. Chassant ses scrupules, elle répondit à sa question.

— Je suis Beatrice de Warehaven.

La réaction de l'homme fut immédiate. Et surprenante.

Il ouvrit de grands yeux avant de porter une main à son front pour tenter de dissimuler son trouble.

— Qu'y a-t-il ? Vous semblez contrarié.

Chapitre 3

Ne sachant comment réagir, Gregor se frotta les tempes pour se donner le temps de répondre.

Satan lui-même semblait lui avoir joué un mauvais tour. Si ses frères cadets avaient été là, ils auraient hurlé de rire devant l'ironie de la situation. Quant à Elrik, son aîné, il aurait secoué la tête en déclarant que le malheur qui poursuivait inlassablement leur famille avait encore frappé.

Comme lui, Elrik avait perdu son épouse dans d'horribles circonstances. Mais le drame qui l'avait touché avait également coûté la vie à son enfant. Aussi, quand Sarah avait préféré se donner la mort plutôt que de devenir la femme de Gregor, son frère avait-il affirmé que tous deux étaient maudits. Ils étaient condamnés à vivre seuls, sans jamais fonder de famille.

Gregor ignorait s'il croyait en cette malédiction. À dire vrai, il n'y attachait guère d'importance. Ce qu'il savait, en revanche, c'est que personne ne pouvait l'accuser d'avoir compté sur la chance, car elle ne lui avait jamais souri. Il s'apprêtait à prendre possession de la forteresse de Warehaven et de son héritière, et, comme par un fait exprès, voilà qu'il croisait la route de l'héritière en question !

Pour couronner le tout, il semblait n'inspirer aucune crainte à la fougueuse dame. Pour la première fois depuis ses noces funestes, il pressentait, non sans inquiétude, qu'il pourrait en venir à éprouver des sentiments pour une femme.

Pas n'importe quelle femme : Beatrice de Warehaven.

Il se sentait trop à l'aise avec elle. La regarder était dangereusement agréable, et lui parler était un plaisir auquel il pourrait fort bien s'habituer, d'autant plus qu'ils se faisaient rire mutuellement.

Enfin et surtout, la tension nerveuse qui s'emparait d'elle lorsqu'elle était en sa présence ne lui avait pas échappé. La belle était encore trop innocente pour le comprendre elle-même, mais cette tension ne devait rien à la peur : elle était attirée par lui, comme il était attiré par elle. Et le fait de savoir que, dans quelques jours, il allait l'épouser après avoir réduit son monde à néant n'étouffait aucunement son désir naissant. Bien au contraire, il l'attisait.

Tout cela n'augurait rien de bon, ni pour lui ni pour elle.

Si la mission qui le menait à Warehaven s'était résumée à la contraindre à ce mariage, peut-être aurait-elle pu, avec le temps, lui pardonner ses actes. Mais il n'en était rien. Gregor s'apprêtait à nuire sciemment à sa famille, peut-être même à causer la mort d'un être cher. Dans le meilleur des cas, il allait prendre aux Warehaven tout ce qu'ils avaient obtenu à la sueur de leur front, voler l'avenir de cette jeune femme et lui briser le cœur.

Comment allait-elle réagir ? Irait-elle jusqu'à mettre fin à ses jours, comme l'avait fait Sarah ? Il n'avait aucun moyen de le savoir. Par conséquent, il ne pouvait pas se permettre de s'attacher à elle. Plus important encore, il ne devait pas lui permettre de s'attacher à lui.

Ce serait une calamité pour eux deux.

Cette mission, pour laquelle son insensibilité légendaire serait sa meilleure armure, était en péril. Non, corrigea-t-il. Sa mission n'était aucunement compromise. Simplement, elle serait plus difficile à accomplir. Pour réussir, il lui faudrait concentrer tous ses efforts sur son but.

Il lui faudrait aiguiser son esprit comme la lame de sa meilleure épée, et tout cela pourquoi ? Parce que cette frêle jeune fille n'avait pas peur de lui, mais au contraire le trouvait à son goût, et parce qu'il avait été charmé de l'entendre rire, même si c'était à ses dépens. De ce rire chaleureux, irrésistible, qui l'avait atteint en plein cœur. Qui l'avait réconforté tout en le laissant sur sa faim…

Mais il n'avait pas le droit d'apaiser cette faim. La seule chose qu'il obtiendrait d'elle, c'était sa haine.

— Gregor ?

Il prit une profonde inspiration avant de se lever en vacillant légèrement.

La jeune femme l'observa en inclinant la tête, avec une sollicitude qui le toucha plus qu'il ne l'aurait voulu.

Comme il cherchait quelque chose à dire, quelques coups frappés doucement à la porte lui offrirent une diversion bienvenue.

— Monsieur ? Je laisse ici les effets que vous avez demandés.

Ouvrant la porte, il ramassa la pile de vêtements que la servante avait déposée sur le sol. Après avoir rapidement choisi ceux qui lui semblaient utiles, il les jeta sur le lit.

— Ils ne sont pas de la belle qualité à laquelle vous êtes habituée, mais ils sont secs. Je sors pendant que vous vous habillez.

Sans lui donner le temps de l'interroger à nouveau sur son brusque changement d'humeur, il attrapa ses bottes et quitta la pièce en claquant la porte. Il avait la ferme intention de chercher l'oubli dans des flots de bière, même s'il savait que cela ne l'aiderait pas à supporter le lendemain. Son état lui fournirait au moins une excuse pour éviter la compagnie de la jeune femme, ou le rendrait suffisamment maussade pour la décourager de converser avec lui.

Pour l'heure, cela lui semblait être la meilleure chose à faire.

Interloquée par le ton soudainement froid de Gregor de Roul, Beatrice sursauta lorsque la porte se referma sur lui avec un bruit sec.

Quelle mouche l'avait donc piqué ?

Les sourcils froncés, elle se remémora tout ce qu'ils s'étaient dit depuis leur retour dans la chambre. Mais elle eut beau ressasser leur conversation, elle ne trouva aucune réponse.

Certes, elle avait éclaté de rire devant sa démonstration d'agressivité, mais il n'avait pas semblé s'en offusquer. Sa réaction l'avait un peu surpris, peut-être, comme le fait qu'elle n'ait pas tremblé de peur en découvrant son identité. Mais rien de tout cela ne paraissait l'avoir affecté.

Ce n'était qu'en entendant son nom qu'il avait changé d'attitude.

Pourquoi ?

Elle allait devoir le comprendre par elle-même : ce n'était certainement pas lui qui allait le lui expliquer.

Beatrice tira à elle la pile de vêtements apportée par la servante et secoua la tête. La robe de laine et la chemise n'avaient rien à envier aux toilettes qu'elle portait à Warehaven. S'imaginait-il qu'elle était constamment parée d'étoffes de lin et de soie finement tissées, ornées de broderies et de pierres précieuses ?

De toute évidence, il ignorait tout de l'entretien d'une grande forteresse, et du travail des femmes qui veillaient à son bon fonctionnement. Si elle s'était présentée aux cuisines ainsi parée, la cuisinière aurait eu tôt fait de quérir sa mère, sans lui laisser le temps de remuer une sauce ou de pétrir une miche de pain.

Beatrice fut heureuse de trouver une longue serviette au milieu des vêtements. Elle commença à ôter ses chausses et ses bas troués, puis hésita. Il était peu probable que Gregor fasse irruption dans la pièce, mais elle se méfiait des autres clients de l'auberge. Se sachant incapable de remettre le madrier en place, elle poussa le banc devant la porte. Cela n'empêcherait personne d'entrer, mais au moins elle serait alertée de la présence d'un éventuel intrus par le bruit du meuble glissant sur le plancher.

Impatiente de se réchauffer en revêtant des habits secs, elle se débattit avec les rubans de sa robe. Les nœuds mouillés étaient impossibles à défaire. En outre, elle savait qu'elle n'arriverait jamais à passer les longues jupes par-dessus sa tête.

Elle jurait entre ses dents lorsque ses yeux tombèrent sur

le petit poignard. Sans personne pour l'aider, elle ne voyait pas d'autre moyen de retirer ses vêtements trempés.

Du reste, elle ne les porterait plus jamais : elle ne voulait rien garder qui pût lui faire penser à Charles. Peut-être qu'une fois la robe lavée et séchée il resterait assez d'étoffe intacte pour que quelqu'un pût en faire usage. Et, même si elle s'avérait inutilisable, les pierreries au moins pourraient être récupérées. Cela compenserait certainement le prix des effets apportés par la servante.

Beatrice planta la lame du couteau dans l'encolure en grimaçant. Que d'heures elle avait passées à confectionner cette toilette et ses ornements ! Enfin, d'un geste déterminé, elle découpa le tissu jusqu'à la taille.

Ce ne fut pas une mince affaire mais, après avoir fendu les épaules et les extrémités des manches, elle parvint à extirper ses bras de l'étoffe mouillée qui collait à son corps, et la robe tomba à ses pieds.

Mais elle ne voulait pas réserver le même sort à sa chemise plissée. C'était la plus belle qu'elle possédait, et elle se refusait à l'abandonner à une autre femme. En se penchant en avant, elle l'ôta délicatement. L'étoffe était si fine qu'elle sécherait rapidement auprès du réchaud.

Après s'être essuyée avec la serviette, elle se réchauffa devant les braises sans cesser de surveiller la porte. Hormis son nom, elle n'avait rien dit qui pût expliquer le brusque changement d'humeur de Gregor. Pourquoi avait-il réagi si vivement en découvrant qui elle était ?

C'était un homme de David Ier, aussi le nom des Warehaven ne pouvait-il lui être inconnu : le frère par alliance de David, Henri Ier, n'avait jamais caché que le père de Beatrice était son fils naturel.

David Ier était également l'oncle de l'impératrice Mathilde. Beatrice n'ignorait pas que la demi-sœur de son père avait récemment demandé de nouveaux navires à Warehaven. Des navires qui lui avaient été refusés. Il y avait fort à parier que David entendait défendre sa nièce en adressant ses propres exigences à Warehaven. Par l'entremise de Gregor.

Peut-être le roi comprendrait-il les résistances du lord de Warehaven lorsqu'il en connaîtrait la raison. Le mauvais usage que Lady Mathilde et son époux Geoffroy avaient fait des bateaux qu'il lui avait livrés avait causé la perte de trois vaisseaux et de tout leur équipage. Un désastre que le père de Beatrice n'avait pas pris à la légère, et qu'il ne voulait à aucun prix voir se reproduire. Les hommes qui avaient péri avaient des femmes et des enfants dont il se sentait responsable. En outre, il avait travaillé trop dur pour céder le fruit de son labeur à l'impératrice, qui n'avait qu'une idée en tête depuis longtemps : s'emparer du trône d'Étienne de Blois.

Les deux souverains se livraient une guerre acharnée depuis près de dix ans. Warehaven aurait préféré faire voile vers des contrées inconnues plutôt que de choisir l'un ou l'autre camp : il avait grandi avec Étienne à la cour de Henri Ier, et Mathilde faisait partie de sa famille. En tant que fils de l'ancien roi, même illégitime, il pouvait se permettre de ne pas prendre parti, luxe que tout autre lord se serait vu refuser.

Ainsi, David Ier aurait décidé de venir en aide à sa nièce, et Gregor serait son messager... Cela pouvait expliquer pourquoi le Loup voyageait sans escorte : seul, il était plus rapide.

Beatrice revêtit les habits secs avant de s'asseoir sur le lit avec un petit soupir d'exaspération. Tout ceci n'était que spéculation de sa part, mais si le guerrier avait pour but de se rendre à Warehaven il serait malaisé de lui échapper. Or elle ne pouvait prendre le risque de franchir les grilles de la forteresse aux côtés d'un inconnu.

Peut-être considérait-il cela comme une difficulté mineure, que quelques paroles suffiraient à surmonter, mais il se trompait. Ses parents se moqueraient bien de savoir qui il était et quelle était la raison de sa présence. Ils n'écouteraient pas ses explications. Tout ce qu'ils verraient, c'était que leur fille avait passé plusieurs jours seule avec lui, sans protection ni surveillance.

À peine son père aurait-il fini de tempêter et sa mère de se lamenter que Gregor et elle se trouveraient allongés dans leur lit de noces sans comprendre comment ils en étaient arrivés là.

Ses joues s'empourprèrent, et la tête lui tourna à la seule pensée de partager la couche de Gregor. Elle n'avait pas la moindre idée de ce qu'elle ferait si cela advenait.

Beatrice tapota le matelas sur lequel elle était assise. Il était moelleux, pas trop abîmé, et les couvertures semblaient propres. Elle regarda par l'étroite fenêtre. Le soleil ne se lèverait pas avant deux ou trois heures, et elle n'avait aucune envie de cheminer à nouveau dans le noir.

Soudain lasse, elle se laissa glisser sur le lit. Elle commençait à s'étirer quand elle s'arrêta net. David Ier ne dépêcherait pas son précieux Loup pour porter un simple message. Si Gregor se dirigeait vers Warehaven, ce dont elle était convaincue au vu de sa réaction à l'annonce de son nom, c'était pour une tâche plus importante.

Peut-être sa mission était-elle de s'assurer que la requête du roi, ou ses ordres, serait exécutée.

Et, dans le cas contraire, que se passerait-il ?

Son cœur se serra. Elle savait que sa tante Mathilde tenait absolument à obtenir ces navires. Jusqu'où David Ier irait-il pour qu'ils lui soient livrés ?

Gregor les prendrait-il de force si le lord de Warehaven les lui refusait encore une fois ?

Celui-ci le tuerait plutôt que de lui céder.

Un frisson glacé courut le long de son dos. Ce combat ne devait pas avoir lieu. Beatrice aimait tendrement son père et elle ne voulait pas qu'il risque sa vie pour défier sa demi-sœur.

Mais elle devait bien se l'avouer : elle ne souhaitait pas non plus qu'il arrivât malheur à Gregor. Le guerrier avait fait preuve de gentillesse à son égard et il l'avait défendue contre Charles alors que rien ne l'y obligeait. À l'exception des membres de sa famille, c'était la seule personne qui lui eût jamais montré ce qu'était l'honneur. Oui, c'était un homme vertueux — à l'excès. Il s'était juré de la reconduire chez elle, qu'elle le veuille ou non !

Il lui fallait regagner Warehaven au plus vite, de préférence avant l'arrivée de Gregor. Beatrice s'assit au bord du lit. Comment allait-elle accomplir cet exploit ?

D'après la dernière missive que son père avait envoyée à Jared, ses parents n'étaient pas encore de retour à Warehaven. Mais ils le seraient bientôt. Elle devait les prévenir que le Loup de David Ier entendait probablement leur rendre visite.

Lui fausser compagnie ne serait pas facile. Ni sage. Même si elle répugnait à l'admettre, l'homme avait raison : voyager seule était dangereux, pour ne pas dire inconsidéré, d'autant plus qu'elle ignorait ce que Charles pouvait manigancer.

Elle avait déclaré à Gregor qu'elle pourrait engager une escorte. Mais trouverait-elle quelqu'un qui fût prêt à l'accompagner jusqu'à Warehaven ? Peut-être que l'un des clients de l'auberge accepterait, si elle pouvait le payer. Beatrice posa les yeux sur la robe qu'elle avait laissée sur le sol et sourit. Elle était en piteux état, certes, mais les nombreuses pierreries incrustées dans l'étoffe n'étaient pas sans valeur. Il devait y en avoir suffisamment pour dédommager la servante et rétribuer un homme prêt à la conduire chez elle.

Après avoir ramassé les haillons, elle se leva pour prendre le poignard posé sur la table. Assise sur une chaise, près du réchaud, elle entreprit de défaire les ourlets de l'encolure, des manches et du bas du vêtement. Lorsqu'elle eut terminé, elle était en possession de deux pleines poignées de pierres. Mais comment les transporter sans risquer d'en perdre ? Avec un soupir de regret, elle découpa dans sa chemise un carré assez grand pour les contenir toutes. À présent, il ne lui restait plus qu'à se mettre en quête d'une personne qui lui inspirât suffisamment confiance pour lui demander de l'escorter dans son voyage. Mais Gregor se trouvait en bas. Comment faire ? C'était tout simplement impossible…

Se levant, elle se dirigea vers l'étroite fenêtre. La lune était haute dans le ciel. Ce spectacle lui arracha un bâillement, et elle se rendit compte qu'elle n'avait pas encore dormi. Or elle aurait besoin de toute sa vivacité d'esprit le lendemain…

Un regard vers le lit suffit à la convaincre qu'il lui fallait avant tout prendre du repos. Elle s'étendit sur le matelas et fixa le plafond des yeux en regrettant amèrement d'avoir quitté Montreau.

*
* *

Gregor repoussa sa coupe à moitié pleine devant lui et chassa d'un revers de la main le tavernier qui s'approchait avec un nouveau pot de bière. La perspective de faire route avec un mal de crâne l'avait rapidement dissuadé de boire jusqu'à rouler sous la table, comme il en avait eu l'intention.

À part lui, il ne restait plus que deux ou trois clients dans la pièce, et sa mine renfrognée avait suffi à les tenir à distance. La dernière chose qu'il souhaitait était de la compagnie, quelle qu'elle soit. Il s'était donc installé à la table du fond, loin des autres, pour réfléchir calmement à ce qu'il devait faire.

Un courant d'air froid et humide s'engouffra soudain dans l'auberge. Comme Gregor se tournait pour voir qui venait d'entrer, il laissa échapper un grognement. Bien sûr, Simon l'avait retrouvé ! Cet homme avait le flair d'un chien de chasse. De la tête, il lui fit signe d'approcher.

— C'est bien le dernier endroit où je m'attendais à te trouver !

— Ce rôle de père protecteur ne te sied guère, répliqua Gregor en levant les yeux vers son capitaine.

— Au contraire, répondit Simon en s'asseyant en face de lui. D'autant que je n'ai pas mon pareil pour rattraper les garnements en fuite.

— Si c'est le dernier endroit où tu pensais me trouver, que fais-tu en ces lieux ?

Il fit signe à l'aubergiste de servir une coupe de bière à son compagnon. L'homme s'exécuta et s'éloigna aussitôt.

— Parce que nous avions cherché partout, sauf ici.

— Nous ?

Simon avala une longue gorgée avant de s'expliquer.

— Deux de nos gardes sont en train de battre la campagne pour te retrouver.

— Eh bien, me voilà, sain et sauf. Tu peux les rassembler et rentrer au camp, maintenant.

— Sain et sauf, pour le moment, peut-être. D'après ce que j'ai entendu de la bouche des trois hommes qui sont passés devant nous en claudiquant, tu es en train de vivre tes dernières heures.

— Et tu les as crus ? demanda Gregor avec un ricanement.

— Non, mais j'ai eu tellement hâte de savoir ce qui t'était arrivé que j'ai couru à ta recherche.

Cela ne le surprenait guère : Simon et le reste de la troupe n'aimaient rien de mieux que colporter des histoires, non sans les avoir embellies à leur guise. La réputation de Gregor était en partie fondée sur les récits dont ils s'étaient fait l'écho. Une réalité dont il avait eu connaissance trop tard pour y faire quoi que ce soit.

— Il n'y a pas grand-chose à dire. J'ai secouru une femme que ces trois hommes s'étaient mis dans l'idée de violenter.

— Raconte-moi tout ! s'écria Simon avec des yeux brillants de curiosité.

— Je viens de le faire.

Le capitaine parcourut la pièce du regard.

— Où est-elle ?

— En haut, dans une chambre.

— Et tu restes ici ? demanda Simon. Le Loup l'a-t-il effrayée si vite ? chuchota-t-il en se penchant vers lui.

— Aucunement. Il se trouve que cette jeune femme est Beatrice de Warehaven.

À ces mots, le gobelet de Simon lui échappa des mains. Il vacilla un instant avant de se renverser, laissant son contenu se répandre sur la planche de bois.

— Tu plaisantes !

L'aubergiste s'approcha pour nettoyer la table et servir une nouvelle coupe à Simon. Gregor attendit qu'il eût terminé avant de parler.

— Hélas, non.

— Laquelle des filles Warehaven est-ce donc ?

— La cadette, celle qui n'est pas encore mariée.

— Seigneur tout-puissant ! Comment est-ce possible ?

Sans laisser à Gregor le temps de répondre, Simon leva une main devant lui.

— Peu importe. Décidément, le mauvais sort s'acharne sur toi !

Gregor haussa les épaules. Il ne pouvait guère le contredire.

— En effet. J'ai moi-même peine à le croire.

— Est-ce qu'elle sait ?

— Mais bien sûr ! Après avoir découvert qui elle était, je me suis empressé de lui expliquer que, lorsque j'aurais tué son père et pris possession de sa forteresse, j'allais la forcer à m'épouser !

— Tu as donc quitté la chambre sans mot dire ?

— Oui.

Mentir à Simon était inutile. Le vieil homme avait été le capitaine d'armes de son père et le capitaine d'Elrik, son frère aîné, jusqu'à ce que ce dernier se lasse de son attitude sévère et protectrice. Mais, malgré l'âge avancé et les dehors bourrus de l'officier, Gregor, lui, n'avait jamais songé à s'en séparer. Il servait la famille Roul depuis sa prime enfance, et personne n'était plus digne de sa confiance.

— Quand je leur raconterai cela, nos hommes n'en croiront pas leurs oreilles !

— La seule chose que tu vas leur raconter, c'est que je leur interdis de souffler un mot concernant cette mission. Je vais escorter la jeune dame jusqu'à Warehaven et je ne veux pas qu'elle soit alertée de ce que nous préparons.

— Et comment comptes-tu t'y prendre ?

— Je l'ignore. Mais j'ai jusqu'au lever du soleil pour élaborer un plan.

— Dans ce cas, tu ferais bien de te hâter, parce que…

— Oui, je sais. Il ne me reste que peu de temps.

Simon se tut, le regard plongé dans sa bière. Son front se plissa et ses sourcils froncés se rejoignirent, formant une longue chenille noire au-dessus de ses yeux.

— Je connais ce regard, soupira Gregor. À quoi songes-tu ?

— Comment est-elle, cette Beatrice de Warehaven ?

Le souvenir du rire de la jeune femme résonna en lui, emplissant son corps d'une chaleur presque douloureuse.

— Elle ferait probablement une excellente épouse pour qui en chercherait une, admit-il enfin.

— Ah ! J'en déduis qu'elle n'a pas blêmi ni tremblé en découvrant ton identité ?

— Non. Elle m'a rétorqué sans ambages que je ne correspondais pas à l'image qu'elle se faisait du Loup de David Ier. Et elle s'est moquée de moi ! ne put-il s'empêcher d'ajouter.

Simon demeura perplexe pendant quelques instants avant de demander :

— Dis-moi, est-il absolument nécessaire de tuer Warehaven ?

— Crois-tu qu'il va me laisser m'emparer de sa forteresse et de ses vaisseaux sans opposer de résistance ?

— Non.

— Alors, sa mort me semble inévitable. Étant donné que l'ordre émane de sa famille, il serait inutile de le prendre en otage : je doute que quiconque paie la rançon.

Il omit d'ajouter le simple fait qu'il n'avait pas le choix. S'il n'exécutait pas à la lettre les instructions du roi David et de l'impératrice, son avenir et celui de ses frères en pâtiraient.

— Elle va te détester, mon ami.

— Tu ne m'apprends rien. Mais il en est ainsi. Tout ce que je peux faire, c'est dormir d'un œil le peu de temps que je passerai à Warehaven.

— Le peu de temps ? répéta Simon d'un air surpris.

— Le roi m'a ordonné de conquérir Warehaven et d'épouser son héritière. Il n'a pas précisé que je devais y vivre avec elle. Lorsque j'aurai pris possession de l'île, je n'aurai qu'à y installer suffisamment d'hommes pour maintenir l'ordre, épouser l'héritière et lui faire un enfant. Cela ne devrait pas prendre trop de temps.

— Et ensuite ? Tu partiras, tout simplement ?

— Je m'établirai sur le chantier naval de Warehaven ou sur le mien, dans l'île de Roul. Cela m'est égal.

— Es-tu certain que ce sera aussi facile que cela ?

Facile ? Non, il n'en était pas sûr, mais il ne voyait pas d'autre solution.

— La seule chose dont je sois certain, c'est que l'aube

poindra bientôt. Rallie les hommes au camp et donne-leur ordre de se taire. Le premier qui ose ne serait-ce que chuchoter un mot sur notre mission aura la langue coupée.

— Et toi ? demanda Simon en se levant.

— Il faut que je trouve un mensonge pour expliquer pourquoi je me suis enfui comme un voleur en entendant son nom.

Après le départ du capitaine, Gregor réussit, en payant le prix fort, à obtenir de l'aubergiste du ragoût tiède, du pain, du fromage et un pichet de lait. Après avoir chargé ces victuailles sur un plateau, il remonta à l'étage.

D'un coup d'épaule, il tenta d'ouvrir la porte de la chambre, mais il se rendit compte que celle-ci était bloquée par un objet lourd. Apparemment, la jeune femme avait déjà trouvé une raison de se méfier de lui et s'était servie du banc, le meuble le plus massif de la pièce après le lit, pour l'empêcher d'entrer.

Posant son chargement sur le sol, il poussa la porte de toutes ses forces et entendit les pieds de bois racler le plancher. Dès que l'ouverture fut suffisante, il se glissa à l'intérieur et traîna le banc jusqu'à sa place, le long du mur. Après être allé chercher le plateau laissé dans le couloir, il pénétra à nouveau dans la chambre.

Gregor déposa les victuailles sur le banc et referma la porte. Se retournant, il lança un regard vers la femme étendue sur le lit. Elle devait être épuisée, car malgré le vacarme qu'il avait causé en entrant elle ne s'était pas réveillée.

En s'avançant dans la pièce, il constata qu'elle n'était pas restée inactive pendant son absence. Sa robe trempée formait un tas sur le sol, et il remarqua, sur la petite table, une pochette confectionnée à la hâte qui ne s'y trouvait pas auparavant.

Il tendit la main pour toucher la chemise qu'elle avait suspendue à la colonne de lit la plus proche du réchaud. Saisissant le vêtement maintenant sec, il le plia et le déposa sur le matelas, non sans avoir noté qu'un carré avait été découpé dans l'étoffe. Ensuite, il alla chercher son manteau encore humide, accroché à une patère à côté de la porte, pour le suspendre à son tour à la colonne. La jeune dame allait avoir besoin d'un vêtement qui lui tienne chaud et la protège de la pluie au cours des deux ou trois prochains jours. Il faudrait bien que ce manteau fasse l'affaire.

Soudain, elle marmonna quelques mots à peine compréhensibles. En un pas, il fut à côté du lit. Elle dormait encore, mais des frissons menaçaient de la réveiller. Penché au-dessus d'elle, il saisit les deux extrémités libres de la couverture sur laquelle elle était allongée pour les rabattre sur son corps.

Lorsqu'elle se retourna dans son sommeil, la chaleur de son souffle vint caresser la joue de Gregor, et un frisson de désir, sensation depuis longtemps oubliée, lui parcourut l'échine. Soudain, il fut saisi de l'envie irrésistible de la prendre dans ses bras et de la serrer tout contre lui pour la réchauffer.

Chassant ces pensées, il borda la couverture autour d'elle et s'éloigna rapidement en maudissant en silence sa stupidité. À quoi songeait-il ? Lui suffisait-il d'une nuit sans sommeil pour croire que ses vaines aspirations pouvaient devenir réalité d'un simple claquement de doigts ? Comment pouvait-il s'imaginer que, parce que cette femme était attirée par lui, elle lui permettrait de telles libertés ?

Il lui fallait regarder la vérité en face. Jamais il ne verrait le mariage ni l'avenir dont il rêvait depuis tant d'années. Et certainement pas avec l'héritière de Warehaven. Lorsqu'il aurait accompli sa mission, non seulement elle ne l'autoriserait jamais à l'approcher ainsi, mais il serait surpris qu'elle souhaitât autre chose que sa mort.

Même s'il ne la connaissait que peu, il était à peu près certain qu'elle s'emploierait à ourdir un moyen lent et douloureux de le conduire au tombeau.

Chapitre 4

Beatrice battit des paupières, aveuglée par le rai de lumière que l'étroite fenêtre projetait sur son visage.

D'un bond, elle s'assit dans le lit tout en s'efforçant de s'arracher tout à fait aux limbes du sommeil. Où se trouvait-elle ?

— Bonjour.

Le timbre profond de la voix fit resurgir le flot des souvenirs de la veille. En se laissant retomber sur le matelas, elle se maudit en silence d'avoir dormi si longtemps. Avant de s'assoupir, elle avait en effet résolu de se lever tôt pour s'esquiver et trouver quelqu'un qui l'escorterait jusqu'à Warehaven.

À présent qu'elle avait manqué cette occasion, il lui faudrait élaborer un nouveau plan pour rentrer chez elle sans Gregor. En attendant, elle avait tout intérêt à se montrer polie.

— Bonjour. Vous êtes donc revenu.

— Oui. Vous dormiez et je n'ai pas voulu vous réveiller. Je vous demande pardon pour être parti si brusquement. Voyez-vous, j'ai été déconcerté d'apprendre que j'avais sous ma protection une héritière de si haut rang.

Son explication ne la satisfaisait qu'à moitié, mais elle n'avait pas l'intention de le contredire. Se forçant à rire, elle s'assit à nouveau.

— Vous n'allez tout de même pas me dire que les nobles dames font défaut à la cour de David Ier ?

— Certainement pas, mais elles se trouvent rarement sous ma responsabilité.

Beatrice jeta ses jambes en travers du lit, lui tournant ainsi le dos.

— Je ne suis pas sous votre responsabilité.

Ne venait-elle pas de décider de se montrer polie et de ne pas le contredire ? Voilà pourtant qu'elle s'employait à attiser les flammes d'une dispute ! Pourquoi donc ? Pour être parfaitement honnête, elle le faisait pour la seule raison qu'elle aimait le son de sa voix, surtout lorsque celle-ci avait le ton rocailleux d'un homme qui vient de se réveiller, comme c'était le cas maintenant.

— Bien sûr que si ! Ce serait négliger mes devoirs que de laisser la petite-fille de Henri Ier prendre la route sans même un garde pour la protéger.

— Un grand-père que je n'ai vu que deux fois ! protesta-t-elle en se levant pour secouer ses jupes.

— J'imagine aisément que le roi avait plus important à faire que de jouer avec ses petits-enfants.

Devant le souvenir que ce commentaire ravivait en elle, Beatrice ne put réprimer un sourire.

— Que trouvez-vous si amusant ?

— Amusant ? Rien ; je songeais seulement à la première fois où il est venu à Warehaven.

— Cela a dû être une visite agréable, à en juger par l'expression de votre visage.

— Je devais avoir trois ou quatre ans à l'époque. Je ne me souviens que de ceci, à vrai dire : j'étais assise sur ses genoux et je jouais avec un petit cheval de bois qu'il m'avait offert. Henri était le preux chevalier venu secourir la princesse Beatrice.

— J'ai peine à me représenter cette scène, observa Gregor en fronçant les sourcils.

— Il n'était pas à la Cour, répliqua-t-elle avec un haussement d'épaules, et, hormis l'équipage de son vaisseau, il n'avait amené avec lui que quelques gardes. Je suis certaine que sa visite à Warehaven n'avait rien d'officiel. C'était davantage une période de repos, loin de ses obligations courantes.

— Sans doute est-ce un bon souvenir, mais Henri Ier n'est

pas ici pour prendre soin de vous. Quoique indigne de cette tâche, je suis votre seul recours, et je ferai mon devoir.

De toute évidence, il voulait, autant qu'elle, avoir le dernier mot. Se tournant pour mieux lui faire face, elle posa les mains sur ses hanches et secoua la tête.

— Indigne de cette tâche, vous, un guerrier aux ordres de David Ier ? Bien au contraire, je ne saurais faire appel à un homme aussi haut placé pour exécuter une besogne dont un simple serviteur pourrait se charger. Vous avez certainement des missions plus nobles à accomplir pour le compte de votre souverain. Je trouverai quelqu'un à qui le rôle de garde conviendra mieux. Quelqu'un de moindre… importance.

À ces mots, Gregor se leva du banc où il était assis en éclatant d'un rire qu'il n'essaya pas, cette fois, d'étouffer.

— Quelqu'un qui soit moins susceptible d'informer vos parents de votre petit écart de conduite, peut-être ?

Décidément, ce Loup était bien rusé !

— Eh bien, oui, cela aussi.

— En parlant, je ne ferais que m'attirer leurs soupçons. Vous n'avez donc aucune crainte à avoir : je n'ai pas l'intention de leur révéler votre petite… escapade. Et puisque je suis plus qu'apte à garantir la sécurité de l'héritière de Warehaven, ajouta-t-il avant de s'incliner devant elle, je suis à votre service, madame.

— Il n'en est pas question ! Je m'en voudrais de vous détourner de vos obligations envers le roi.

— Je fais route vers le fort de Roul, en Normandie, où je dois rendre visite à mon frère. Une halte à Warehaven ne me détournera aucunement de mes obligations.

Cette déclaration la surprit.

— Vos terres sont donc en Normandie ?

Dans ce cas, pourquoi était-il au service de David Ier, et non de l'impératrice Mathilde ou de son époux Geoffroy d'Anjou ?

— Non. Je viens d'une petite île au large des côtes écossaises, répondit-il. J'ai récemment eu la surprise d'apprendre que mon frère aîné, Elrik, s'était vu accorder le comté de Roul, en Normandie. J'ai bien l'intention de découvrir en personne les circonstances de cet événement. Vous le voyez, vous ne m'éloignez aucunement de mon devoir envers mon roi.

Beatrice savait pertinemment, en entamant avec lui cette partie d'échecs verbale, qu'elle n'allait pas la remporter. Mais pourquoi tenait-il tant à la conduire à Warehaven ? L'obstination de Gregor commençait à raviver ses craintes.

— Vous voulez dire que vous faites seul le long voyage de la cour de David Ier jusqu'en Normandie ?

Certes, le domaine de Lady Mathilde s'étendait du sud d'Oxford jusqu'à la rive est de la Tamise. Mais entre Carlisle et Oxford, il aurait à franchir les terres d'Étienne de Blois. Le trajet était risqué, même s'il possédait un sauf-conduit.

Gregor ouvrit la porte de la chambre, laissant un flot de voix masculines pénétrer dans la pièce.

— Mes hommes sont en bas.

— Pourtant, il y a quelques heures, vous étiez seul !

— Non. Comme vous, je m'étais enfui.

Il se tut un instant avant de lui accorder une explication.

— J'ai tendance à rechercher la solitude, lorsque je veux établir des plans.

Beatrice sentit les battements de son cœur s'accélérer. Quelle sorte de plans le Loup méditait-il qui exigeaient d'être élaborés dans le secret ?

Mais elle n'eut pas le temps de l'interroger.

— Je suis un modeste charpentier de métier. Je construis des navires. Mes hommes ne me seraient d'aucune utilité dans la préparation de mes projets. Bien au contraire, leur présence m'importune. C'est pourquoi il m'arrive de m'éclipser pour réfléchir en paix.

Avant de poursuivre, il la considéra en haussant un sourcil.

— Comprenez-vous, à présent, pourquoi je tiens tant à me rendre à Warehaven ?

Beatrice le dévisagea. Un guerrier doublé d'un charpentier ! Cela expliquait ses muscles saillants et ses mains calleuses. Peut-être disait-il vrai en invoquant cette raison de vouloir découvrir Warehaven. C'était, après tout, un motif tout à fait valable pour quelqu'un qui construisait des bateaux. Pourtant, au fond d'elle, une petite voix lui intimait de se méfier.

Gregor lui avait déclaré qu'elle ne pourrait mentir sans être trahie par l'expression de son visage. Le sien, au contraire, était impénétrable : seuls, parfois, un sourcil arqué ou un léger tremblement de la lèvre laissaient deviner sa surprise ou son amusement. Comment savoir s'il disait la vérité ?

Cependant, elle devait bien admettre qu'il n'avait commis aucun acte suspect. Aussi décida-t-elle d'ajouter foi à ses paroles. Pour l'instant.

— Soit, je vous permets de m'escorter jusqu'à la côte. Mais je vous conseille de remettre votre visite de Warehaven à plus tard, lorsque mon père sera présent. Vous ne trouverez pas plus grand connaisseur en matière de construction navale.

Le guerrier se contenta de hocher la tête avant de se diriger vers la porte.

— Je vous laisse un moment pour vous préparer avant de prendre la route.

Sur le seuil, il s'arrêta et se tourna vers elle.

— J'imagine que la réponse est oui, mais je dois en être certain : savez-vous monter à cheval ?

— Bien entendu !

Même si elle n'avait jamais mis le pied à l'étrier, elle n'en aurait rien dit. Après avoir passé deux jours enfermée dans une voiture tirée par des mules, le changement serait bienvenu. À leur départ de Montreau, elle avait cru Charles lorsqu'il avait expliqué qu'il s'était procuré ce véhicule pour son confort. Maintenant, elle comprenait que c'était un mensonge : il savait qu'elle s'échapperait plus facilement à dos de cheval.

— Très bien. Je vous attendrai en bas.

— Pourrais-je obtenir de quoi manger avant notre départ ? demanda-t-elle avant qu'il ne referme la porte.

— Ceci est pour vous, répondit-il en désignant la petite table du doigt.

— Oh !

Jusqu'alors, elle n'avait pas remarqué le plateau ni le

pichet. Lorsqu'elle se tourna vers lui pour le remercier de sa prévenance, il avait déjà disparu.

Quoique décontenancée par son départ aussi abrupt que silencieux, elle décida d'oublier sa surprise pour se restaurer. Elle n'avait rien avalé depuis qu'elle s'était enfuie le jour précédent et elle était affamée.

Il lui suffit de humer les victuailles qui l'attendaient pour avoir l'eau à la bouche. Comment avait-elle pu ne pas sentir ces arômes à son réveil ? Sans doute avait-elle été distraite par sa dispute avec Gregor. Une distraction agréable, mais une distraction tout de même.

Elle dut faire appel à toute sa volonté pour manger comme une dame au lieu de fourrer pêle-mêle les morceaux de poisson, de fromage et de pain dans sa bouche.

Le poisson cuit au four manquait quelque peu d'assaisonnement, mais il était bon. Le pain était un délice : moelleux à l'intérieur, avec une croûte dorée à la perfection. Il aurait été fort apprécié à la table de son père.

Son appétit satisfait, elle but un grand gobelet de lait avant de mordre dans la pomme. Le fruit à la main, elle s'approcha de la fenêtre. La brise qui pénétrait dans la pièce lui indiqua que le temps serait doux. Par chance, aucun nuage ne voilait le soleil : ce serait une belle journée pour voyager.

C'est alors que l'on frappa à la porte. En se retournant, elle découvrit sur le seuil la servante qui les avait aidés la veille et lui fit signe d'entrer.

La femme commença à débarrasser la petite table.

— Je suis contente de voir que le repas vous a plu, finalement.

Beatrice la regarda avec étonnement.

— Pourquoi pensiez-vous le contraire ?

— Monsieur avait apporté du ragoût hier soir, et l'assiette est revenue pleine ce matin.

— Oh ! répondit-elle distraitement. Oh ! répéta-t-elle en prêtant davantage attention à ses paroles. Je dormais quand il est arrivé ; je n'avais pas vu le ragoût.

— Martha sera soulagée de l'apprendre. Ses petits plats font sa fierté.

— À juste titre.

Mais Beatrice ne songeait déjà plus à la qualité de la cuisine. C'était une tout autre pensée qu'elle tournait et retournait dans son esprit : il lui avait apporté à manger. Le Loup, ce monstre sans cœur, s'était donné la peine… Mieux encore, il avait pris en considération les besoins d'une inconnue. L'homme de main de David Ier, ce guerrier à la cruauté légendaire, avait pris *ses* besoins en considération et avait veillé à les contenter.

Ce n'était qu'un détail, mais qui donnait matière à réflexion. C'était à un acte comme celui-ci que l'on reconnaissait un homme digne d'estime. Pas à son visage, à sa prestance ni à sa beauté, ni même à la suavité de ses paroles. Car elle le savait désormais : les mots les plus doux pouvaient se révéler être de vulgaires mensonges, prononcés dans le seul but de manipuler.

En l'espace de quelques heures, Gregor de Roul lui avait apporté davantage de preuves de sa bonté et de son honnêteté que Charles ne l'avait fait en trois ans.

Peut-être avait-elle tort de douter de ses intentions. Un homme aussi attentionné ne pouvait projeter de commettre des méfaits contre Warehaven ; elle s'était sans doute inquiétée pour rien. Ses peurs irraisonnées de la veille étaient certainement dues à la trahison de Charles, et à sa fuite précipitée.

— Madame ?

Interrompue dans ses réflexions par la servante, elle se tourna vers elle.

— Oui ?

La femme tenait entre ses mains une paire de chausses et des bas.

— Avez-vous besoin de ces effets ?

Beatrice lança un regard sur ses propres chausses, posées sur le sol près du lit. Réparables ou non, elles ne lui seraient pas d'une grande utilité pour le voyage qu'elle s'apprêtait à entreprendre. Sans plus hésiter, elle saisit quelques pierreries sur la petite table.

— Oui, je vous remercie. Ceci est pour vous, ainsi que ma robe, si vous parvenez à en tirer quelque chose.

La femme la dévisagea, bouche bée, puis son regard alla du vêtement, que Beatrice avait accroché à la patère près de la porte, aux pierres précieuses qu'elle lui tendait.

— Non, je ne puis accepter ! Monsieur s'est déjà montré trop généreux !

Trop généreux ? Charles, lui, aurait exigé qu'on lui fournisse tout ce qu'il désirait, avant de discuter le prix jusqu'à payer une misère. Il aurait même été capable de prendre ce qu'il voulait sans rien donner en retour.

— Vous me rendriez service. Je n'ai plus aucune envie de porter cette robe ni de la revoir, mais il serait dommage de la jeter ou d'en faire des chiffons. Une bonne longueur de tissu peut être réutilisée.

Elle laissa tomber les pierreries dans la main de la servante en refermant doucement ses doigts dessus.

— Quant à ces pierres, elles sont imparfaites. Ce ne sont que des breloques aux couleurs vives, qui ne peuvent servir que d'ornements.

— Merci, madame. Je ne sais que dire. Puis-je faire autre chose pour vous ?

— Non, répondit Beatrice en souriant devant la nervosité évidente de la femme. Vous en avez déjà fait plus qu'assez. C'est moi qui vous remercie.

— Je vous en prie. Bon voyage, madame, ajouta-t-elle après un silence.

Une fois la bonne partie, Beatrice acheva de s'habiller et de se préparer pour la journée. À l'aide d'un de ses bas troués, elle attacha à sa ceinture la pochette contenant les pierreries qui lui restaient. Enfin, elle saisit le lourd manteau suspendu à la colonne de lit et quitta la pièce.

Gregor l'attendait au pied de l'escalier.

Elle l'aurait reconnu entre mille à la mèche argentée qui brillait dans sa chevelure noire. Appuyé contre le mur, il était en train de s'entretenir avec un membre de sa troupe, un officier d'un certain âge.

Lorsqu'il se tourna vers elle, Beatrice eut le souffle coupé et dut ralentir le pas. Les battements de son cœur, qui s'emballait soudain, la prirent par surprise. Comment un homme vêtu d'une cotte de mailles pouvait-il offrir un spectacle aussi saisissant ?

Sa silhouette était imposante. Les éperons fixés aux talons de ses bottes, preuve de son rang de chevalier, son surcot couleur d'ébène et enfin sa longue épée protégée par un fourreau noir, sanglé à sa taille, tout contribuait à faire de lui l'image même du guerrier. L'image même du Loup.

Sur l'avant-dernière marche, elle s'arrêta et posa une main sur son torse.

— Monsieur, j'ai cru comprendre que je vous devais plus que je ne le pensais, lui dit-elle, étrangement captivée par son regard résolument fixé sur elle.

Il esquissa un léger sourire avant de couvrir sa main de la sienne, la tenant ainsi fermement contre lui.

— Que voulez-vous dire ?

Si elle parvint à se retenir de trembler sous la chaleur de sa peau, ce fut au prix d'un immense effort. Pourtant, la flamme de désir qui embrasa tout son être céda rapidement la place à une aspiration plus profonde, un élan qui la menait vers des contrées dont elle ne soupçonnait pas l'existence.

Même si elle ne connaissait cet homme que depuis la veille, elle avait la certitude qu'auprès de lui elle était en sécurité : il veillerait sur elle quoi qu'il arrive. Contrairement à Charles. Loin de la protéger, celui qui se prétendait être son soupirant l'avait menacée, et elle n'avait pu compter que sur elle-même pour se défendre.

— Je vous suis redevable. Pour avoir mis Charles en fuite, mais aussi pour la chambre, les vêtements et le repas.

— Je n'ai fait que mon travail de protecteur.

— Mais vous n'êtes pas mon…

Le guerrier l'interrompit d'un haussement de sourcil à peine perceptible. Il avait raison : à quoi bon se disputer encore à ce sujet ?

— Quoi qu'il en soit, je vous sais gré de votre bonté, dit-elle en hochant la tête pour montrer qu'elle déposait les armes.

L'homme qui se tenait derrière lui renifla bruyamment

avant de se tourner vers quatre gardes, tous vêtus de noir, qui étaient assis à une table.

— En selle !

Gregor lâcha la main de Beatrice et lui offrit son bras.

— Êtes-vous prête ?

Il la conduisit dehors, où les attendaient plusieurs chevaux. Sans prévenir, il la saisit par la taille et la hissa sur la selle du plus petit animal. Elle passa la jambe par-dessus le garrot de sa monture et serra les pans de sa robe et de sa chemise sous ses cuisses. Heureusement, ceux-ci étaient suffisamment longs pour la couvrir.

— Si un danger survient et que je vous ordonne de vous éloigner, promettez-moi que vous galoperez comme le vent sans vous arrêter, lui dit le Loup après lui avoir remis les rênes.

Encore une fois, il s'inquiétait pour sa sécurité, allant jusqu'à devancer les risques.

— Craignez-vous de mauvaises rencontres ? demanda-t-elle sans cacher son appréhension.

— Rien d'insurmontable, mais je ne veux pas que vous vous retrouviez au milieu d'un combat.

— Moi non plus : je crois que cela ne me plairait guère. Je ferai ce que vous me direz, je vous le promets.

Sur ces paroles, il s'éloigna pour monter en selle après avoir jeté sur son épaule son bouclier, noir lui aussi, avec en son centre une silhouette de loup gris argenté.

La troupe s'ébranla, entourant Beatrice : Gregor se tenait à sa droite, le vieil homme à sa gauche et les quatre autres étaient répartis en deux groupes, devant et derrière elle.

Décidés à avancer le plus rapidement possible, ils parlaient peu et, bercée par le pas régulier de sa monture, elle sombra bientôt dans un demi-sommeil.

— Beatrice !

Une main agitait vigoureusement son épaule. Surprise, elle se réveilla en sursaut. Il lui fallut quelques instants pour se rendre compte que c'était Gregor qui la secouait ainsi.

— Qu'y a-t-il ? s'enquit-elle en se redressant sur sa selle tout en resserrant les doigts sur les rênes.

— Je sais que vous avez à peine fermé l'œil cette nuit, mais je ne voulais pas que vous tombiez de cheval.

— Tout va bien.

Gregor n'était pas dupe. La jeune femme était visiblement épuisée, mais il était trop tôt pour faire halte. Pour la tenir éveillée et apprendre à mieux connaître celle qu'il s'apprêtait à épouser, il entreprit de la questionner.

— Avez-vous hâte d'arriver à Warehaven ?

— J'en suis partie depuis si longtemps que je suis impatiente de rentrer, en effet.

— Quand avez-vous quitté votre demeure ?

— Il y a près de trois ans. Ma sœur a été enlevée et retenue captive sur l'île de Dunstan. Nous ignorions alors la raison de sa disparition, aussi mes parents m'ont-ils envoyée dans le nord du pays, chez mon frère et sa femme, par précaution.

— Est-elle encore prisonnière aujourd'hui ?

— Non. Son ravisseur l'a finalement épousée ; j'ose donc espérer qu'elle n'est pas restée cloîtrée pendant tout ce temps.

Intrigué par le ton acerbe de sa réponse, il se tourna vers elle.

— Vous n'approuvez pas cette union ?

— Je n'ai jamais rencontré cet homme, et je n'ai pas eu l'occasion de parler à Isabella. Je crains donc qu'elle n'ait pas été mariée de son plein gré.

De son plein gré ? Un mariage consenti avait-il tant d'importance à ses yeux, pour qu'elle se révoltât devant le sort de sa sœur ? Pendant un moment, Gregor fixa du regard l'espace situé entre les oreilles de son cheval. Il voulait en savoir plus sans risquer d'éveiller les soupçons de la jeune femme. Elle ne devait pas deviner qu'en secret des plans étaient déjà à l'œuvre qui allait déterminer son avenir. Des plans qui, incontestablement, la voueraient à une union dont elle ne voudrait pas.

— Ce type d'arrangement est courant, n'est-ce pas ? demanda-t-il enfin.

— Être enlevée, puis forcée d'épouser l'auteur de cette infamie ?

— Être enlevée, peut-être pas. Mais n'avez-vous jamais connu de femmes qui, suite à une défaite, avaient dû consentir à un mariage de convenance afin d'établir la paix entre les familles concernées, ou même pour obéir à un ordre de leur seigneur ?

Elle s'esclaffa comme s'il venait de raconter une plaisanterie.

— C'est exactement ce qui s'est produit pour mes parents !

— Vraiment ?

— Henri Ier avait chargé mon père de prendre possession de Warehaven et d'épouser la plus âgée des filles qui n'était pas encore mariée. C'était ma mère.

— Leur union n'a-t-elle pas été heureuse ?

— Mon père affirme être tombé amoureux d'elle dès l'instant où, à dos de cheval, il a surgi du grand feu allumé par ses troupes pour atterrir à ses pieds.

— Et votre mère ?

Beatrice éclata d'un rire si sonore que les autres hommes, surpris, se retournèrent. Aussitôt, Gregor les foudroya du regard, et ils dirigèrent à nouveau leur attention vers la route.

— Elle prétend qu'elle ne veut toujours pas de ce mariage, et qu'elle attend encore qu'il se lasse d'elle et retourne d'où il est venu !

— Ce doit être une plaisanterie entre vos parents.

— Bien sûr. Ma mère sait bien qu'elle ne trompe personne. Si mon père la quittait, elle en aurait le cœur brisé.

— Leur mariage forcé a donc connu une issue favorable.

— Peut-être. Mais malgré le récit qu'ils font de leur rencontre, le début de leur union n'a pas été aussi merveilleux qu'ils aiment à nous le faire croire.

— Pourquoi dites-vous cela ?

— Mes parents n'ont imposé à aucun d'entre nous de mariage arrangé. Ils nous ont donné la liberté de choisir afin de nous épargner les épreuves qu'eux-mêmes ont dû traverser avant de trouver l'amour. Et je crains que ce choix n'ait été volé à Isabella.

L'attitude de Warehaven laissait Gregor perplexe. Dans une certaine mesure, il comprenait que le lord autorisât ses enfants, désormais adultes, à prendre part aux décisions relatives à leur avenir. Mais, en tant que seigneur et père, il avait le devoir de veiller sur leur santé, leur fortune et leur sécurité.

L'amour, comme toute autre émotion partagée, pouvait s'épanouir et croître avec le temps. Le considérer comme une condition préalable à une union était absurde : l'affection, l'attirance et le désir ne sauraient tenir lieu de subsistance, de toit, ni de protection.

— Votre sœur est peut-être bien lotie, après tout.

Beatrice se raidit sur sa selle en posant sur lui des yeux incrédules. De toute évidence, son commentaire l'avait irritée.

— Pourquoi dites-vous une chose pareille ?

— Si cet homme s'est montré assez rusé et audacieux pour la capturer sans être arrêté, il sera certainement capable de la nourrir et de la protéger.

— La nourrir et la protéger ? répéta-t-elle en accentuant un peu plus chaque syllabe.

Elle se tut un instant avant de reprendre la parole, sur un ton plus mesuré.

— Voulez-vous dire que ce devrait être là ses seules préoccupations ?

— Étant donné qu'elle mourrait sans nourriture ni protection, ce sont des préoccupations majeures, me semble-t-il.

Pour toute réponse, elle tourna la tête et regarda droit devant elle d'un air boudeur.

Gregor savait qu'il avait raison, mais cela ne suffit pas à dissiper le malaise que son silence provoqua en lui. Il se sentit contraint de s'expliquer.

— Madame, je dois admettre que j'ai peine à comprendre votre obstination à placer l'amour avant toute chose.

— C'est bien naturel, de la part du Loup du roi David, le guerrier sans cœur, pour qui rien ni personne ne compte.

C'était faux : sa famille, ses hommes, ses vaisseaux et son avenir, tout cela comptait pour lui. Mais l'amour et la tendresse avaient besoin de temps ; ils mûrissaient lentement, naturellement entre deux personnes à mesure qu'elles apprenaient à se connaître. Ce n'étaient pas des sentiments à prendre à la légère. En se laissant guider aveuglément, hâtivement par son cœur, on courait à l'échec.

Au lieu de s'intéresser véritablement à sa première fiancée, il n'avait songé qu'à ses espoirs pour leur avenir. Tout à son rêve de tomber amoureux, il n'avait pas prévu la fragilité de la jeune femme et s'était montré incapable de l'aider. Il était seul responsable de la sécurité de son épouse, et il avait laissé ses aspirations et ses envies le distraire de l'essentiel.

En songeant à Beatrice, il ressentait une profonde tristesse. Sa liberté de choisir allait lui être refusée. Elle ne se marierait pas par amour et elle n'aurait jamais l'occasion de découvrir ce sentiment avec l'homme qui deviendrait son époux.

Allait-il la décevoir, elle aussi ? Finirait-elle par préférer se donner la mort plutôt que d'endurer une union forcée avec un guerrier dont l'âme était si souillée qu'il irait en enfer pour l'éternité ?

Un frisson d'effroi secoua ses épaules. Non, il ne pouvait pas, il ne voulait pas laisser les drames du passé se reproduire.

Sentant sur lui le regard de Beatrice, il se décida à répondre à son commentaire de la seule façon possible.

— Oui. Ce que vous dites est vrai.

— Je vous en prie, monsieur. Voilà une journée que je me trouve en votre compagnie, et je n'ai pas encore vu ce guerrier froid et insensible dont on se plaît à rapporter les méfaits. Je crois que les récits que l'on colporte sur votre compte sont teintés d'une légère exagération.

Cela était vrai également, même si elle apprendrait bientôt, à ses dépens, que certaines de ces histoires étaient fondées sur des faits bien réels. La leçon serait aussi cruelle pour elle qu'elle serait amère pour lui.

— Vous croyez me connaître après une journée passée à mes côtés ?

— J'en sais suffisamment.

Mais ils n'eurent pas le temps de débattre davantage.

— Lord Gregor ! cria un des deux hommes qui chevauchaient à leur suite.

Gregor se retourna pour regarder dans la direction indiquée par le garde. Quatre cavaliers s'approchaient au galop en brandissant leurs armes.

Sans attendre, il appliqua une tape sur la croupe du cheval de Beatrice.

— Partez en avant ! lui ordonna-t-il. Je vous rattraperai.

Chapitre 5

Beatrice plaqua ses jambes contre les flancs de sa monture et agrippa fermement les rênes tandis que l'animal s'élançait à vive allure.

Elle n'avait pas peur de tomber, non. C'était pour Gregor qu'elle était inquiète. Aussi curieux que cela pût paraître, elle craignait pour la vie d'un être qui, la veille encore, était pour elle un parfait inconnu.

Mais était-ce si étrange ? Le Loup était bon, courageux et fort. En d'autres mots, il possédait toutes les qualités qui, pour ses parents, définissaient un homme d'honneur. Et, avec le temps, peut-être en viendrait-elle à éprouver des sentiments pour lui.

Égoïstement, elle pensa que s'il lui arrivait malheur elle ne saurait jamais si cet amour verrait le jour. Comme ce serait regrettable ! Plus égoïstement encore, elle songea que, sans lui pour la protéger, elle aurait à affronter de terribles dangers.

Bientôt, le martèlement sec et rapide des sabots d'un cheval se fit entendre derrière elle. Son cœur se mit à battre à l'unisson. Étaient-ce les cavaliers de tout à l'heure qui la suivaient ventre à terre ? Ou, pire, Charles ? Seigneur, pourvu que ce ne soit pas le triste sire qu'elle avait espéré épouser autrefois !

Que lui ferait-il s'il la capturait ? Des images terrifiantes affluaient dans son esprit, qu'elle s'efforça de conjurer. Il lui ferait payer cher sa fuite, mais aussi la volée de coups que Gregor avait infligée à lui et à ses compagnons.

Les ongles enfoncés dans la paume de ses mains, elle se cramponnait aux rênes comme si sa vie en dépendait.

— Beatrice !

La voix familière de Gregor résonna à son oreille tandis qu'une main gantée se posait lourdement sur la sienne. Aussitôt, elle sentit un vif soulagement envahir son corps tout entier. Le guerrier tira sur la bride de sa monture, qui ralentit le pas avant de s'arrêter tout à fait.

Gregor lança un bref regard à Beatrice avant de sauter à terre pour s'approcher d'elle.

— Tout va bien.

— Et ces hommes ?

— Un ramassis de bandits qui ne nuiront plus à personne, du moins pas dans ce royaume.

Sans réfléchir un seul instant, elle se jeta dans ses bras. Des bras qui, en se refermant immédiatement sur elle, achevèrent de la rassurer.

— Trouvez un lieu de campement pour la nuit ! ordonna-t-il à ses hommes sans relâcher son étreinte.

Beatrice s'écarta légèrement, quittant momentanément la chaleur de son torse, pour lever les yeux vers lui. Une flamme luisait derrière ses paupières mi-closes et ses traits, d'ordinaire ombrageux, semblaient adoucis. C'était une expression agréable, qu'elle aurait aimé voir plus souvent. Une expression qui laissait aussi deviner une passion retenue. À cette pensée, des frissons d'impatience la submergèrent.

— Je vais parfaitement bien ; il est inutile de nous arrêter maintenant.

Dans l'espoir de dissimuler son trouble, elle contempla le ciel avant de diriger à nouveau son regard sur lui.

— La nuit ne tombera pas avant plusieurs heures.

Gregor effleura ses cheveux avant de poser une main sur sa joue pendant un fugitif instant.

— Non. Il est temps de faire halte.

— Je vous assure que je suis tout à fait capable de reprendre la route !

Comme elle se retournait, s'apprêtant à remonter en selle, il la saisit par les épaules.

— Vous tremblez encore.

— Je suis un peu grisée par la chevauchée, voilà tout, répondit-elle pour ne pas avouer que c'était lui qui faisait tressaillir ses nerfs. Je vais parfaitement bien, vraiment !

— Décidément, vous êtes une piètre menteuse, Beatrice de Warehaven ! déclara-t-il en laissant échapper un petit rire.

Cette remarque la plongea dans un profond embarras. Ne sachant que faire, elle baissa les yeux pour contempler le sol. Il avait deviné sans peine que c'était sa présence qui la faisait frémir ainsi. Pourquoi était-elle si facile à déchiffrer ? Et pourquoi fallait-il qu'il soit si observateur ?

— Non, vous vous trompez ! s'exclama-t-elle en secouant la tête. Jamais je n'avais galopé à une telle vitesse. J'avais l'impression d'avoir le diable à mes trousses !

Sans répondre à ce mensonge éhonté, il empoigna les rênes des deux chevaux avant de tendre à Beatrice celles de sa monture.

— Je doute que mes hommes soient allés bien loin. Marchons, cela permettra d'apaiser l'exaltation causée par votre folle chevauchée.

Beatrice choisit d'ignorer le ton taquin de ses paroles. Sachant qu'il ne prenait aucunement sa réponse au sérieux, elle lui savait gré de ne pas chercher à lui arracher la vérité. Du reste, elle aurait été bien incapable de lui expliquer pourquoi son cœur battait si fort lorsqu'il était près d'elle ou qu'il la touchait.

En réalité, elle était également soulagée d'avoir un peu de temps pour retrouver son calme avant qu'ils ne rejoignent la troupe. Ses joues étaient encore brûlantes, et elle voulait à tout prix éviter qu'ils ne remarquent son agitation. S'ils la voyaient à cet instant, ils risqueraient de se douter qu'il s'était passé quelque chose entre Gregor et elle.

Si ces gardes ressemblaient un tant soit peu à ceux de

Warehaven, ils s'empresseraient de répandre des rumeurs et de fourrer leur nez dans des affaires qu'il valait mieux laisser dans l'ombre.

Ils marchèrent côte à côte sans se parler. Beatrice ne savait que dire, et Gregor semblait perdu dans ses pensées. Mais au bout d'un moment, incapable de supporter plus longtemps la tension qui s'installait entre eux, elle brisa le silence.

— Je suis désolée.

— Pourquoi ?

— J'ai le sentiment de vous avoir contrarié d'une manière ou d'une autre et je…

Il leva un bras pour l'interrompre.

— Arrêtez.

— Quoi donc ?

— Arrêtez de vous excuser alors que vous n'avez commis aucune faute.

— Mais…

— Comment pourriez-vous être responsable de ma réaction ?

— Mais…

Une fois encore, il la coupa en levant brièvement le bras.

— Il n'y a pas de *mais*, Beatrice. La façon dont je réagis aux événements ne dépend que de moi. Vous n'avez pas à me ménager, à surveiller vos paroles ou vos actes pour éviter de me contrarier. Mes humeurs n'appartiennent qu'à moi, et je vous prie de ne pas vous en soucier.

Jamais elle n'avait entendu discours aussi surprenant.

— Quel étrange homme vous faites, Gregor de Roul !

— Pourquoi cela ?

— Ma mère ne dirait jamais rien qui puisse courroucer mon père. Si elle ne trouvait un moyen d'adoucir ses paroles, elle préférerait se taire.

— On vous a donc appris que parler sans détour était un vilain défaut ?

— Si cela ne sert qu'à mécontenter les autres, alors, oui.

— Ce doit être difficile d'avoir sans cesse peur de dire ce que l'on pense.

— Dans mon cas, je ne crois pas qu'il s'agisse de peur.

Plutôt de respect. De plus, la bienveillance est tout aussi importante que la vérité, à mon sens.

— Je n'ai jamais eu le luxe de choisir la bienveillance. Par conséquent, je suis mal placé pour savoir si vous avez raison ou tort.

Sa réponse la fit réfléchir. Elle imaginait sans peine que, depuis qu'il servait David Ier, on n'avait guère fait preuve d'amabilité à son égard. Si un quart des rumeurs colportées sur le Loup étaient vraies, nul doute qu'il recevait un accueil des plus froids partout où il allait. Mais il n'avait pas toujours été cet homme-là. Jadis, il avait été un petit garçon insouciant. Quelqu'un devait bien lui avoir témoigné un peu de gentillesse, alors.

— Vos parents sont-ils en vie ?

— Ma mère est morte en donnant le jour à mon plus jeune frère. Je garde très peu de souvenirs d'elle.

— Et votre père ?

— Il a dû élever seul ses quatre fils, tout en s'occupant de ses terres.

Beatrice en conclut que le lord de Roul n'avait eu que peu de temps à consacrer à ses garçons. Son cœur se serra en songeant à l'enfant qu'il avait été.

Gregor la regarda du haut de son imposante stature.

— Oh non, ne faites pas cela !

— Quoi donc ? Je ne fais rien.

— Vous vous apitoyez sur moi en vous figurant que j'ai eu une enfance pénible. Vous perdez votre temps.

— Cela a dû être difficile, sans votre mère, d'autant que votre père devait souvent être absent.

— J'imagine que mon enfance a été plus difficile que celle de certains, et plus facile que celle de beaucoup. Nous étions des garçons. Nous jouions, nous nous roulions par terre, nous nous battions. Bref, nous faisions ce que font tous les garçons. Et quand nous sommes devenus adultes nous nous sommes conduits comme des hommes.

— Bien sûr, bien sûr, répondit-elle en hochant lentement la tête.

— Qu'essayez-vous de me dire ?

— Gregor, soupira-t-elle, quelqu'un vous a-t-il jamais serré dans ses bras dans le seul but de vous faire sourire ?

— Qui est le plus étrange de nous deux, dites-moi ?

Du fond du cœur, elle le plaignait vraiment. Les trois années qu'elle venait de passer chez son frère lui avaient été d'autant plus pénibles qu'elle n'y recevait de marques de tendresse de personne. Après avoir si longtemps partagé la chambre et le quotidien d'Isabella, le changement était cruel. Vivre chaque jour sans prendre sa sœur dans ses bras, sans une caresse ni même un mot affectueux, s'était révélé plus difficile qu'elle ne l'aurait cru.

L'idée de passer sa vie entière de cette manière lui était intolérable.

Mais, Dieu merci, cela n'arriverait pas. D'ici peu, elle serait de retour à Warehaven, où elle retrouverait ses parents. Tous deux étaient des personnes chaleureuses, et elle aurait droit à plus de démonstrations d'affection qu'elle ne pouvait en espérer.

D'un léger coup de coude, Gregor l'arracha à ses pensées. Avec un petit rire feint, elle répondit à sa dernière remarque.

— Je n'ai pas l'impression d'être étrange. J'ai la chance d'être aimée, c'est tout.

Sans doute s'apprêtait-il à répliquer par une nouvelle moquerie, mais il n'en eut pas le temps. L'un de ses hommes surgit devant eux au bord de la route et leur fit signe.

Sans un mot de plus, ils menèrent leurs montures jusqu'au petit campement et les attachèrent près des autres bêtes.

Beatrice s'apprêtait à déboucler la sangle de sa selle lorsque le guerrier posa doucement les mains sur ses épaules pour la conduire auprès du feu.

— Asseyez-vous. Les hommes s'occuperont des chevaux. Quant à moi, je dois parler à Simon. Vous êtes en sécurité, ici, ajouta-t-il en élevant légèrement la voix tout en jetant un regard vers sa troupe.

Après l'avoir aidée à s'installer sur une bûche devant les flammes crépitantes, il lui tendit une flasque de cuir.

— Ce n'est que de l'eau.

— Merci, dit-elle en l'acceptant avec joie. C'est exactement ce qu'il me faut ! Vous pouvez partir, tout ira bien,poursuivit-elle en le chassant d'un petit signe de la main.

Tout en le regardant s'éloigner, elle s'étonna du sentiment inconnu qui s'emparait soudainement d'elle. Ce n'était pas véritablement du désir, émotion passagère facilement écartée. Non, ce qu'elle éprouvait était différent. C'était plus profond qu'une simple réaction physique.

Cela venait du cœur. Comme si un besoin impérieux, qu'elle ne comprenait pas tout à fait, s'y était fait une place. C'était parfaitement ridicule étant donné qu'elle connaissait à peine cet homme. Malheureusement, elle avait beau se raisonner, faire appel au bon sens, ce sentiment semblait s'imposer à elle, plus fort que tout.

Beatrice avala une grande gorgée d'eau et faillit en renverser une partie lorsqu'un bruit sourd retentit derrière elle. Les quatre gardes de Gregor venaient de laisser tomber leurs sacoches en même temps, avant de s'asseoir sur les autres bûches disposées en cercle autour du feu.

Les deux plus âgés avaient l'air dur et froid de guerriers habitués de longue date à servir le Loup. On les imaginait volontiers cruels et impitoyables. C'était le genre d'hommes dont elle n'aurait pas aimé croiser la route si elle avait été seule.

Les deux plus jeunes, eux, étaient moins imposants. L'un était légèrement plus grand que l'autre, tout en jambes, mais aucun n'avait encore perdu l'enthousiasme du bel âge. Ils se parlaient à voix basse, inspectant les environs à tour de rôle, curieux de tout ce qui s'offrait à leur vue, y compris Beatrice.

L'attention qu'ils lui portaient l'amusait. S'ils s'étaient tous trouvés dans la grande salle du château de son père, c'est avec eux qu'elle aurait conversé pour passer le temps. Ils lui paraissaient inoffensifs et ils ne l'impressionnaient pas. Si elle devait être parfaitement honnête, ils semblaient également plus faciles à manœuvrer que leurs aînés.

— Si vous voulez manger, nous avons tout ce qu'il faut, lui dit le plus jeune en lui montrant leurs vivres d'un geste de la main.

À sa grande surprise, elle se rendit compte qu'elle n'avait pas du tout faim. Elle chercha Gregor des yeux. Se nourrir était bien sa dernière préoccupation.

— Non, je vous remercie, pas pour le moment, répondit-elle en se retournant pour jeter un regard sur les sacoches pleines à craquer. De plus, je m'en voudrais d'entamer vos réserves. Vous en aurez besoin pour la suite de votre voyage.

À ces mots, l'un des gardes les plus âgés la considéra d'un air furieux. Qu'avait-elle dit pour le mécontenter ainsi ? Enfin, elle comprit son erreur. Elle avait osé critiquer la façon dont ces hommes entendaient utiliser leurs vivres, elle, une simple femme ! Pire, une étrangère !

Soucieuse de ne pas partir d'un mauvais pied, elle se tourna vers lui.

— Je sais que votre compagnon ne m'aurait pas proposé de partager vos provisions si celles-ci n'avaient pas été suffisantes. Mais parfois j'ai un tel appétit que je serais capable d'engloutir plus que vous quatre réunis ! Avouez que ce serait ennuyeux !

Au bout d'un moment qui lui sembla interminable, un demi-sourire se dessina sur le visage de l'homme.

— Madame, je doute que vous puissiez manger plus que notre ami Harold, et à plus forte raison que nous quatre ! dit-il en désignant du pouce le grand garçon dégingandé. C'est à croire qu'il est creux de la tête aux pieds !

— De plus, ajouta le garde assis à ses côtés, à vous voir, on devine que vous n'avez pas pour habitude de vous gaver comme une oie !

— Je considère cela comme un compliment. Merci ! répondit-elle avec un petit rire, soulagée d'avoir évité de provoquer la colère d'un des hommes du Loup.

— Je dois aller vérifier les pièges avant la nuit, annonça alors le plus jeune en se levant d'un bond.

Lorsqu'il fut parti, Beatrice se tourna vers les trois autres gardes.

— Êtes-vous au service de Gregor de Roul depuis longtemps ? leur demanda-t-elle.

Le plus vieux hocha le menton, son compagnon garda les yeux fixés sur le sol et le dénommé Harold secoua la tête. Fallait-il qu'ils soient si taiseux ? Elle n'avait pas l'intention de leur soutirer des secrets, mais seulement de faire la conversation !

Enfin, l'homme qui était assis au milieu se décida à lui répondre.

— Nous sommes nés sur l'île de Roul, tous les quatre. Là-bas, une fois adulte, on a le choix entre quitter notre bout de terre, construire des bateaux, travailler au port ou rejoindre la garde de la famille.

Il désigna l'aîné du pouce avant de continuer.

— James est tellement doué avec les outils qu'à peine arrivé sur le chantier naval, il a perdu un doigt !

— Je me suis dit que je courrais moins de risques avec une épée tranchante au poing ! renchérit l'intéressé tout en levant la main gauche pour exhiber son doigt manquant.

— Comme Daniel, dit Harold en désignant du menton la direction dans laquelle le plus jeune était parti, j'ai marché sur les traces de mon père et de mes frères en prenant les armes pour les Roul.

Les perspectives étaient les mêmes pour les hommes de Warehaven.

— Autant de raisons louables d'avoir emprunté cette voie, commenta Beatrice avant de porter son regard sur le troisième membre de la troupe.

Et lui, pourquoi avait-il choisi de rejoindre la garde des Roul ?

— Je voulais seulement avoir l'occasion de tuer, répondit-il en haussant une épaule.

Beatrice sentit son sang se figer dans ses veines.

James asséna un coup de poing à son compagnon.

— Colin ! Tu vas la faire mourir de peur !

Colin se frotta le bras en baissant la tête.

— Je vous demande pardon, dit-il à Beatrice avec un sourire penaud. La vérité, c'est que le vieux lord m'a forcé à entrer à son service pour m'empêcher de sévir sur les quais.

— Je vois tout à fait de quoi vous parlez, répondit Beatrice en éclatant de rire. À Warehaven, plus d'un larron a été dressé de cette façon !

Cependant, Harold dévisageait Colin, stupéfait. Il ouvrit et referma plusieurs fois la bouche avant qu'un son ne franchisse ses lèvres.

— Tu étais un fauteur de troubles ? *Toi ?*

Colin considéra Beatrice avec un air furibond.

— Vous avez vu ce que vous avez fait ? s'écria-t-il en affectant l'indignation d'un homme profondément blessé. Vous avez détruit ma belle réputation !

James leva les yeux au ciel tandis que Harold secouait la tête.

— Je vous demande pardon, Sir Colin. Je n'avais aucunement l'intention de ternir votre réputation.

Le garde se tourna à nouveau vers elle en s'esclaffant avant de lui montrer son pied.

— Y a-t-il des éperons sur ces bottes ? Je n'ai pas de titre, moi !

— Aspirez-vous à en avoir un jour ?

— Jamais de la vie ! s'écrièrent les trois hommes à l'unisson.

Beatrice ne s'attendait pas à une réponse aussi catégorique.

— Voyez-vous Sir Simon, là-bas ? lança Colin.

Elle dirigea son regard vers l'officier, toujours en grande conversation avec Gregor, avant de se tourner derechef vers les hommes assis avec elle autour du feu.

— Oui, pourquoi ?

— Il a été fait chevalier sur le champ de bataille, avec le vieux lord. Le « sir » accolé à son nom suppose des responsabilités dont nous nous passons fort bien.

— Il est plus facile de suivre des ordres que d'en donner : on ne peut jamais être sûr qu'ils se révéleront judicieux.

— Sa tâche ne se résume pas à prendre rapidement les bonnes décisions, vous savez.

Colin jeta un bref regard dans la direction de Gregor et Simon avant de continuer.

— Il doit aussi veiller à ce que le lord ne se mette pas trop en danger.

— Lord Gregor prend-il trop de risques ?

Harold renifla bruyamment avant de se lever.

— Je vais voir ce que fait Daniel, dit-il.

Une fois le jeune garde parti, James s'adressa à Beatrice à voix basse.

— Avez-vous eu vent des rumeurs qui courent sur Lord Gregor ?

— Je sais seulement qu'il est le Loup de David Ier, et, d'après ce que l'on dit, qu'il vaut mieux l'éviter.

Comprenant que James ne voulait pas que Gregor l'entende, elle chuchotait presque, comme lui.

— Il a été marié, autrefois.

— Vraiment ?

Cette information n'était jamais parvenue à ses oreilles, à moins qu'elle n'y ait pas prêté attention. Après tout, jamais elle n'aurait rencontré Gregor de Roul en des circonstances normales.

— Je l'ignorais.

Colin se racla la gorge avant de désigner leur chef d'un signe de tête.

— Il vaut peut-être mieux lui laisser le soin d'en parler.

— Je n'allais pas raconter son mariage, protesta James, mais on sait très bien, toi et moi, que c'est à ce moment-là qu'il a commencé à prendre plus de risques que nécessaire.

Devant le regard courroucé de Colin, il préféra ne pas poursuivre. Les deux hommes restèrent silencieux et, à leur mine tendue, Beatrice devina que la conversation était terminée. Cela ne la gênait pas : ils lui avaient largement donné de quoi réfléchir.

Ainsi, Gregor avait été — ou était encore — marié. Intéressant… Jamais il n'avait dit mot de sa femme, et il ne se comportait pas comme s'il en avait une. Qu'avait-il pu se passer ? Qui avait-il épousé, et quand ? Comment était-elle ? De nombreuses questions se formaient dans son esprit, mais elle savait qu'il était inutile de les poser aux deux hommes.

Et Gregor, lui répondrait-il si elle l'interrogeait ? se demanda-t-elle en le regardant. Le guerrier, l'allure raide, se tenait face à son capitaine, qui affichait un visage maussade. Ils étaient en train de se disputer.

Quel pouvait être le sujet de leur discorde ? Quand Simon esquissa un signe de tête dans sa direction, elle songea avec effroi que c'était sans doute elle.

Chapitre 6

Après avoir installé Beatrice sur une bûche devant le feu, Gregor rejoignit Simon sur la route. Celui-ci ne lui laissa pas le temps d'ouvrir la bouche.

— Puis-je parler librement, Lord Gregor ?

Si la froideur de son ton et l'usage de ce titre n'avaient pas été suffisants, le fait qu'il lui demandait sa permission indiquait clairement qu'il s'apprêtait, une fois de plus, à lui faire la leçon.

Avec un grognement, Gregor lui fit signe de continuer. Lui refuser la parole ne servirait à rien : qu'il le veuille ou non, l'homme finirait par dire ce qu'il avait sur le cœur.

— Mais enfin, à quoi songes-tu ?

Gregor leva les yeux vers la cime des arbres, où les oiseaux s'étaient regroupés pour chanter. Sans doute se moquaient-ils de lui dans une langue qu'ils étaient seuls à comprendre. Du reste, ils n'avaient pas tort : combien d'hommes donnaient à leur second la liberté d'exprimer son opinion tout en sachant pertinemment que ce qu'il avait à dire ne leur plairait pas ? Il dirigea de nouveau son attention vers Simon.

— Aux reproches que tu t'apprêtes à m'adresser.

Si cette réponse sembla tout d'abord décontenancer son capitaine, celui-ci se reprit rapidement.

— Je t'ai vu ! lança-t-il sur un ton accusateur. Tu la serrais dans tes bras et, à en croire l'expression de ton visage, tu n'avais guère envie de t'arrêter là !

Gregor eut soudain l'impression qu'il venait à nouveau d'être surpris dans l'écurie avec la fille de la cuisinière. Il avait treize ans lorsque sa mère leur avait jeté un seau d'eau glacée. Mais au moins elle n'avait pas prononcé un mot. Toute remontrance était inutile : son acte était suffisamment éloquent. Le bouillon gras et froid qu'elle lui avait servi ce soir-là n'avait fait qu'enfoncer le clou.

Cette fois, il ne s'en sortirait pas aussi facilement. Simon semblait hors de lui.

— Elle était terrifiée et elle s'est jetée dans mes bras. Que voulais-tu que je fasse ? Devais-je la repousser ?

— As-tu perdu la tête ?

— Pas du tout.

Il n'en aurait pas dit autant de l'officier.

— Dans quelques jours, tu vas lui prendre ses terres et assassiner son père. L'as-tu oublié ?

— Non. Je n'ai rien oublié.

Comment l'aurait-il pu ? Cette idée le rongeait.

— Crois-tu que tes actions présentes puissent lui rendre les événements à venir moins pénibles ?

— Rien ne pourra les lui rendre moins pénibles. Mais avec le temps la douleur s'atténuera.

— Cette fille va te détester, Gregor. Elle va te détester de toutes ses forces !

— Je préfère qu'elle me déteste plutôt qu'elle me craigne. De plus, elle va devenir ma femme. Sa haine sera mon fardeau et, que je le veuille ou non, il me faudra l'accepter.

La haine était un sentiment qu'il connaissait bien ; la subir ne lui faisait pas peur.

— Accepter ce fardeau ? Est-ce là ce que tu comptes faire pour le restant de tes jours ?

— Ai-je le choix ? Quoi qu'il arrive, elle me méprisera. Je ne vois rien de mal à profiter de ces moments où nous pouvons encore nous entendre. Ils ne dureront pas.

— Non, tu n'as pas le choix. Prends cette maudite île pour le roi David. Livre les navires à l'impératrice et laisse cette fille mourir avec son père. Cela vaudra mieux pour vous deux.

Gregor se raidit. Le souffle lui manqua, comme si son capitaine venait de lui asséner un coup de poing dans le ventre. Non ! Quoi que l'on racontât sur son compte, jamais il n'avait donné la mort à une femme, et il n'avait pas l'intention de commencer !

Simon le saisit par le bras et le regarda droit dans les yeux.

— Seigneur, tu es amoureux d'elle ! souffla-t-il en le lâchant soudain, avant de reculer comme s'il s'était brûlé. Tu nous feras tous tuer, Gregor ! ajouta-t-il en secouant la tête.

Le vieil homme mettait sa patience à l'épreuve.

— Aucun de nous ne va mourir.

— Nous sommes engagés dans un combat dont la perdante se sentira trahie de la pire façon possible. Quelqu'un va mourir !

— C'en est trop ! Simon, je te le répète : aucun de nous ne va mourir. Je ne suis pas amoureux d'elle.

L'officier laissa échapper un soupir dédaigneux avant de désigner Beatrice du menton.

— Essaies-tu de te mentir à toi-même ou de me convaincre ?

— Je ne mens à personne. C'est une femme désirable, je le reconnais. Mais cela n'a rien de fâcheux étant donné qu'elle va devenir mon épouse. Je n'ai pas oublié mon devoir envers mon roi, ni les moyens que je dois employer pour exécuter ses ordres !

— Une épouse désirable, certes, mais qui ne voudra pas de toi !

— Qu'elle veuille de moi ou pas, ce n'est pas son esprit ni son cœur qui en décideront.

Oui, elle allait le haïr, il en avait conscience. Mais il savait également que, dans leur lit de noces, son corps n'écouterait plus sa raison. Plus encore que la veille, sa tension nerveuse était flagrante lorsqu'il la touchait. Elle le désirait : il le voyait dans ses yeux chaque fois qu'elle les posait sur lui, et dans son abandon quand il la serrait dans ses bras. Sans doute en concevrait-elle du mépris pour elle-même, mais, le jour venu, elle se donnerait à lui de son plein gré.

— Je ne te contredirai pas, Simon : elle mérite mieux. Mais elle n'aura que moi.

— Bah ! Elle mérite mieux ! Quel langage est-ce là ? Et toi, Gregor ? Ne mérites-tu pas mieux ?

— Non, répondit-il en secouant la tête. Non, je ne mérite rien d'autre. Trouver une épouse qui me déteste mais qui n'a pas peur de moi, c'est plus que je ne pouvais espérer ici-bas.

— Comment peux-tu parler ainsi ? Tu ne peux pas passer ta vie à craindre que toutes les femmes soient comme Sarah ! Elle était fragile, brisée avant même de te connaître !

— Cela, nous ne le saurons jamais, n'est-ce pas ?

— Gregor, quand cesseras-tu de te punir pour une faute que tu n'as pas commise ?

Il n'avait aucune envie d'aborder ce sujet. Ni avec Simon, ni avec personne d'autre. En temps voulu, il aurait à répondre de ses actes devant une puissance supérieure : Dieu ou Satan, cela restait à déterminer. Quoiqu'il doutât fort que ce pût être Dieu…

Il tourna le dos à son capitaine, s'apprêtant à rejoindre Beatrice et ses gardes auprès du feu en le laissant seul avec ses vaines réflexions.

— Réponds-moi, mon garçon !

Mon garçon ? Cet homme qui lui faisait la leçon osait l'appeler *mon garçon* ? Serrant le poing, il pivota brusquement sur lui-même, prêt à commettre un geste qu'il n'aurait jamais imaginé exécuter.

Simon esquiva facilement le coup.

— Tu ne crois tout de même pas être le premier Roul à essayer cela ? demanda-t-il en éclatant d'un grand rire.

— Le jour viendra où tu iras trop loin, Simon. Et ce jour-là tu pourras dire adieu à la vie ! Cette conversation est terminée.

— Je te connais depuis l'enfance, Gregor.

De toute évidence, le vieil homme avait décidé de ne pas l'écouter.

— Si tu avais pu l'empêcher de sauter, poursuivit-il, tu l'aurais fait. Mon ami, tu n'y es pour rien !

— Quelle différence cela fait-il ? Elle est morte.

— Pas par ta faute.

— Tu auras beau me le dire, cela ne me délivrera pas de ce poids.

— Quel poids ? Le péché ? Gregor, tu n'es pas un homme d'Église, et je t'imagine mal le devenir un jour. Accepte ce qui s'est passé, et si tu tiens à faire pénitence fais don d'un peu de ton or !

— On ne paie pas pour entrer au paradis.

— Le paradis est le royaume des morts. Tu n'es pas encore mort.

Pourtant, Gregor avait parfois l'impression du contraire.

— Je le serai un jour, répondit-il.

— Comme nous tous ! dit Simon en poussant un profond soupir. Mon ami, en attendant ce jour, ne te prive d'aucune joie !

Le rire de Beatrice retentit soudain, interrompant leur conversation. Gregor ferma les yeux tandis qu'une douce chaleur venait caresser sa nuque.

Le silence de Simon était lourd de reproches.

— Un peu de joie, c'est là tout ce que je demande ! Si cette femme et moi ne pouvons espérer davantage qu'un désir partagé, quel mal y a-t-il à attiser ce feu, avant que la colère et la haine ne viennent entacher la passion ?

— Tu risques de tisser une toile de chimères qui finira par te piéger aussi sûrement qu'elle.

— Cesse tes balivernes ! Je sais depuis le début que notre temps est compté. Une fois la forteresse conquise et le mariage scellé, je prendrai congé comme prévu, sans y laisser de plumes.

— Mais en attendant tu t'attaches à cette femme, et elle à toi. Comment peux-tu croire que vous sortirez indemnes de cette histoire ?

— Oui, elle me méprisera, et sa haine me poursuivra quand je partirai. Mais l'un comme l'autre nous garderons le souvenir de ces quelques jours de simple plaisir.

— Tu es devenu fou ! Quelques moments heureux ne compenseront pas le fait que vous serez privés à jamais d'une vie digne de ce nom, et d'une personne avec qui la partager.

Ils pouvaient bien parler toute la nuit : cette discussion ne les mènerait nulle part.

— Il en est ainsi, Simon.

— Au moins, n'oublie pas que tu n'es pas le seul à courir des risques.

Gregor lui lança un regard furieux.

— Vous ai-je jamais fait prendre des risques inutiles ? Vous ai-je, ne serait-ce qu'une fois, jetés dans un combat à l'issue incertaine ?

Simon secoua la tête.

— Sache que cela n'arrivera pas, aujourd'hui non plus.

À nouveau, le vieil homme soupira.

— Je ne te tourmenterai pas davantage. Mais sois prudent, Gregor. Ne tisse pas cette toile trop serré : tu risquerais de ne plus pouvoir t'échapper, ou de ne plus voir au travers.

Sans ajouter un mot, le capitaine s'éloigna, le laissant là, au bord de la route.

Gregor s'étira et roula les épaules afin d'évacuer la sourde colère que cette discussion oiseuse avait déclenchée en lui. Il n'était pas fou ; il savait ce qu'il faisait. Si un autre de ses hommes avait osé le questionner de la sorte, non seulement il se serait retrouvé à terre, mais il aurait perdu sa place.

Quelle mouche avait piqué Simon ? Était-il trop vieux pour faire partie de sa troupe ? Si quelqu'un devait se montrer prudent, c'était lui ! Encore une ingérence de ce type, et l'officier resterait au fort de Roul, assis dans la grande salle, au lieu de partir en mission !

Son calme à peu près retrouvé, il se dirigea vers le feu de camp.

Avant même de l'apercevoir, Beatrice fut alertée de l'arrivée de Gregor par un frémissement au creux de son ventre. Cela n'avait rien à voir avec de la faim, elle le savait. Lorsqu'elle se tourna vers lui, leurs yeux se rencontrèrent, et elle dut réprimer un soupir. Comme son cœur palpitait à son approche !

Il s'assit auprès d'elle sur la bûche, si près que deux de ses hommes lui adressèrent un regard interrogateur, tandis que les deux autres le considéraient avec un sourire narquois. Son second, Simon, l'ignorait complètement, se tenant à distance, ce qui semblait confirmer ses craintes : elle était la cause de leur dispute.

Les gardes qui, avant son arrivée, avaient retrouvé leur bonhomie, conversant bruyamment, perdirent aussitôt leur naturel. Leurs regards allaient de Simon à Gregor : manifestement, eux aussi percevaient l'hostilité qui régnait entre les deux hommes.

Beatrice concentra son attention sur le feu, où cuisaient les trois oiseaux que Daniel, le plus jeune membre de la troupe, avait attrapés dans son filet. Mais ils étaient encore loin d'être prêts, et elle ne pouvait pas rester là sans rien dire ni rien faire ! La tension était palpable, et le fait de savoir qu'elle en était très probablement à l'origine la lui rendait insupportable.

Brusquement, elle se leva. Lorsque Gregor l'imita, elle porta son regard sur lui.

— Je n'en ai pas pour longtemps. Je veux seulement… marcher un peu. Et je n'ai pas besoin de votre aide.

— Ah ! dit-il simplement avant de se rasseoir.

— Il y a un fleuve à une vingtaine de pas de la route, sur la gauche, juste après le tournant, suggéra Colin.

— Parfait. Je vous remercie.

Elle s'éloigna rapidement du petit groupe, de peur que Gregor ne change d'avis et ne décide de la suivre, qu'elle le veuille ou non. Malheureusement, lorsqu'elle parvint à la route, elle découvrit que le tournant en question se trouvait un peu plus loin qu'elle ne l'aurait souhaité. Mais, certaine que son protecteur autoproclamé ne manquerait pas de venir la chercher si elle tardait à revenir, elle poursuivit son chemin.

Il y avait également plus de vingt pas entre la route et le fleuve. De toute évidence, les enjambées de Colin étaient bien plus longues que les siennes : près de deux fois plus longues même, car elle compta trente-cinq pas avant que le murmure des flots ne lui parvienne.

Quelques instants plus tard, comme elle se penchait pour

plonger les mains dans l'eau froide, elle entendit le craquement d'une branche derrière elle.

— Je ne suis pas partie depuis si longtemps, observa-t-elle sans se retourner.

— Cela m'a pourtant semblé une éternité.

Beatrice se figea. Elle eut l'impression que cœur s'arrêtait avant de se remettre à battre violemment dans sa poitrine, lui ôtant le souffle. Cette voix lui était familière, mais ce n'était pas celle de Gregor !

— Vous m'avez suivie ? demanda-t-elle en se redressant d'un bond avant de faire volte-face.

Charles se tenait devant elle, appuyé contre un arbre.

— Bien sûr que je vous ai suivie ! Vous ne pensiez tout de même pas que j'allais abandonner la partie !

— J'espérais que vous aviez retenu la leçon et que vous auriez la sagesse de vous tenir à distance.

Tenter de fuir était inutile : il la rattraperait facilement. Beatrice résolut d'avancer lentement le long du fleuve en attendant que Gregor vienne à sa recherche ou qu'elle trouve un moyen de sortir de cette impasse.

Charles dirigea ses pas vers elle.

— Pourquoi voudrais-je me tenir à distance de ma fiancée ?

D'abord indifférent, son visage se crispa en un rictus de colère haineuse

— Même si cette fiancée aime à être enlacée par un autre homme…

Juste ciel, il l'avait vue dans les bras de Gregor ! S'il mettait la main sur elle, il n'hésiterait pas à la tuer. Tout ce qu'elle pouvait faire, c'était gagner du temps : son escorte finirait forcément par venir à son secours. Pourvu qu'elle n'arrive pas trop tard…

— Dans ce cas, vous savez qu'il ne s'est rien passé. Je ne suis pas votre fiancée, mais cela ne change rien, n'est-ce pas, Charles ? Il m'a prise dans ses bras ; je pouvais difficilement l'en empêcher. Pas plus que vous, je ne suis de taille à lutter contre lui !

Au souvenir de sa cuisante défaite contre Gregor, il émit un petit ricanement

— Rosser un homme ivre est à la portée du premier imbécile venu !

C'était donc là son excuse ? Il avait trop bu et n'était pas en état de se battre ? Elle ne se laissa pas abuser par ce mensonge : elle l'avait vu plus d'une fois se faire rouer de coups par des adversaires qui n'avaient rien de guerriers endurcis. L'un d'eux était même un garçon d'écurie de Warehaven !

C'est alors qu'elle entendit un bruissement de feuilles suivi d'un craquement : ils n'étaient pas seuls. Lorsqu'elle tourna la tête à droite, son cœur se serra. Les deux compagnons de Charles approchaient.

Elle hâta le pas, mais son poursuivant en fit autant. Il eut tôt fait de la rattraper.

— Cette fois, vous ne m'échapperez pas, Beatrice ! lui dit-il en l'empoignant par le bras.

L'un de ses amis se précipita vers eux et, de son pied, accrocha sa cheville pour la faire tomber. Elle se retrouva dans la pire des positions : étendue sur le dos, avec Charles sur elle.

En dernier recours, elle fit ce qu'elle aurait dû faire dès le moment où il lui était apparu : elle cria de toutes ses forces.

Charles la gifla à toute volée pour la réduire au silence, mais Gregor et ses hommes devaient l'avoir entendue. Du moins l'espérait-elle.

— Taisez-vous !

— Vous me le paierez ! s'écria-t-elle, le visage baigné de larmes brûlantes.

Il se leva en l'entraînant avec brutalité.

— La seule personne qui va payer ici, c'est vous ! dit-il en l'attirant brusquement contre lui. Et croyez-moi, mon amour : vous m'implorerez de vous achever avant que j'en aie terminé avec vous.

Les rires cruels de ses amis retentirent à ses oreilles, la glaçant d'effroi.

— Lâchez-moi ! cria-t-elle en le repoussant.

— Je vous ai dit de vous taire ! répliqua-t-il en levant une main au-dessus d'elle.

Alors qu'elle tournait la tête pour tenter d'éviter le coup, elle vit les deux compagnons de Charles s'effondrer sur le sol en même temps, dans un bruit sourd. James et Colin, les plus âgés des gardes de Gregor, se tenaient au-dessus d'eux, bras croisés. Nonchalamment, ils levèrent les yeux comme s'ils n'avaient pas la moindre idée de ce qui avait bien pu arriver aux hommes qui gisaient sur le sol.

Mais un gémissement attira l'attention de Beatrice, et elle se retourna. Placé derrière Charles, Gregor appuyait le plat de son poignard contre sa gorge. Cela ne la surprit pas. Ce qui la laissa interdite, en revanche, ce fut l'absence de toute émotion sur le visage du guerrier. Il ne montrait pas la moindre trace de colère, de rage, ni même d'irritation : absolument rien.

À cet instant, elle comprit qu'elle était face au Loup de David Ier. Elle sut également, avec une précision parfaite, ce que ressentaient ses ennemis tandis qu'ils contemplaient une mort certaine. Même si elle-même ne courait pas un tel risque, des frissons parcoururent son dos avant de pétrifier son corps tout entier. Voilà pourquoi l'homme qui s'était montré si bon avec elle était considéré comme un tueur impitoyable : il était capable d'étouffer totalement ses émotions. Et cette aptitude était une arme bien plus redoutable que son épée.

— Relâchez-la.

Gregor inclina légèrement son poignard, et Charles dut lever la tête pour éviter d'avoir le menton tranché. Par chance, il obéit et la laissa partir.

Beatrice s'éloigna des deux hommes. Suivant le son à peine perceptible d'un sifflement, elle se dirigea vers Simon et saisit la main qu'il lui offrait pour aller se poster à ses côtés.

— Je vous avais dit de garder vos distances.

Le guerrier parlait sur un ton calme et mesuré, si bas qu'elle devait tendre l'oreille pour comprendre ses paroles.

— Cette femme est ma fiancée !

Charles, le visage rougi, avait presque crié.

Beatrice ne pouvait le laisser proférer de tels mensonges.

— C'est faux, je ne suis pas…

D'une légère pression sur le poignet, Simon l'interrompit et la considéra sévèrement en secouant la tête.

Quant à Gregor, il ne lui adressa pas même un regard. Toujours placé derrière Charles, il le surveillait attentivement.

— Elle est sous ma protection. Et vous osez me bafouer en levant la main sur elle !

À ces mots, il tourna son arme de façon à appuyer la lame contre le cou de son prisonnier.

— Je ne faisais que l'arracher des griffes d'un homme que ni elle ni sa famille ne connaissent !

— En vous jetant sur elle ?

Le ton de sa voix n'avait pas changé, mais cette fois il avait parlé juste assez fort pour que Beatrice l'entende sans peine.

— C'est elle qui m'a attaqué !

— Et vous avez eu peur d'une femme ? Vous êtes-vous senti à ce point menacé ?

L'un des deux hommes étendus à terre émit un grognement et commença à bouger. Aussitôt, James posa un pied botté sur son dos pour le clouer au sol.

— Je sais que c'est une femme, mais elle n'en est pas moins dangereuse ! répliqua Charles, les poings sur les hanches.

Peut-être se souvenait-il avec amertume de la correction qu'elle lui avait administrée dans sa tente.

— C'est vous qui l'avez rendue dangereuse, avec votre arrogance outrancière !

Comme il avait raison ! Dans son orgueil, Charles s'était cru maître de la situation et avait baissé la garde, laissant à Beatrice l'occasion de l'assommer avec le pichet d'eau.

— Vous ne savez pas de quoi elle est capable !

— Si vous l'aviez traitée avec un tant soit peu de respect, elle n'aurait eu aucune raison de vous montrer qu'elle pouvait vous nuire.

— Vous osez me parler de respect ? Est-ce là ce que vous prétendez lui témoigner ? J'ai au contraire la nette impression qu'elle est à votre merci !

Charles avait-il toujours été aussi sot ?

— À ma merci ? Je ne la garde pas captive, et aucun mal ne lui sera fait.

— Pourtant, vous avez abusé d'elle. Je vous ai vu !

Beatrice était sidérée par la stupidité de celui qu'elle avait cru aimer autrefois. Ne tenait-il donc pas à la vie ? Ignorait-il qui il provoquait de la sorte ?

— Savez-vous qui je suis ?

Visiblement, Gregor se posait la même question.

— L'homme qui m'a volé ma femme.

Sa femme ? Beatrice esquissa un pas en avant, mais Simon la ramena auprès de lui en la tirant par le poignet.

— Restez en dehors de cela, chuchota-t-il, penché à son oreille.

Pour toute réponse, elle le foudroya du regard. Il s'agissait d'elle ! N'avait-elle pas le droit de rétablir la vérité lorsque l'on se permettait de la diffamer ? Mais, en observant à nouveau les deux hommes qui s'affrontaient, elle se rasséréna. Intervenir était inutile : Gregor ne paraissait aucunement ajouter foi aux propos de Charles.

— Beatrice de Warehaven est actuellement sous la protection de Roul.

Ce ne fut pas immédiat, mais enfin le nom prononcé sembla produire un effet sur Charles. Il se raidit, et une pâleur subite envahit son visage.

L'homme qui se trouvait sous la botte de Colin étouffa un juron. Beatrice ne l'entendit pas distinctement, mais le sens ne faisait aucun doute : il maudissait leur mauvaise fortune. Elle songea que, si Gregor les relâchait, son compagnon et lui auraient peut-être le bon sens de dissuader Charles de recommencer à la suivre.

— Que comptez-vous faire de moi ?

La voix de Charles, faible et tremblante, trahissait sa peur.

— Puisque vous semblez incapable d'observer mes ordres, vous me voyez forcé de vous trancher la gorge.

Non ! Beatrice ne pouvait pas le laisser faire une chose pareille. Se dégageant de l'emprise de Simon, elle se précipita vers Gregor.

— Je vous en prie, ne faites pas cela ! souffla-t-elle en posant la main sur son bras.

— Vous m'implorez d'épargner la vie de cet homme ? demanda-t-il sans la regarder.

— Uniquement pour sauver mon âme.

L'espace d'un instant, il resta parfaitement silencieux et immobile. Quelles réflexions pouvait-il retourner dans son esprit ?

— Vous ne seriez pas responsable de sa mort, dit-il enfin.

Sa faculté de deviner ou de déduire ses pensées était-elle une bonne ou une mauvaise chose ? Elle n'aurait su le dire. Certes, elle était soulagée de ne pas avoir à expliquer sa façon de raisonner, car elle n'était pas toujours sûre d'en être capable. Mais en même temps le fait que quelqu'un puisse lire en elle comme dans un livre ouvert était terriblement déconcertant. Et pourrait se révéler fort ennuyeux si elle avait un jour besoin de lui cacher quelque chose.

Mais pour l'heure il la regardait sans ciller, dans l'attente d'une réponse.

— Peut-être avez-vous raison, mais au fond de moi-même je me sentirais toujours fautive.

Le guerrier se contenta de hocher la tête.

— Laissez-nous.

Les laisser ? Elle ôta la main de son bras avant de reculer.

— Pourquoi ? Parce que vous ne voulez pas que je connaisse votre décision ?

Il ne répondit pas, mais le regard qu'il posa sur elle lui fit l'effet d'un vent cinglant. Son visage jusqu'alors impassible s'était mué en un masque d'une froideur inouïe.

Son œil farouche la transperça aussi sûrement qu'une flèche, la laissant bouche bée. Quelques instants plus tôt, elle pensait avoir vu le Loup de David Ier. Comme elle se trompait !

Le guerrier pressa son poignard contre le cou de Charles, l'entaillant légèrement.

Beatrice tressaillit sans savoir ce qui l'effrayait le plus : le filet de sang qui coulait sur la peau de son poursuivant, le hurlement qui jaillit de sa gorge, ou le regard fixe de Gregor.

Sans prendre le temps de résoudre cette question, elle tourna les talons et s'élança en courant dans la direction du campement.

Dès qu'il cessa d'entendre le craquement des brindilles sous les pas de Beatrice, Gregor baissa son arme et poussa Charles devant lui.

Ce dernier porta une main tremblante à son cou avant de contempler ses doigts tachés de sang.

— Vous m'avez coupé !

— Si elle n'avait arrêté mon geste, je ne me serais pas contenté de cette petite entaille.

— De toute évidence, elle tient à moi.

Gregor le toisa de toute sa hauteur. Le pauvre idiot !

— Si vous croyez devoir son indulgence à autre chose qu'une bonté excessive, vous vous méprenez lourdement !

— Nous verrons bien ! rétorqua le fanfaron en haussant les épaules, un sourire suffisant aux lèvres.

Mais Gregor était las de ses discours.

— Non. Nous ne verrons rien ! lança-t-il en brandissant son épée de la main droite. C'est la dernière fois que je vous laisse la vie sauve.

Puis, sans prévenir, il écrasa son poing gauche sur le menton de Charles, qui tomba inanimé sur le sol.

— Laissez ses hommes se relever ! ordonna-t-il à James et Colin.

Lorsqu'ils furent debout, il désigna leur chef du doigt.

— Maintenant, emmenez-le, et que je ne le revoie plus ! Si l'un de vous ose se montrer à nouveau, vous êtes tous morts. C'est compris ?

Ils acquiescèrent d'un signe de tête avant de s'approcher prudemment de Charles, comme s'ils s'attendaient à ce que Gregor leur arrache le cœur. Chacun saisit un bras du blessé, et ils s'éloignèrent en toute hâte en le traînant sur le sol.

Lorsqu'ils eurent disparu, Gregor appela ses gardes.

— Suivez-les et veillez à ce qu'ils quittent ces terres.

Vivants, ajouta-t-il comme ils tournaient le dos pour exécuter ses ordres.

Colin laissa échapper un grognement ; James se contenta de hocher le menton.

À la vérité, il se moquait bien de les savoir vivants ou morts. Il voulait seulement s'en débarrasser, comme on chasse un moustique agaçant. Il aurait préféré supprimer Charles définitivement, mais, contre toute attente, Beatrice l'en avait empêché. Oui, cela l'avait surpris. N'aurait-elle pas dû se réjouir à l'idée de voir disparaître l'homme qui l'avait tourmentée au point de la forcer à prendre la fuite ?

Simon interrompit le fil de ses pensées.

— Tu aurais dû le tuer.

— Tu n'as pas tort. Mais après tout il ne m'a rien fait.

— Tu lui avais ordonné de se tenir à distance, et il ne t'a pas obéi.

— Il n'est pas dangereux.

— Non, ce n'est qu'un idiot qui s'est mis dans l'idée de te prendre ta future épouse.

Était-ce bien son capitaine qui avait prononcé ces mots ? Gregor avait peine à le croire.

— N'est-ce pas toi qui me disais de la laisser mourir avec son père, tout à l'heure ? Nous parlons bien de la même femme ?

— C'est à toi de décider de son sort, et pas à ce poltron !

Il était prêt à le faire, même s'il aurait préféré qu'elle soit libre de choisir son destin. Fort heureusement, le moment des décisions n'était pas encore venu.

— Certes, mais pour l'heure, il faut que je m'assure qu'elle n'est pas tapie quelque part dans l'ombre.

— Peut-être devrais-tu la laisser se cacher un peu plus longtemps. Cela pourrait lui être bénéfique…

Mais Gregor ne voyait guère l'intérêt de l'abandonner à sa peur. Sans plus attendre, il prit la direction du campement.

— Simon, occupe-toi de tes femmes et laisse-moi m'occuper des miennes à ma manière.

— Mais je n'ai pas de..., commença l'officier en lui emboîtant le pas.

— C'est exactement ce que je veux dire, rétorqua Gregor sans lui donner le temps de finir sa phrase.

Il savait fort bien que Simon n'avait pas de femme.

Chapitre 7

En arrivant au campement, Gregor fut soulagé de constater que Beatrice ne s'était pas cachée. Elle se tenait assise sur le sol devant le feu, le dos appuyé contre une bûche.

Lorsqu'il s'arrêta face à elle, elle détourna les yeux. Un instant, il se demanda comment il devait l'aborder. Il pouvait se montrer doux et gentil. Mais elle avait contesté ses ordres. Pire, elle avait remis son autorité en cause devant ses hommes, alors qu'ils se trouvaient dans une situation périlleuse. Son attitude avait été inacceptable et, à vrai dire, il ne l'aurait pas crue capable d'une telle inconséquence.

De plus, il entendait, non loin, Simon parler à voix basse avec les deux autres gardes. À n'en pas douter, son capitaine était en train de leur raconter ce qui s'était passé au bord du fleuve. Les trois hommes seraient fort curieux de découvrir de quelle façon il s'apprêtait à traiter la jeune femme.

Ils allaient être cruellement déçus.

— Venez avec moi, dit-il à Beatrice.

Sans le regarder ni prononcer un mot, elle chassa d'un revers de la main le bras qu'il lui tendait.

Gregor parvint de justesse à réprimer un sourire. Manifestement, la peur qu'elle avait éprouvée s'était muée en colère. Tant mieux ! Mais cela ne changeait rien.

S'accroupissant devant elle, il lui parla doucement.

— Soit vous acceptez de me suivre, soit je vous jette sur mon dos et je vous emmène de force. C'est à vous de choisir.

Cette fois, elle se tourna vers lui pour le dévisager avec un étonnement mêlé d'indignation. Mais, aussitôt après, elle secoua la tête.

— Vous n'oseriez pas.

— Bien sûr que si, même si je préfère ne pas en arriver à cette extrémité.

Il fit courir un doigt le long de son bras, ce qui provoqua chez elle un léger tressaillement. Même lorsqu'elle était fâchée, son corps réagissait instinctivement dès qu'il la touchait.

— Cette idée vous séduit-elle au point que vous voulez me tenter ?

— Non ! s'écria-t-elle en s'écartant maladroitement de lui avant de se lever.

Gregor l'imita et lui prit la main pour l'entraîner vers l'autre bout de la clairière. En passant, il saisit une couverture sur la pile de provisions.

Derrière l'amas de gros rochers qui se trouvait à la limite du camp, il étendit l'étoffe sur le sol avant de s'y allonger.

— Venez donc.

Beatrice s'assit à l'autre bout de la couverture, hors de sa portée. Gregor décida de ne pas s'en formaliser. Il était certain de parvenir à l'amadouer sans trop de peine. Bientôt, elle se rapprocherait sans même qu'il ait à le lui demander.

— Vous êtes en colère contre moi.

Elle avait parlé si bas que, s'il ne lui avait pas prêté attention, il ne l'aurait pas entendue.

— Oui, j'étais en colère, tout à l'heure.

— Pourquoi ?

— Si vous aviez osé contester un ordre de votre père ou de votre frère devant leurs hommes, comment auraient-ils réagi ?

— Mais je n'ai pas…, protesta-t-elle en lui montrant un visage boudeur, avant de tourner son attention vers les feuilles qui tapissaient le sol. Si, c'est ce que j'ai fait, ajouta-t-elle finalement.

— Cela ne doit pas se reproduire, Beatrice.

— Puisque je ne vais pas passer plus d'un jour ou deux en votre compagnie, je suppose que cela n'arrivera plus, en effet.

Au lieu de la détromper, il préféra changer de sujet.

— Il est vivant.

— Qui donc ? demanda-t-elle en ramassant une feuille tout en prenant soin d'éviter son regard.

— Votre fiancé.

— Charles n'est *pas* mon fiancé !

— C'est ce que vous vous évertuez à dire. Pourtant, il vous suit partout comme un petit chien.

— Je n'y suis pour rien !

— Bien sûr que si.

— Que voulez-vous dire ?

— Pendant combien d'années l'avez-vous mené par le bout du nez en lui promettant que vous finiriez par convaincre vos parents de consentir à votre mariage ?

Comme elle ne répondait pas, il poursuivit.

— Tout cela m'importe peu, Beatrice. J'essaie simplement de vous dire que je sais que votre Charles n'a rien d'un meneur. Il aurait du mal à faire avancer un chat au bout d'une ficelle, et encore plus à diriger des hommes, ou vous-même. La seule personne qui a pu entretenir l'espoir qu'un mariage était possible, c'est vous. Il n'a fait que vous suivre, en comptant prendre des libertés avec vous en attendant.

— Prendre des libertés avec moi ? Mais jusqu'à présent il n'avait jamais rien tenté d'aussi stupide !

Gregor ne le croyait pas un instant, mais il se demanda pourquoi elle le défendait encore.

— Ainsi, vous ne savez pas du tout si le contact de ses lèvres sur votre cou vous fait perdre la tête ? Et vous ignorez également si une caresse de sa main laisse votre peau brûlante ou de glace ?

Beatrice se tut, mais il la vit tortiller le coin de la couverture entre ses doigts tremblants. Bien que ce fût pure arrogance de sa part, il était convaincu que ce n'était pas Charles qui provoquait cette réaction, mais lui.

— Et la chaleur de ses bras ? Savez-vous si elle est réconfortante ? À moins que vous ne préfériez son torse ferme ?

Est-il assez robuste pour que vous vous sentiez en sécurité lorsqu'il vous serre contre lui ?

Là encore, elle resta silencieuse.

— S'il avait pris des libertés avec vous, peut-être sauriez-vous si sa langue, en dansant avec la vôtre, vous donne envie d'aller plus loin qu'un baiser.

— Gregor, arrêtez ! s'écria-t-elle, le souffle court.

Il accueillit sa supplique avec un soupir de soulagement, car il ne trouvait plus de questions à lui poser pour la tourmenter davantage.

— Oui, vous avez raison, il a pris des libertés avec moi… Mais il n'a obtenu que ce que j'ai bien voulu lui donner, affirma-t-elle en lâchant enfin le coin de la couverture pour se tourner vers lui. Et jamais ses caresses et ses baisers ne m'ont fait ressentir ce que vous décrivez, ajouta-t-elle.

Doucement, elle s'approcha de lui en baissant les yeux.

— Un seul homme me donne envie de découvrir ces sensations.

Gregor sentit son cœur battre violemment dans sa poitrine tandis qu'un frisson inconnu mais délicieux courait le long de son dos. Alors, l'avertissement de Simon résonna impérieusement dans son esprit. Peut-être son capitaine avait-il raison, finalement : il risquait fort de se prendre à la toile qu'il avait lui-même tissée.

Beatrice le savait, elle aussi. Sinon, elle n'aurait pas inversé les rôles avec une telle facilité pour le provoquer à son tour.

Cependant, à ce moment précis, tout cela lui était parfaitement égal.

La jeune femme s'allongea à ses côtés et posa la tête sur son épaule.

— Gregor, je vous remercie de ne pas avoir tué ce moins que rien.

— Je l'ai fait pour vous, et non pour lui, répondit-il en l'entourant de son bras pour la serrer contre lui. Vous savez que vous n'aviez aucune raison d'avoir peur, n'est-ce pas ? jugea-t-il opportun d'ajouter.

— Je n'ai pas eu peur.

— J'ai senti votre frayeur, Beatrice, dit-il en enfouissant sa joue dans ses cheveux. Je peux vous assurer que vous étiez terrorisée.

— N'est-ce pas ce que vous vouliez ? Pour quelle autre raison m'auriez-vous lancé ce regard effrayant ?

— Effrayant ?

— Oui. Celui d'un loup qui s'apprête à dévorer sa proie.

— Vous avez beaucoup d'imagination ! répliqua-t-il en éclatant de rire.

— Pas du tout. Votre visage a soudainement pris une apparence inhumaine, dénuée de toute émotion. J'ai eu l'impression de me trouver face à face avec la mort.

— Je tenais mon couteau sous la gorge d'un homme. Il n'y a pas de place pour l'émotion dans un tel moment. Si je me laissais aller à éprouver des regrets ou de la sollicitude pour chaque ennemi que j'affronte au combat, la culpabilité et le chagrin me rendraient fou.

— Mais comment faites-vous ? Vous avez changé d'apparence sous mes yeux. J'ai vu l'homme disparaître sous les traits de l'animal.

— Je n'ai pas le choix. Rien, pas même la colère, ne doit fausser mon jugement ni arrêter mes mouvements. Si je veux survivre, je ne dois rien ressentir.

— Je comprends à présent pourquoi on vous appelle le Loup.

Le Loup. Le Loup de David Ier. Gregor serra les dents. Comme il était las d'être nommé ainsi ! Si las qu'il était prêt à tout pour mettre fin à son service forcé auprès du roi.

Oubliant son irritation, il se tourna vers Beatrice.

— Puis-je vous révéler un secret ? murmura-t-il à son oreille.

Elle hocha le menton.

— Les loups se déplacent en meute.

— Voilà votre grand secret ? lâcha-t-elle en le considérant d'un air déçu. Tout le monde sait cela ! En ce moment même, vous êtes accompagné de votre meute !

— Vous parlez de mes gardes ? demanda-t-il en se retenant de rire. Ils ne font pas partie de ma meute !

— Qui en fait partie, dans ce cas ?

— Mes frères.

Beatrice se pencha suffisamment en arrière pour pouvoir le dévisager.

— Êtes-vous en train de me dire que derrière le nom de Loup de David Ier se cachent plusieurs hommes ?

— Oui. Nous sommes quatre.

Les sourcils froncés, elle inclina la tête de côté.

— Cela explique tout : j'avais du mal à croire que vous étiez doté de pouvoirs magiques qui vous permettaient de voyager d'une contrée à l'autre en l'espace d'une nuit. Comment votre famille s'est-elle trouvée dans cette position ? Est-ce par choix ?

— Bien sûr, dit-il en levant les yeux au ciel. Tous les charpentiers que je connais n'ont qu'un rêve : qu'on les arrache sans prévenir à la construction de leurs bateaux !

— Mon père serait vert de rage, si cela lui arrivait, commenta-t-elle en s'allongeant à nouveau contre lui.

— Comme je le comprends ! Le défunt lord de Roul s'est rendu coupable d'un acte de trahison envers le roi. Pour lui sauver la vie, mes frères et moi avons dû sacrifier la nôtre à David Ier.

— Pourquoi vous confie-t-il des missions aussi ingrates ?

Visiblement, ses parents la tenaient à l'écart des préoccupations familiales et des affaires de Cour.

— Le roi a besoin de quelqu'un pour exécuter des…

Il s'interrompit, cherchant une manière de lui décrire son rôle sans entrer dans les détails les plus déplaisants.

— Des tâches qui n'ont rien de royal, poursuivit-il. Ainsi, il peut rejeter la faute sur d'autres si les événements prennent une mauvaise tournure.

— Si je comprends bien, cela lui permet de commettre des forfaits de manière sournoise, en toute impunité.

Peut-être n'était-elle pas si étrangère que cela aux questions de pouvoir, après tout.

— Exactement.

— Et qu'advient-il si les événements prennent une mauvaise tournure ?

— Mon frère aîné, Elrik, détient un titre, des terres et un

domaine. Quant à moi, je possède des navires et les bâtiments où ils sont entreposés. Les cadets, Edan et Rory, n'ont que leur vie. David Ier prendrait tout cela sans hésiter un seul instant. Aussi nous ne laissons jamais rien au hasard. Si un incident survient, ce qui se produit rarement, nous réglons l'affaire avant que le roi n'en ait vent.

Beatrice semblait perplexe.

— Le frère de Henri Ier a pourtant été élevé dans une grande piété. Je m'étonne qu'il puisse songer à risquer son âme pour des considérations bassement terrestres.

— C'est vrai, mais ce n'est pas *son* âme qu'il risque. Nous seuls portons le fardeau de ces méfaits.

— Mais vos frères et vous n'êtes pas fautifs, puisque l'on vous a forcés à commettre ces actes !

— Nous aurions pu refuser.

— Pour laisser votre père mourir sous vos yeux ?

Gregor haussa les épaules. Aujourd'hui encore, il lui arrivait d'éprouver du ressentiment envers l'ancien lord. Pourquoi les avait-il placés dans une telle situation ?

— C'est lui qui a eu la bêtise de s'opposer au roi.

— Gregor, ne parlez pas ainsi.

— Que voulez-vous dire ?

— Vous laissez entendre que vous n'auriez rien ressenti si votre père avait été exécuté pour son crime. Je ne peux pas croire une chose pareille.

Il était temps de mettre un terme à cette conversation. La voie sur laquelle ils s'engageaient était trop périlleuse, pour elle comme pour lui.

— Je n'ai jamais prétendu que sa mort m'aurait été égale. Sinon, pourquoi aurais-je accepté de porter le poids de sa trahison ?

— Ainsi, vous voilà pieds et poings liés, vos frères et vous. Comme c'est triste ! soupira-t-elle en lui caressant distraitement le poignet.

— Nous survivons. Gardez votre pitié pour ceux qui en ont besoin.

À ces mots, elle retira ses doigts et une brise froide vint aussitôt chasser la chaleur de sa peau.

— Pardonnez-moi, je ne voulais pas me montrer agressif, dit-il en saisissant la main de la jeune femme pour la reposer sur son poignet.

— Puis-je vous poser une question ?

— Vous pouvez me demander tout ce que vous voulez. Mais je vous préviens : la réponse ne vous plaira peut-être pas.

— Vraiment, je peux ? Même si c'est une question… personnelle ?

— Oui. À vous, je peux dire beaucoup.

— Êtes-vous marié ?

Un instant, Gregor demeura interdit. Il s'attendait à tout sauf à cela. D'où lui était venue cette idée ? Elle n'avait pas pu y songer seule. Lequel de ses hommes méritait une sévère réprimande ?

— Alors ? demanda-t-elle en levant les yeux vers lui.

— Je l'ai été.

— Vous l'avez été ?

Gregor se maudit intérieurement. Pourquoi avait-il promis de répondre à toutes ses questions ? Maintenant, il s'en mordait les doigts.

— Elle est… morte.

— Morte ?

— Vous ne savez donc pas que l'on raconte partout que j'ai assassiné ma femme ?

Le temps d'un souffle, elle cessa de caresser son bras. Mais, au lieu de retirer sa main comme il s'y attendait, elle la fit glisser plus loin pour entremêler ses doigts aux siens.

— J'ai entendu beaucoup de rumeurs au sujet du Loup de David Ier, mais pas celle-ci. Et je ne vous crois pas capable d'un acte aussi lâche.

Cette affirmation le troubla plus que de raison. La confiance sereine qu'elle lui témoignait risquait un jour de le mener à sa perte.

— À l'exception des membres de ma famille et du roi, personne ne m'a jamais dit cela. Merci.

— Sont-ils donc si rares, ceux qui savent que vous n'êtes pas un monstre ? demanda-t-elle en le considérant d'un air soucieux.

Sa question le fit rire, d'étonnement plus que d'amusement.

— Plus rares que vous ne l'imaginez !

— Il faut remédier à cela !

— Surtout pas : cette réputation fait bien mon affaire. Il me serait difficile d'inspirer de la crainte à mes ennemis s'ils me considéraient comme un gentil chien.

— Même les chiens mordent.

— C'est vrai.

— Comment est-elle morte ?

Gregor poussa un profond soupir. Beatrice ne le laisserait pas en paix tant qu'elle ne connaîtrait pas toute la vérité, aussi sordide fût-elle.

— Lorsqu'elle a appris à qui on l'avait mariée, elle s'est jetée du haut des remparts.

— Non ! Oh ! Gregor, mais c'est horrible !

C'était exactement la réaction à laquelle il s'attendait. Oui, c'était horrible d'avoir laissé un tel drame se produire. Il dégagea ses doigts et commença à s'écarter d'elle.

— Je n'ai pas dit que *vous* étiez horrible, précisa-t-elle en agrippant son poignet pour l'empêcher de s'éloigner.

— Je n'ai pas réussi à la retenir, dit-il en détournant les yeux.

— Vous ne croyez tout de même pas qu'elle est morte à cause de vous ?

Son visage était redevenu soucieux.

— Gregor, malgré tous vos efforts, vous ne pouvez pas tout maîtriser. Ce que je vais vous dire va peut-être vous sembler terrible, mais si vous l'aviez empêchée de sauter, ne pensez-vous pas qu'elle aurait trouvé un autre moyen de mettre fin à ses jours ?

C'était une possibilité qu'il n'avait jamais envisagée. Mais cela ne changeait rien. Une femme avait préféré se tuer plutôt que de devenir son épouse.

— La connaissiez-vous depuis longtemps ? Non, reprit-elle

après un silence, c'est une question idiote, puisque de toute évidence elle ne vous connaissait pas.

— Arrêtez ! lança Gregor, qui n'avait pas la moindre envie de poursuivre cette discussion. Arrêtez immédiatement.

Beatrice se tut aussitôt et baissa les yeux. Alors, il posa un index sous son menton pour relever doucement son visage.

— Demain, à cette heure, nous serons parvenus à la côte. Je veux goûter vos lèvres avant que nos chemins se séparent.

La jeune femme le considéra d'un air stupéfait, mais ne le rabroua pas. Il sentit qu'elle hésitait.

— Vous n'avez qu'un mot à dire, Beatrice. Je ne vous forcerai pas. Et vous pourrez me demander d'arrêter à n'importe quel moment.

— Je n'ai pas peur que vous me forciez.

— Dans ce cas, de quoi avez-vous peur ?

Avec délicatesse, elle posa une main sur sa joue.

— J'ai peur de trop aimer cela, peur que ce baiser n'éveille en moi des désirs que je ne puis même pas imaginer.

Gregor prit une profonde inspiration. Ses paroles étaient si sincères, son regard si confiant que, pour la première fois depuis qu'il était adulte, il eut envie de pleurer en songeant à ce qu'il allait bientôt perdre. Ils ne partageraient rien d'autre que cette nuit, ce moment volé, avant que ses actes ne sèment la haine entre eux.

Sans plus attendre, il l'entoura de ses bras et la prit sur ses genoux. Alors, elle enlaça son cou et posa ses lèvres sur les siennes. Gregor sourit de ce geste chaste. Il l'amena sans peine à entrouvrir la bouche, et elle accueillit son baiser avec un petit gémissement.

Comme il lui serait facile de se perdre sous les caresses de cette femme ! Il ne serait que trop heureux de se noyer dans la chaleur qui l'enveloppait soudain.

Beatrice fit glisser ses mains jusqu'à ses épaules et toucha sa tunique. Alors, elle esquissa un léger mouvement de recul.

— Vous portez encore votre armure !

Ce reproche était compréhensible. La cotte de mailles devenait inconfortable pour eux deux. Pourtant, il n'avait pas l'intention de la retirer. À cet instant, c'était davantage elle que lui qu'elle protégeait. Le risque de perdre toute maîtrise de lui-même était grand, cette nuit. L'armure constituait un obstacle qui lui donnerait le temps nécessaire pour recouvrer ses esprits s'il était tenté de commettre un geste qu'il risquait de regretter ensuite.

Espérant détourner l'attention de Beatrice, il passa ses doigts dans sa chevelure et l'attira à lui pour prendre à nouveau ses lèvres.

Mais elle le repoussa doucement en tirant sur sa tunique.

— Cela ne va pas du tout, Gregor ! Votre cotte de mailles me fait mal. Ôtez-la donc ! Je ne mets pas votre vie en danger.

La saisissant par les épaules, il attendit qu'elle le regarde dans les yeux.

— Ce n'est pas moi qui suis en danger, mais vous.

— Votre attitude est très noble, certes, mais aussi parfaitement ridicule. Je ne veux pas de cette carapace de métal ; elle n'est pas bienvenue. Si je décidais de disposer de vous, cette armure ne nous protégerait aucunement, ni vous ni moi.

Un demi-sourire se dessina sur les lèvres de Gregor. Elle devenait bien hardie !

— Si *vous* décidiez ?

— Ne venez-vous pas de promettre de vous arrêter dès que je vous le demanderais ? Avez-vous changé d'avis ?

— Non, je n'ai pas changé d'avis, répondit-il en lui caressant la joue du bout des doigts.

Cette femme tenterait un saint !

D'un bond, elle se leva et le tira par la main.

— Je veux sentir un homme près de moi, et non un guerrier prêt à se jeter dans la bataille.

Gregor ne put s'empêcher de penser que pour leur nuit de noces, il serait forcé de se comporter comme un soldat au combat. Mais il jugea bon de garder cette réflexion pour lui. Se levant, il ôta sa tunique avant de se pencher en avant. Il n'eut pas besoin de demander à Beatrice de l'aider à retirer son haubert. Déjà, elle tirait sur la cotte pour tenter de la passer par-dessus sa tête. À eux deux, ils finirent par parvenir à la faire glisser le long de son torse jusqu'à ce qu'elle tombe sur le sol dans un cliquetis bruyant.

En se redressant, il jeta un regard sur le tas de mailles métalliques et secoua la tête.

— Vous feriez un piètre écuyer.

— Fort heureusement, c'est un rôle que je n'ai jamais voulu exercer. Nous pouvons appeler l'un de vos hommes, si vous le souhaitez, dit-elle en s'attaquant aux liens de sa jacque. Mais à vrai dire j'aimerais autant que vous vous en absteniez.

Une fois les liens défaits, il repoussa son aide pour s'extraire seul du vêtement matelassé.

— Je trouve que nous nous sommes fort bien tirés d'affaire sans eux, répondit-il en le jetant sur la cotte de mailles qui gisait déjà sur le sol. De plus, ils seraient choqués de voir mon armure dans cet état.

Debout devant elle, il prit sa main entre les siennes avant de la porter à ses lèvres.

— Il n'est pas trop tard pour reculer.

Beatrice se rapprocha d'un pas. Serrée contre son torse, elle leva les yeux vers lui.

— Si vous avez peur, je vous promets d'être très douce.

Décidément, se dit-il en éclatant de rire, cette jeune femme était redoutable !

— Je ne peux pas vous faire la même promesse, soufflat-il en lâchant sa main pour l'enlacer.

— Je ne sais pas très bien ce que je dois faire ni…, murmura-t-elle en tressaillant.

— Chut, la coupa-t-il en posant délicatement ses lèvres sur les siennes. Je ne faisais que plaisanter. Nous n'irons pas plus loin que vous ne l'avez déjà fait.

Malgré l'intensité de son désir, il se refusait à la déflorer sans la bénédiction d'un prêtre. Un guerrier comme lui courait toujours le risque, aussi minime fût-il, d'être emporté par une flèche perdue lors d'un combat. Or il ne voulait pas anéantir ses chances de faire un beau mariage, ni la laisser seule avec un enfant né de ses œuvres.

Soulevant Beatrice dans ses bras, il la porta jusqu'à la

couverture, où il la déposa avec précaution avant de s'étendre ses côtés.

En dépit de sa promesse de ne rien tenter qu'elle n'eût déjà fait, elle ne semblait guère rassurée : sa nervosité était visible. Elle avait croisé les mains sur son ventre et elle les serrait si fort que ses ongles s'enfonçaient dans sa peau. Lorsqu'il les recouvrit de ses larges paumes, Gregor sentit qu'elle était secouée de frissons.

C'était la première fois qu'il se trouvait seul avec une femme aussi innocente et aussi effrontée en même temps. Avait-elle la moindre idée des ennuis que son attitude pourrait lui attirer ? Bien des hommes considéreraient son audace et son manque d'expérience comme un défi des plus intéressants à relever.

— Beatrice, regardez-moi.

Au bout de quelques instants, elle consentit à détourner les yeux du ciel pour les diriger vers lui.

— Je ne suis pas un inconnu pour vous, murmura-t-il en promenant un doigt de sa joue à son menton. J'ai juré de vous protéger et j'ai tenu parole.

Penché au-dessus d'elle, il déposa un petit baiser sur son nez.

— Dites-moi de quoi vous avez peur.

— Je ne sais pas. J'ai en vous une confiance absolue, c'est pourquoi je pensais que ce serait plus facile, expliqua-t-elle avant de secouer la tête. Au début, les baisers de Charles étaient... très agréables. Mais ensuite je voulais à tout prix qu'ils cessent.

— Je ne suis pas Charles.

— Je sais, mais si ce que j'ai ressenti n'était pas sa faute mais la mienne ?

Gregor saisit une de ses mains pour la poser sur son épaule. Puis, la serrant dans ses bras, il la coucha sur le dos. Son visage tout près du sien, il s'arrêta un instant.

— Chut. Ce ne sont que des absurdités. Vous vous inquiétez pour rien.

*
* *

D'abord décontenancée par la fougue de son baiser, Beatrice s'y abandonna complètement. Cela n'avait rien d'une étreinte langoureuse. C'était comme si Gregor s'emparait de tous ses sens. Mais, loin de défaillir devant cet assaut de désir qui lui donnait le tournis, elle voulait sentir davantage que ses lèvres sur les siennes.

Elle se serra contre lui pour que leurs corps soient plus proches encore. Mais cela ne suffisait toujours pas.

— Beatrice, arrêtez, dit-il en s'écartant d'elle. Calmez-vous.

— Je ne le puis.

Elle savait ce qu'elle voulait : elle avait envie de lui. Une fois de retour à Warehaven, sans doute ne le reverrait-elle plus jamais. Et ses chances de rencontrer un homme aussi honnête que lui étaient plus minces encore. Si cette nuit était le dernier moment qu'ils avaient à vivre ensemble, elle voulait que cet homme, en qui elle avait une telle confiance, soit son premier amant. Quand bien même cela était stupide et immoral.

Pendant le peu de temps qu'elle avait passé avec Gregor, il lui avait appris davantage sur lui que Charles ne l'avait fait en trois ans. Mais il l'avait aussi révélée à elle-même. Dorénavant, elle se savait capable de vaincre sa peur : il lui suffisait de la regarder en face et de l'attaquer de front. Elle avait également compris qu'on ne jugeait pas un homme à sa beauté ni aux paroles mielleuses qui sortaient de sa bouche.

L'honneur, la loyauté et la force comptaient bien plus qu'elle ne l'avait jamais imaginé. C'étaient avant tout ces qualités qu'un époux se devait de posséder.

Mais Gregor de Roul ne serait jamais son époux. Et si son destin ne devait lui donner que cette nuit avec lui, alors elle voulait, plus que tout au monde, savoir quel effet cela ferait d'être sa femme. Seulement, malgré sa témérité, elle n'osait pas lui demander de la prendre et de satisfaire le désir qui la consumait.

— Je suis si tendue que j'ai l'impression que je vais me briser en éclats.

Avec un gémissement, il se laissa tomber sur le côté.

— Faites-moi confiance, chuchota-t-il à son oreille, le souffle chaud.

Beatrice hocha le menton. Allongé derrière elle, il l'attira dans ses bras et elle sentit contre son dos les battements effrénés de son cœur.

Accoudé sur le sol, il se pencha au-dessus d'elle et frôla de ses lèvres le coin de sa bouche. Mais Beatrice ne pouvait se contenter d'aussi peu. Tournant son visage vers lui, elle lui donna un profond baiser. Pour son plus grand plaisir, il le lui rendit.

Alors il posa lourdement sa main libre sur sa poitrine. Du pouce, il effleura la courbe de son sein. Un instant, elle cessa de respirer. Qu'allait-il faire ensuite ? Gregor mordilla sa lèvre inférieure, et elle se concentra à nouveau sur leur baiser.

Peu à peu, elle parvint à retrouver son souffle.

— Dormez, à présent, dit-il en appuyant le menton contre son épaule.

Devant sa voix rude et rocailleuse, elle se demanda s'il voulait vraiment se reposer ou s'il avait, comme elle, envie de tout autre chose. Mais comment aborder le sujet ?

— Mais je pensais…

Elle s'interrompit, laissant sa question s'évanouir dans la nuit.

— Je sais ce que vous pensiez, répondit Gregor en soupirant. Mais pour votre première fois vous devez être avec votre époux, dans votre lit de noces. Pas ici, au milieu des bois, avec un homme qui est censé vous protéger.

Puis il la caressa doucement de son pouce et elle tressaillit de la tête aux pieds.

— Même si je vous désire ardemment, Beatrice, ce n'est ni le lieu ni le moment, dit-il avant de la serrer tout contre lui.

— Maintenant, dormez.

Blottie dans ses bras, elle enroula ses doigts autour de son poignet en espérant ainsi le retenir auprès d'elle. Sa chaleur l'apaisait et la régularité de son souffle et des battements de son cœur la berçait agréablement.

— Ce n'est peut-être pas le lieu ni le moment, mais c'est

l'homme qu'il me faut, murmura-t-elle une fois le silence retombé, lorsqu'elle fut certaine qu'il s'était endormi.

Aussitôt, Gregor se raidit et elle sut qu'elle avait commis une grave erreur en prononçant ces mots. Dégageant son bras, il s'écarta d'elle, laissant l'air froid de la nuit s'engouffrer entre leurs corps.

Beatrice resta muette. Qu'aurait-elle pu dire ? Elle ne pouvait pas retirer l'aveu qu'elle venait de formuler. Aussi demeura-t-elle immobile en attendant de connaître sa réaction.

Au bout d'un long moment, il se leva et replia sur elle le côté de la couverture sur lequel il s'était étendu. Elle l'entendit s'éloigner, puis des craquements de branchages, des bruissements de feuilles et le son du frottement d'un silex lui firent comprendre qu'il était en train de faire du feu.

Mais les flammes qui s'élevèrent bientôt dans la nuit ne lui furent d'aucun secours. Seule la présence de Gregor à ses côtés aurait pu réchauffer son corps et son cœur. Or il restait obstinément assis à tisonner les braises au lieu de revenir vers elle. Beatrice ferma les yeux en maudissant ses paroles malheureuses et les larmes inutiles qui gonflaient ses paupières.

À quoi bon avoir le choix, si l'élu de son cœur ne voulait pas d'elle ?

Le lendemain matin, elle fut tirée du sommeil par des voix d'hommes. Se tournant sur le côté, elle ouvrit les yeux. Devant elle se tenait Gregor, à nouveau vêtu de son armure, qui s'entretenait avec Simon.

Bientôt, le guerrier s'éloigna. Rapidement, son capitaine éteignit le feu et éparpilla les pierres qui avaient bordé celui-ci.

— D'après votre respiration, je dirais que vous êtes réveillée, dit-il sans se détourner de sa tâche.

— En effet.

Beatrice se leva et démêla ses cheveux à l'aide de ses doigts avant de les nouer en une longue tresse qu'elle laissa pendre dans son dos. Enfin, elle plia la couverture qui lui avait servi de lit.

Sa besogne terminée, Simon se tourna vers elle et s'approcha pour lui prendre l'étoffe de laine.

— L'un de nos hommes la rangera pendant que je vous accompagnerai jusqu'au fleuve.

— Où est Gregor ?

— Lord Gregor et James sont partis en avant pour s'assurer que la route est sûre. N'ayez crainte, il sera bientôt de retour.

— Sir Simon, je vous sais gré de votre proposition, mais il est inutile de m'escorter, lui dit Beatrice tandis qu'ils regagnaient le campement.

— Après ce qui est arrivé hier, c'est indispensable, au contraire, rétorqua-t-il en jetant la couverture dans les bras de Daniel. Venez avec moi.

— Vous ne m'aimez pas beaucoup, n'est-ce pas ? lui demanda-t-elle lorsqu'ils se furent suffisamment éloignés pour que personne d'autre ne l'entende.

Simon trébucha, visiblement surpris par sa question.

— Pourquoi dites-vous cela, madame ?

— Les rares fois où vous m'adressez la parole, vous employez le même ton que lorsque vous donnez des ordres à vos hommes.

— C'est ma façon d'être, répliqua-t-il en haussant les épaules. Je n'ai guère connu la compagnie des femmes depuis que ma chère Alice est morte en couches. Je ne possède donc ni les mots ni la manière ni m'adresser à elles.

— Vous avez été marié ?

— Il y a longtemps, très longtemps. Voilà plus de vingt ans que mon épouse m'a quitté.

— Et vous ne vous êtes jamais remarié ?

— Non. Je descendrai dans la tombe libre de rejoindre Alice.

— Ainsi, vous aimiez votre femme ? lança-t-elle, étonnée de cet aveu.

— Pas au début, répondit-il en riant. Ce n'était pas un mariage d'amour, loin de là ! Les terres de nos familles respectives étant contiguës, nos pères ont arrangé cette union sans nous demander notre avis. Dès le moment où nous avons échangé nos vœux dans la chapelle du village, nous n'avons pas cessé de nous disputer. Mais lorsque l'on dort sous le même toit, dans le même lit, nuit après nuit, cela finit par changer un peu les choses.

Oui, cela devait certainement changer les choses. Comme elle essayait de s'imaginer partageant la couche de Gregor nuit après nuit, ses joues s'empourprèrent soudain.

— Vous rougissez, Lady Beatrice. Dites-moi, l'aimez-vous ?

— Qui donc ?

Elle n'allait tout de même pas lui rendre la partie trop facile.

— Ne soyez pas insolente, jeune dame. Vous savez fort bien que je parle de Lord Gregor.

— Je le connais depuis deux jours à peine.

— Pourtant, vous vous comportez tous les deux comme si cela faisait une éternité.

— C'est vrai, et cela me surprend autant que vous. Mais avec lui je me sens à l'aise et en sécurité.

— Il faut faire preuve d'une extrême prudence lorsque l'on fraye avec des loups, madame.

Simon craignait-il qu'elle ne joue avec les sentiments de Gregor ? Jamais elle ne serait capable de manœuvres aussi sournoises.

— Je n'ai aucune intention de lui faire du mal, Sir Simon. D'après ce que j'ai vu et entendu, il a connu suffisamment de malheurs au cours de sa vie.

D'un geste de la main, il l'invita à quitter la route

— Ce n'est pas pour son cœur que je m'inquiète, Lady Beatrice, observa-t-il en fronçant les sourcils, mais pour le vôtre.

Puis, sans lui laisser le temps de lui demander des explications, il hocha le menton en direction du fleuve.

— Allez-y. Je reste ici.

Peu après, alors qu'elle s'apprêtait à le rejoindre, elle entendit des voix accompagnées du martèlement de sabots de chevaux sur la route. Il était trop tard pour interroger l'officier sur la raison de ses craintes.

James, Harold et Daniel attendaient, en selle. Gregor, debout, tenait les rênes des autres montures.

— Lord Gregor, avez-vous remarqué la taille des toiles que les araignées ont tissées cette nuit ? lui demanda Simon en saisissant celles de son cheval, non sans brutalité.

Puis il enfourcha la bête et s'éloigna en silence.

Beatrice se tourna vers Gregor, mais celui-ci était en train de se frotter vigoureusement le front, les yeux fermés. Enfin, il lui tendit la main et l'aida à monter en selle sans prononcer un mot.

Après une chevauchée qui lui sembla fort brève, Beatrice posa les yeux sur le quai, où régnait une bruyante animation. L'odeur de la mer, qui lui avait tant manqué, le vacarme des ouvriers qui s'affairaient, le chargement et le déchargement des navires, tout cela ravivait sa nostalgie de Warehaven.

— Tout est en ordre, lui annonça Gregor qui arrivait derrière elle.

La chaleur de sa main qui serrait doucement son épaule avant de se poser au creux de ses reins lui ôta soudainement toute envie de rentrer chez elle. Elle aurait voulu rester là, avec lui.

Mais elle savait, à la façon dont il s'était écarté d'elle la nuit précédente et à la froideur qu'il lui avait témoignée depuis le matin, que c'était hors de question. En songeant à la triste manière dont tout cela se terminait alors qu'elle avait commencé à nourrir tant d'espoirs, elle sentit les larmes affleurer.

Chassant ces pensées moroses, elle se redressa.

— Vous m'avez obtenu un sauf-conduit ?

— Oui, répondit-il en la poussant vers la passerelle. Le navire fait cap sur Warehaven. Son capitaine jure que vous le connaissez et promet de prendre grand soin de vous. Il vous mènera à bon port.

Ses paroles résonnaient confusément à ses oreilles. Elle se concentra sur chaque pas qui la rapprochait du bateau et l'éloignait de Gregor à tout jamais. C'était le seul moyen qu'elle avait trouvé pour ne pas se jeter à son cou en le suppliant de changer d'avis.

Mais elle était entièrement responsable de la douleur qui la rongeait. Pourquoi se conduisait-elle si sottement avec les hommes ? À leur contact, elle devenait d'une naïveté, d'une crédulité confondantes. Sir Simon ne l'avait-il pas mise en garde ce matin même ? Voilà qu'elle se sentait encore plus idiote !

— M'avez-vous entendue ? demanda Gregor en lui saisissant l'épaule pour qu'elle se tourne vers lui.

Beatrice secoua la tête et détourna le regard pour lui cacher les larmes qu'elle ne parvenait plus à retenir.

Mais, bien sûr, il refusa de la laisser en paix. Du bout des doigts, il releva son menton.

— Je vous disais que ceci n'est pas un adieu, Beatrice. Vous me reverrez bientôt.

Elle entrouvrit la bouche, interdite. Pouvait-elle vraiment ajouter foi à ses paroles ?

Gregor prit son visage dans le creux de ses mains et, de ses pouces, essuya ses larmes.

— Ne pleurez pas. Je ne m'attendais pas à de tels enfantillages de la part d'une effrontée, d'une tentatrice comme vous !

Beatrice savait que ces plaisanteries n'étaient destinées qu'à l'arracher à sa tristesse.

— Effrontée, je le suis de naissance, mais tentatrice, je ne l'étais pas avant de vous rencontrer.

— Tant mieux, dit-il en hochant la tête. Continuez comme cela ! Ne vous jetez pas sur le premier joli garçon venu.

Joli garçon ! Beatrice éclata de rire en s'appuyant contre son torse.

— Je ne vous promets rien !

Il la serra étroitement dans ses bras avant de relâcher, trop tôt, son étreinte.

— Partez. Faites bon voyage. Soyez forte.

Sans un mot de plus, il se retourna, la laissant seule avec ses questions.

Chapitre 8

Étendue sur le lit, Beatrice contemplait le plafond de sa chambre à coucher. Elle avait presque oublié à quel point elle aimait cette pièce, avec son alcôve fermée par un rideau et les quatre fenêtres étroites qui la baignaient de lumière à toute heure du jour, quelle que soit la saison.

Mais le lieu était étrangement calme sans la présence de sa sœur. Depuis son retour à Warehaven, Isabella lui manquait encore plus qu'à Montreau.

Là-bas, au moins, elle avait Jared et Lea pour lui tenir compagnie. Ni l'un ni l'autre n'étaient très démonstratifs, mais ils faisaient partie de sa famille. Ici, elle était seule au milieu des gardes, des bonnes et des serviteurs.

L'absurdité de ses propres contradictions lui arracha un sourire désabusé. N'était-ce pas ce qu'elle voulait ? N'avait-elle pas enfreint toutes les règles, péché au point d'encourir la damnation éternelle et pris des risques insensés dans ce seul but : rentrer à Warehaven ?

Oui, elle avait fait tout cela. Mais à quoi bon ressasser ses erreurs et regretter son imprudence ? songea-t-elle en s'asseyant dans son lit. Ce n'était guère le moment ; elle avait trop à faire avant le retour de ses parents.

Si la cour, les remparts, les écuries, les cuisines et la grande salle du château avaient été maintenus en excellent état en leur absence, on ne pouvait pas en dire autant des chambres situées à l'étage. Manifestement, personne n'avait songé à gravir l'escalier du donjon depuis le départ des maîtres, et encore moins à nettoyer ces pièces. Il fallait les aérer, balayer les sols, laver le linge de lit et épousseter les boiseries et les parquets.

Beatrice venait de passer deux jours à enlever les toiles d'araignée. Après s'être empêtrée dans l'une d'elles en marchant dans le noir, la nuit de son retour, elle s'était juré de tout faire pour ne pas revivre cette expérience des plus désagréables.

Ce travail avait eu le mérite d'occuper ses mains et son esprit. Ses journées avaient été si remplies qu'elle n'avait guère eu le temps de penser à Gregor. Comme il lui manquait, pourtant ! Viendrait-il à Warehaven comme il l'avait promis, et si oui, quand ?

De tout son cœur, elle espérait sa visite. Elle voulait que ses parents fassent sa connaissance et découvrent que le Loup de David Ier n'était pas plus mauvais ni plus cruel que l'exécuteur des hautes œuvres de Henri Ier, son père, ne l'avait été. Nul doute qu'ils approuveraient leur union puisque Gregor répondait à toutes les exigences qu'ils pourraient imaginer. Il avait l'âge qui convenait. Certes, il ne possédait pas de titre, mais il dirigeait un chantier naval, ce qui contenterait son père. Enfin, il était chevalier. Même ses propres critères, nouvellement établis, étaient remplis : il était capable de veiller à sa sécurité, de la nourrir et, selon toute probabilité, de lui donner les enfants qu'elle désirait. Le lord de Roul était honnête, loyal et digne de confiance. En d'autres mots, c'était un homme d'honneur.

Mais, bien sûr, encore fallait-il qu'il demandât sa main, et rien ne lui permettait de croire qu'il en eût l'intention. Beatrice secoua la tête : elle devait à tout prix cesser de se bercer d'illusions.

Par chance, ces derniers soirs, elle n'avait pu regretter bien longtemps de ne pas s'endormir dans les bras de Gregor, en sentant derrière elle son torse ferme et chaud. Épuisée par les tâches de la journée, elle avait sombré rapidement dans le sommeil.

Au moment où elle posait ses pieds sur le sol froid, on tambourina contre la porte.

— Lady Beatrice, êtes-vous réveillée ? demanda l'une des bonnes en entrant précipitamment dans la pièce.

Beatrice lui lança un regard interrogateur. Malgré tous ses efforts, elle était incapable de se rappeler le nom de cette jeune femme, que l'on avait fait venir du village pour les travaux de nettoyage. À sa façon de trembler de la tête aux pieds, on devinait qu'elle était terrorisée.

— Oui, je suis réveillée. Qu'y a-t-il ?

— Oh ! madame, on vous demande en bas ! répondit la servante en jetant un regard par-dessus son épaule, comme si elle s'attendait à ce que quelqu'un surgisse derrière elle. La forteresse est prise d'assaut !

Après un premier choc qui la laissa vacillante et le cœur battant, Beatrice se ressaisit. Une attaque était peu probable. Ce qui était vraisemblable, en revanche, c'était que plusieurs navires avaient pénétré dans le port en même temps. C'était certes un spectacle impressionnant pour qui n'était pas habitué à assister à un tel événement, mais jamais, dans l'histoire de Warehaven, cela n'avait été l'œuvre de forces offensives. Du moins, pas depuis l'arrivée de son père sur l'île.

— Dites-leur que je descendrai dès que je serai habillée, ordonna-t-elle à la bonne en la poussant vers la porte.

— Oh ! faites vite, Lady Beatrice ! Sir Robert est en train d'arpenter la grande salle de long en large.

À ces mots, Beatrice fronça les sourcils. Cela n'avait rien de rassurant : le chef de la garde de son père n'était pas d'un naturel nerveux. C'était précisément son sang-froid qui avait fait de lui l'homme idéal pour ce rôle.

Saisissant la robe qui était suspendue au mur par un crochet, elle la passa rapidement. Par chance, il s'agissait d'un vêtement ample, sans laçage, qu'elle portait pour les tâches les plus salissantes. Elle n'eut qu'à nouer une ceinture autour de sa taille et à enfiler ses bas et ses chausses.

Alors qu'elle s'apprêtait à quitter la pièce, elle fit demi-tour pour attraper son peigne. Elle démêla hâtivement ses cheveux avant de les attacher par une simple tresse tout en descendant l'escalier qui menait à la grande salle.

La vue qui s'imposa à elle lorsqu'elle posa le pied sur la dernière marche lui coupa le souffle. La pièce était remplie de gardes — ceux de Warehaven, Dieu merci. Tous étaient en train de s'armer ; certains étaient déjà prêts.

Comme l'avait dit la femme, le capitaine allait et venait d'un bon pas, passant scrupuleusement en revue chaque homme et son matériel.

Le regard de Beatrice se posa sur la longue table à tréteaux qui occupait le centre de la pièce. Il semblait que l'on eût aligné là l'intégralité du dépôt d'armes.

Non ! Ses yeux devaient la tromper. Depuis que son père s'était emparé de Warehaven, personne n'avait osé attaquer la forteresse.

— Sir Robert ! cria-t-elle pour couvrir le vacarme des hommes qui se préparaient au combat.

Immédiatement, il la rejoignit avant de la conduire vers une alcôve située au fond de la grande salle.

— Madame, je ne sais comment vous l'annoncer. Une armée a envahi le port et les quais. En ce moment même, des soldats traversent le village et se dirigent vers le fort.

— Que dites-vous ?

C'était impossible ; sans doute avait-elle mal entendu.

— Nous sommes pris d'assaut.

— Par qui ?

Qui pouvait être assez fou pour leur donner l'attaque ? Ne savaient-ils pas ce que son père leur ferait lorsqu'il découvrirait cette… cette atrocité ?

— Je l'ignore. Ils ne portent pas d'étendard.

Pas d'étendard ? Ce n'était pas bon signe. Et, en l'absence de ses parents, c'était à elle qu'il revenait de donner les ordres.

Mais lesquels ? Muette de stupeur, elle dévisageait Sir Robert.

— Nos hommes sont bien entraînés, affirma-t-il en lui appliquant une petite tape sur l'épaule. Je peux vous apporter mes conseils, mais je dois avant tout m'occuper d'eux.

— Je sais, je sais. Accordez-moi seulement un instant.

— C'est plus que je ne puis vous donner.

Beatrice prit une profonde inspiration, retint son souffle le temps d'un battement de cœur puis expulsa d'un seul coup tout l'air de sa poitrine.

— Les villageois sont-ils parvenus jusqu'aux remparts ?

— Oui, ils ont commencé à arriver il y a un moment avec les armes qu'ils possèdent, les bêtes qu'ils ont pu mener jusqu'ici et les provisions qu'ils ont réussi à emporter.

— Bien.

Il lui faudrait leur faire de la place à l'intérieur de la forteresse, mais elle devait d'abord parer au plus pressé.

— Dès que la foule commencera à se clairsemer, fermez les grilles.

— Des hommes sont déjà en faction à l'entrée et attendent notre signal. La herse est prête à être abaissée.

— Notre bétail ?

— Il n'avait pas encore été mené au pâturage.

Cela signifiait qu'en cas de besoin ils disposeraient de vivres en quantités suffisantes. Et, grâce au puits qui se trouvait dans la cour, ils ne manqueraient pas d'eau si le siège se prolongeait. Bien sûr, s'ils étaient contraints d'abattre tout leur bétail, ils risquaient de souffrir de pénurie durant l'hiver à venir. Mais elle s'en inquiéterait plus tard : pour le moment, elle devait se concentrer sur les besoins immédiats des habitants de Warehaven.

— Continuez à préparer nos hommes, postez-les sur les remparts et donnez ordre à un garde de faire entrer les villageois. Veillez à ce que la poterne soit fermée et gardée, ainsi que l'entrée du tunnel. Quant aux serviteurs, qu'ils fassent de leur mieux. Nous réglerons tout cela plus tard. Je dois aller me changer ; je vous rejoindrai au plus vite sur les remparts de la tour porche.

Sir Robert hocha la tête avant de s'éloigner pour suivre ses instructions tandis que Beatrice regagnait sa chambre en courant.

Là, elle ouvrit d'un geste brusque le coffre disposé au pied du lit et fouilla dedans à la recherche de sa plus belle robe. Si elle devait prendre la place de son père, elle ne voulait pas avoir l'air de sortir de la porcherie.

Almedha, l'une des suivantes de sa mère, fit alors irruption dans la pièce.

— Venez, Lady Beatrice, nous allons vous préparer.

— Merci, Almedha, répondit-elle avec un soupir de soulagement. Votre aide ne sera pas de trop !

La femme plongea les mains dans le coffre et en ressortit une robe d'un vert éclatant.

— Voilà ce qu'il vous faut.

Même si Beatrice possédait peu de toilettes, elle avait complètement oublié celle-là. Charles avait déclaré un jour qu'il la détestait et, après cela, elle l'avait rangée et ne l'avait plus jamais portée.

Almedha secoua le vêtement, laissant tomber sur le sol une paire de chausses assorties. Après l'avoir suspendu à une patère, elle se tourna vers Beatrice.

— Nous avons peu de temps, dit-elle en la regardant de la tête aux pieds. Et beaucoup de travail.

Un jeune serviteur portant un seau d'eau fumante pénétra alors dans la pièce. Sa sœur jumelle le suivait, les bras chargés de serviettes, d'un savon et d'une petite bouteille d'huile.

— Je ne peux pas prendre un bain maintenant ! s'écria Beatrice, déconcertée.

— Non, en effet, admit la servante après avoir chassé les enfants de la pièce et refermé la porte derrière eux. Mais nous pouvons laver ce qui se voit.

Après avoir posé une cuvette sur la table de l'alcôve, elle la remplit d'eau, ajouta quelques gouttes d'huile qui diffusèrent un parfum de rose dans la pièce et lui fit signe d'approcher.

— Venez, mon enfant. Au travail !

Beatrice ôta ses vêtements et, pendant qu'Almedha la frictionnait, elle dénoua sa tresse. Lorsqu'elle fut séchée et habillée, la suivante la fit asseoir sur un tabouret et démêla rapidement ses cheveux avant de les coiffer en deux nattes qu'elle enroula sur sa tête.

— Je sais que vous n'êtes pas mariée, mais quelque chose me dit qu'il ne serait pas sage d'aider vos ennemis à le deviner.

Cette idée n'aurait jamais effleuré Beatrice. Sans la servante, elle se serait contentée de peigner sa chevelure en la laissant tomber librement dans son dos pour gagner du temps.

— Levez-vous, ordonna la femme.

Lorsqu'elle fut debout, celle-ci lui pinça vigoureusement les joues.

— Un peu de couleur ne vous fera pas de mal.

La douleur arracha des larmes à Beatrice, mais, trop occupée à chercher les mots qu'elle devrait prononcer une fois sur les remparts, elle se tut. Pourtant, préparer un discours était inutile puisqu'elle ne savait pas encore à quel danger elle allait devoir faire face.

Glacée d'effroi, l'estomac noué, elle tourna les yeux vers la porte. La tentation était grande de courir se cacher derrière les lourds rideaux de l'alcôve. Mais, au lieu de se recroqueviller dans un coin, elle posa les mains sur son ventre, redressa le dos et quitta la pièce à grands pas. Peut-être que si elle feignait le courage, celui-ci finirait par lui venir.

Au lieu de descendre dans la grande salle, elle gravit les marches abruptes de l'escalier en colimaçon de la tour. Au sommet, quatre hommes en armes surveillaient les abords du château. Ils lui ouvrirent la porte qui menait à la courtine intérieure par un étroit pont-levis.

Beatrice rejoignit les deux gardes qui y étaient postés et longea le chemin de ronde jusqu'à la tour qui surplombait la cour d'honneur. Une violente bourrasque plaqua soudain ses jupes contre ses jambes, menaçant de la faire trébucher.

Sir Robert vint à sa rencontre sur les remparts.

— Nous en avons perdu trois au chantier naval.

Beatrice le regarda sans comprendre.

— Que voulez-vous dire ?

— Trois hommes. Les envahisseurs ont pris trois hommes à Warehaven.

— Comment le savez-vous ?

Le capitaine se tut un long moment, les mâchoires serrées.

— Ils ont jeté les corps par-dessus les remparts, lâcha-t-il enfin.

À ces mots, Beatrice sentit son sang se glacer dans ses veines. En proie à une soudaine nausée, elle songea qu'il était heureux qu'elle se fût abstenue de manger le matin même.

— Savons-nous qui est cet ennemi ?

— Non. Mais d'après l'officier de port cinq vaisseaux ont abordé dans l'île juste avant l'aube.

Cinq vaisseaux ? *Cinq ?* Elle procéda à un bref calcul et sentit le sol se dérober sous ses pieds. Cela signifiait que cent à deux cents hommes étaient en train de marcher sur Warehaven.

Leur assaillant, qui qu'il soit, était aussi puissant et riche que son père. Malheureusement, la forteresse ne disposait que de la moitié de ses troupes, l'autre se trouvant auprès du lord.

Aucun bruit n'indiquant qu'une bataille rangée était en cours, elle savait que cette première rencontre ne serait que l'occasion de discuter des conditions. Les conditions de sa reddition.

Mais elle ne pouvait se résoudre à livrer Warehaven aux mains de l'ennemi. Aussi ne pouvait-elle que prier pour que ses parents arrivent au plus vite.

— Ont-ils formulé des exigences ? interrogea-t-elle pour s'assurer qu'elle avait vu juste.

— Ils n'ont demandé qu'à s'entretenir avec le maître ou la maîtresse de Warehaven.

Soulagée de voir ses suppositions vérifiées, elle hocha le menton dans la direction de la tour porche.

— Voyons à qui nous avons affaire.

Côte à côte, ils traversèrent le pont-levis suspendu au-dessus de l'avant-cour pour rejoindre la tour. Même si leur ennemi parvenait à franchir les grilles de la forteresse, ils ne pourraient accéder au donjon : il leur faudrait venir à bout d'un second mur fortifié. Après avoir lui-même envahi Warehaven, son père avait tiré les leçons de sa propre expérience lorsqu'il avait reconstruit le château fort.

Beatrice appuya son front contre la pierre froide d'un

merlon et prit une profonde inspiration dans l'espoir de faire cesser les frissons qui secouaient son corps. Il lui fallait à tout prix dominer l'angoisse qui menaçait de la submerger. Elle ne voulait pas que sa voix tremble ni se brise. Mais, surtout, elle ne devait pas laisser l'ennemi voir sa peur, ou plutôt, comme Gregor l'avait dit, *sentir* sa peur.

Lorsqu'elle fut certaine d'avoir recouvré la maîtrise d'elle-même, Beatrice passa la tête entre deux créneaux.

Non ! Elle tituba contre le parapet, le souffle court. Ce n'était pas possible ! Devant elle, les images vacillaient, comme si des vagues déchaînées déferlaient sous ses yeux.

Priant en silence pour trouver la force de tenir debout, elle s'agrippa au merlon de pierre.

— Madame ?

La voix inquiète de Sir Robert lui parvint à travers l'épais voile de brume qui semblait s'être abattu sur elle. La poitrine oppressée, elle avait peine à rassembler ses idées.

Enfin, après avoir chassé l'officier d'un signe de la main, elle se pencha entre les deux créneaux pour regarder le cavalier qui se tenait en bas, seul.

— Que voulez-vous, Gregor ? cria-t-elle.

— Warehaven !

Cette réponse lapidaire lui donna envie de hurler. Nourrissait-il ce projet depuis le début ? Était-ce la tâche que David Ier lui avait confiée ?

Quelle idiote elle faisait ! Pourquoi n'avait-elle pas écouté son instinct au moment où elle avait découvert l'identité du guerrier ? Comment avait-elle pu, une nouvelle fois, laisser un homme la duper sans vergogne ?

Gregor lui avait menti, et elle l'avait cru. Elle avait pris au sérieux sa promesse de la protéger, ses douces caresses et ses baisers, allant jusqu'à s'imaginer vivre auprès de lui, partager sa couche et lui donner des enfants !

Pourquoi le sort s'acharnait-il contre elle si cruellement, en la berçant de rêves qui jamais ne se réalisaient ?

Plus que tout au monde, elle aurait voulu se réfugier dans sa chambre pour donner libre cours à son chagrin. Sentant des larmes chaudes perler sous ses paupières, elle maudit sa faiblesse. Mais, peu à peu, le feu de la haine qui montait en elle sécha ses pleurs.

Plutôt le tuer que de lui livrer le fort ! Se redressant, elle se tourna vers le garde posté à côté d'elle et lui arracha son arc des mains.

— Que faites-vous ? demanda Sir Robert en s'approchant pour lui prendre l'arme.

Mais elle fut plus rapide. Penchée entre les deux créneaux, elle banda l'arc.

Gregor voyait la flèche pointée sur lui, elle en était certaine. Pourtant, il ne bougea pas d'un pouce. Aussi immobile qu'une statue, il la dévisageait en silence, comme s'il la défiait de commettre un acte d'une telle témérité.

Baissant légèrement l'arme, elle décocha son projectile. Après une course rapide, celui-ci alla se planter dans le sol, devant les sabots de son cheval.

Gregor n'avait toujours pas bougé.

— Avez-vous terminé ? demanda-t-il.

Devant le ton neutre et impassible de sa voix, elle retint un sourire de triomphe. Il était en colère. Très bien : il le méritait. Il méritait de mourir.

— Non. Je n'aurai terminé que lorsque vous quitterez cette île.

— Si votre père n'est pas encore de retour, nous avons à parler, vous et moi.

— Nous n'avons rien à nous dire.

Gregor leva un bras, et Beatrice entendit le grondement des chevaux et des hommes. Quelques instants après, une cinquantaine de soldats en armure émergèrent au sommet de la colline qui menait au château, formant une colonne serrée.

— Je suis prêt à parier qu'il y en a au moins autant derrière eux, grommela le capitaine.

— Vous avez sans doute raison, mais nous avons encore l'avantage. Nous détenons toujours la forteresse, tandis qu'ils sont à découvert. Ce sont des cibles faciles, ajouta-t-elle, laissant parler son amertume.

— Quoi qu'il en soit, vous devez aller discuter avec lui.

— Discuter ? Savez-vous qui est cet homme ?

— Non. Mais de toute évidence, vous, oui.

— Vous avez devant vous Gregor de Roul, le Loup de David Ier.

Ce n'était guère le moment de raconter en détail l'histoire des quatre frères Roul. Du reste, peu importait quel loup se tenait à leurs portes : le pire était à prévoir.

Sir Robert arracha l'arc des mains de Beatrice tout en laissant échapper un juron.

— Je sais que la situation est fâcheuse, mais si vous refusez d'aller lui parler alors je le ferai.

— Il vous tuera.

— Qu'il le fasse maintenant ou plus tard, quelle différence ? répondit-il en éclatant d'un rire sarcastique. Il finira par nous tuer tous, quoi qu'il arrive !

Le capitaine se trompait. Beatrice avait la certitude que ce n'était pas là sa mission.

— S'il avait été chargé d'anéantir la population de cette île, nous aurions déjà plus de trois cadavres à enterrer, affirma-t-elle. Le roi David veut cette forteresse. Il faut que je découvre pourquoi.

Puis elle se pencha à nouveau vers Gregor.

— Retrouvez-moi devant les grilles ! cria-t-elle avant de reculer pour appuyer son dos contre un créneau en ajoutant : Sans armes !

Peut-être manquait-elle de bon sens en ce qui concernait les hommes, mais elle était plus circonspecte lorsqu'il s'agissait de sa sécurité. Pas question de laisser un guerrier furieux glisser son épée entre deux barreaux pour lui transpercer le corps !

Sir Robert ordonna aux gardes d'ouvrir les larges portes de bois cloutées sans lever la herse.

— Vous pourrez parler à travers les grilles.

Beatrice savait que son père n'aurait jamais accepté cela. Mais elle n'était pas son père. Si elle était capable de tendre un arc, manier une épée était autrement difficile.

Ses yeux se posèrent sur l'échelle qui permettait de descendre dans l'avant-cour. *Non.* Elle craignait de tomber tant elle tremblait de colère, et ce n'était pas ainsi qu'elle obtiendrait la confiance de ce qui était dorénavant *son* armée.

Regagnant le donjon par le chemin qu'elle avait emprunté pour venir, elle en ressortit par la grande salle. Cela lui permit d'éviter de se ridiculiser devant ses soldats et l'ennemi, mais aussi de retrouver un semblant de calme.

Beatrice traversa l'avant-cour sans détacher un seul instant son regard de celui de Gregor. L'épée qu'il portait au flanc plus tôt avait disparu et il avait ôté son heaume à nasal, qu'il tenait au creux du bras. Son visage découvert laissait paraître toute sa rage, ce qui était sans doute volontaire. Mais il ne lui faisait pas peur. Elle ne s'était pas effarouchée lorsqu'elle avait appris qui il était ; et à présent elle était trop blessée et révoltée pour concevoir de la crainte.

Mais peut-être était-ce une erreur. Il avait proféré tant de mensonges ; pourquoi aurait-il dit la vérité en lui promettant de ne pas lui faire de mal ?

Pourtant, Beatrice s'en moquait. Son indifférence était nécessaire, vitale. Sans elle, la douleur qui étreignait son cœur brisé n'en aurait été que plus violente.

À sa grande horreur, la première pensée qui lui traversa l'esprit fut pour la beauté de Gregor. Il était magnifique. Fidèle à son surnom de Loup, il était habillé de noir de pied en cap, jusqu'à sa cotte de mailles, luisante comme le jais. Seuls ses yeux gris-bleu incandescents et la mèche argentée qui lui barrait le front offraient des touches de couleur.

Ses yeux incandescents. Elle faillit trébucher et se rattrapa rapidement tout en l'examinant plus attentivement. Il n'était pas aussi furieux qu'il voulait le faire croire. Cet éclat dans le regard le trahissait.

S'arrêtant derrière les grilles, elle attendit qu'il prenne la parole.

Gregor passa les bras à travers les barreaux de fer et lui saisit le poignet pour déposer quelque chose dans le creux de sa main, avant de la relâcher.

— Ceci est pour vous.

Beatrice contempla l'anneau d'or qu'il lui avait remis.
— Pourquoi me donnez-vous ceci ? demanda-t-elle.
— C'est votre alliance.
— Je n'ai pas besoin d'une alliance, répliqua-t-elle en laissant tomber le bijou sur le sol.
— Détrompez-vous. Avant que tout ceci ne soit fini, vous deviendrez ma femme.
— Jamais de la vie !
— Vous n'avez pas le choix.
— Allez au diable, Roul ! Je préfère mourir plutôt que de vous épouser !
Gregor se raidit, et ses yeux pâlirent. À présent, il était vraiment hors de lui.
— Désormais, cette île m'appartient, Beatrice. Le port, les quais, le chantier naval, le village : tout cela est à moi. Si vous voulez sauver la vie de ceux qui se trouvent dans cette forteresse, vous deviendrez ma femme.
C'était comme s'il lui avait asséné un coup de poing dans le ventre.
— Que dites-vous ?
— Vous m'avez entendu. Si vous vous tuez, toutes les personnes rassemblées derrière ces remparts vous rejoindront dans la mort.
S'imaginait-il que sa démonstration de force l'avait impressionnée au point de vouloir s'infliger le même sort que sa première femme ?
— Vous vous méprenez ! Jamais je n'aurais la faiblesse de me supprimer. Mais je me battrai jusqu'à mon dernier souffle avant de vous épouser !
— Si vous mourez, il y aura davantage de sang versé, car je serai contraint de prendre Warehaven de force.
— Vous ne feriez pas une chose pareille ! lança-t-elle, transie d'horreur.
— Si. Je le ferais sans hésiter. À présent, ramassez votre alliance.
Sans réfléchir, elle s'exécuta.

— Mon père vous tuera ! le prévint-elle en enfermant l'anneau dans son poing.

— Il essaiera. Et cela causera sa perte.

Le guerrier avait prononcé ces mots d'une voix atone, comme s'il s'agissait d'un serment qu'il devait honorer, qu'il le veuille ou non.

— Gregor, ne faites pas cela ! supplia Beatrice en plaquant son corps contre les barreaux.

— J'ai reçu des ordres. Je ne renierai pas mon roi.

— C'est donc moi que vous préférez renier, rétorqua-t-elle.

Que ne pouvait-elle refréner le tremblement de sa voix ? Elle haïssait cet aveu de faiblesse.

— Je vous laisse la vie et votre domaine en vous donnant mon nom.

— Cela n'a rien d'un don.

— C'est tout ce que j'ai à offrir.

— Saviez-vous dès le début que cela finirait ainsi ? ne put-elle s'empêcher de demander, même si elle ne voulait pas connaître la réponse.

Gregor hocha la tête.

Beatrice se cramponna aux grilles, prit une profonde inspiration et ferma les yeux.

— Vous auriez dû me laisser avec Charles. Cela aurait été moins cruel.

— Je vous donne jusqu'à demain, au coucher du soleil, pour vous préparer à ce mariage, répliqua-t-il sans prêter attention à sa remarque. Vous me retrouverez ici, dans la clairière, avec l'ensemble des habitants de Warehaven. Votre prêtre et le mien scelleront notre union. Ainsi sa validité ne pourra-t-elle être mise en doute.

— Et ensuite ?

— Votre peuple regagnera la forteresse, sous la garde de Simon.

— Et moi ?

— Vous deviendrez ma femme.

À nouveau, elle sentit le sol se dérober sous ses pieds et craignit de tomber à genoux. Seigneur, comment supporter une telle épreuve ? Cet homme qui l'avait trahie, brisant son cœur et sa confiance, comment pourrait-elle l'épouser et partager sa couche ? Comment pourrait-elle le laisser poser ses mains sur elle, ces mêmes mains qui allaient tuer son père ?

— Gregor, je vous en prie, rien ne vous oblige à en arriver là ! souffla-t-elle.

Sans plus chercher à retenir ses pleurs ni à dissimuler toute la douleur, la peur et la détestation qu'il lui inspirait, elle leva les yeux vers lui. Mais elle ne rencontra qu'un regard froid et brutal qui la saisit d'épouvante.

— À vous de choisir, Beatrice. Obéissez, ou le peuple de Warehaven disparaîtra à jamais.

— Je vous hais ! s'écria-t-elle, le visage ruisselant de larmes brûlantes.

— Je le sais et j'accepte votre haine. Je l'ai méritée, dit-il calmement en passant une main entre deux barreaux pour essuyer ses joues. Mais je n'ai pas manqué à ma promesse, Beatrice : je ne vous ai fait aucun mal. Et je continuerai à tenir parole.

Surprise par son geste et par la soudaine douceur de sa voix, elle cligna les yeux pour voir son visage à travers ses larmes. Mais il avait déjà retiré sa main et coiffé son casque, et, sans un mot de plus, il tourna les talons pour se diriger vers son cheval.

Gregor traversa la clairière pour rejoindre ses hommes. Jamais il n'avait accompli tâche plus difficile. Briser le cœur d'une femme qu'il en était venu à aimer s'était révélé bien plus ardu qu'il ne l'avait imaginé.

Dans les yeux implorants et les lèvres pâles de Beatrice, dans son corps vacillant, il avait vu la souffrance qu'il lui infligeait. Se savoir coupable d'une telle ignominie le mettait au supplice.

Mais pire encore était la terreur qu'il avait lue dans son regard. La voir anéantie de chagrin, blessée par sa trahison et inquiète pour son père le tourmentait cruellement. Mais qu'elle ait peur de partager son lit lui était intolérable.

Était-il voué à faire fuir toutes les femmes d'épouvante ? Et, une fois encore, se montrerait-il incapable d'empêcher son épouse de commettre l'irréparable ?

Jour et nuit, il était hanté par le souvenir de la mort de Sarah. Comment pourrait-il supporter de vivre si Beatrice connaissait le même sort ? Il en perdrait non seulement le peu d'âme qu'il lui restait, mais aussi l'esprit.

Elle n'avait aucune raison d'avoir peur de ses caresses. Jamais il ne lui avait fait de mal, et jamais il ne le ferait.

Qu'elle le haïsse était compréhensible. Comment aurait-il pu en être autrement ? Mais il ne s'était pas attendu à ce qu'elle le craigne. Sa réaction le perturbait et, sans qu'il sût vraiment pourquoi, le laissait en proie à une colère sourde.

Lorsqu'il eut rejoint le rang serré de ses hommes, il mit pied à terre et tendit les rênes de sa monture à son écuyer.

— Eh bien ? interrogea Simon en s'approchant.

S'il n'avait eu besoin de son capitaine, il l'aurait rabroué sans hésiter. Malheureusement, ce n'était pas le cas.

— Le mariage aura lieu dans la clairière, demain, au coucher du soleil.

— Elle a accepté ? demanda l'officier, un grand étonnement dans la voix.

— Seulement après que j'ai menacé de tuer les habitants de Warehaven jusqu'au dernier.

— Tu n'es pas sérieux !

Le regard indigné de Simon acheva de l'irriter.

— Au contraire. Elle a déclaré qu'elle se battrait jusqu'à la mort plutôt que de m'épouser. Mentir m'a donc semblé être une tactique plus qu'acceptable.

— Que veux-tu que je fasse ?

— Veille à ce que tout le monde, du village jusqu'aux quais, soit présent à la cérémonie.

— Et ensuite ?

— Choisis deux douzaines d'hommes pour escorter le

peuple de Warehaven jusqu'au fort. Tu y resteras avec eux pour diriger le domaine.

— Et toi ?

— Il me faut chercher un cottage pour ma fiancée indocile et moi.

— Je vais désigner des gardes pour assurer votre sécurité.

— Non !

C'était la dernière chose que Gregor voulait. Son intention était d'aider Beatrice à épancher sa souffrance et sa peur, même s'il devait, pour cela, lui livrer une lutte acharnée. Il allait la forcer à crier sa terreur et à l'affronter pour mieux s'en défaire. Ainsi, espérait-il, il empêcherait la jeune femme de commettre un acte dont il aurait à se repentir toute sa vie.

Mais ce n'était pas tout : il voulait aussi qu'elle laisse libre cours à son chagrin en pleurant tout son soûl. Bien sûr, il savait que les larmes ne viendraient pas à bout de la douleur causée par sa trahison, mais peut-être pourraient-elles l'atténuer quelque peu.

Après cela, il entendait la faire crier et pleurer à nouveau, cette fois dans le but de la délivrer tout à fait, et il recommencerait jusqu'à ce que seule sa haine de lui demeure. La haine lui donnerait une raison de vivre, ne fût-ce que pour se venger de ce qu'il lui avait fait. Il ne l'avait pas volé.

Mais il ne pouvait mettre ses plans à exécution que dans la plus stricte intimité. Pas question que des gardes assistent à un tel spectacle.

— Mais…

— J'ai dit non ! rétorqua Gregor, refusant d'écouter la moindre objection. Lorsque tout le peuple de Warehaven sera enfermé dans la forteresse, la seule personne susceptible de me planter un couteau dans le dos sera Beatrice. Je n'ai besoin de l'aide de personne pour me protéger contre elle.

— Si c'est là ton souhait, répondit Simon en haussant les épaules, je vais ordonner aux hommes de veiller à ce que tout le monde ait rejoint le château avant demain. Il n'y a rien d'autre ?

— Rien d'autre.

Gregor n'avait besoin que d'une chose, désormais : trouver la force d'aller au bout de ses projets. Il lui suffisait de rappeler à son esprit rebelle quels étaient les enjeux. Et, pour cela, Simon ne lui était d'aucune utilité.

— Va, lui dit-il en le chassant d'un geste de la main. Quant à moi, je vais me mettre en quête d'un cottage à réquisitionner.

Chapitre 9

Beatrice se faufila dans la foule rassemblée dans la grande salle du château. Elle s'était déjà rendue aux cuisines pour vérifier que tout se déroulait au mieux. Plusieurs femmes du village étaient venues apporter leur aide à la cuisinière et au boulanger. Par conséquent, malgré le nombre de bouches à nourrir, la main-d'œuvre était suffisante. Si les plats n'étaient pas d'une qualité digne de la table du roi, ils étaient copieux, savoureux et consistants, et c'était là tout ce qui comptait.

Après cette inspection, elle avait fait le tour des remparts de Warehaven et des postes de guet. Si la plupart des gardes en faction étaient au service de son père depuis longtemps, nombre d'entre eux étaient de nouvelles recrues. Se montreraient-ils à la hauteur ? Il lui fallait s'en assurer en personne. À son grand soulagement, pas un d'entre eux ne semblait désemparé, ni excessivement agité ou inquiet. Du reste, Sir Robert et elle les avaient placés avec soin, veillant à ce qu'ils soient entourés d'hommes aguerris. Beatrice avait également insisté pour que la poterne, l'unique point faible des remparts, soit gardée par des sentinelles expérimentées. De même, les soldats lourdement armés qui étaient postés à l'entrée du tunnel avaient été choisis parmi les meilleurs : si Gregor découvrait cet accès au fort, tout serait perdu.

Beatrice avait conscience de vivre là sa dernière nuit de liberté : dès le lendemain, elle appartiendrait à celui qui s'employait à détruire tout ce qui lui était cher. C'est pourquoi elle n'avait qu'une envie : se réfugier dans sa chambre.

Mais elle savait aussi que le peuple de Warehaven avait besoin de voir sa lady. Il lui fallait montrer aux habitants de son île qu'elle ferait tout ce qui était en son pouvoir pour préserver leur sécurité. En se cachant pour s'apitoyer sur son sort, elle ne ferait qu'attiser leurs peurs. Ce n'était aucunement ce qu'elle souhaitait.

Aussi avait-elle fait ce que, présumait-elle, sa mère aurait fait dans les mêmes circonstances : elle s'était montrée aux yeux de tous, prêtant attention à chacun, gardant la tête haute comme si elle était certaine que ce siège connaîtrait une issue favorable. Ses peurs, ses pensées n'avaient pas d'importance. Ce qui comptait le plus, c'était l'image qu'elle offrait à son peuple.

Pour l'heure, tandis qu'elle se frayait un chemin dans la foule, elle cherchait quelqu'un en particulier. Lorsque enfin elle l'aperçut dans un coin de la pièce, auprès de sa mère, elle esquissa un geste de la main avant de le rejoindre.

Elle s'assit sur le sol à côté du petit Johnathon, un garçonnet dont le père et le frère comptaient parmi les disparus. Âgé de cinq ans, il était bien trop jeune pour comprendre ce qui se tramait, mais assez grand pour percevoir la peur qu'éprouvait sa mère.

— Avez-vous passé une bonne journée, monsieur Johnathon ? demanda Beatrice.

L'enfant gloussa en s'entendant appeler « monsieur », puis hocha le menton.

— J'ai vu que tu observais les autres garçons qui jouent et j'ai remarqué qu'il leur manquait un éclaireur pour vérifier que la route était sûre.

Six garnements s'étaient en effet rassemblés pour mener ce qui semblait être une mission secrète. En groupe serré, ils regardaient de-ci de-là avant de s'accroupir, puis de détaler vers un autre côté de la grande salle. Le monde qu'ils s'inventaient était si impénétrable qu'il était difficile de deviner ce qu'ils faisaient exactement, mais ils s'amusaient beaucoup.

— Crois-tu que si tu avais un cheval tu pourrais être ce courageux éclaireur ?

— J'en suis certain ! répondit Johnathon en secouant vigoureusement la tête.

Beatrice détacha alors une ficelle qui pendait à sa ceinture, libérant ainsi l'animal de bois qu'elle avait tenu caché dans les plis de son ample robe.

— C'est un cadeau que j'ai reçu de mon grand-père, expliqua-t-elle en présentant le cheval au garçonnet. Mais il se sent très seul depuis de longues années, car il n'a personne pour jouer avec lui. Veux-tu lui tenir compagnie ?

Ravi, le petit tendit la main mais hésita soudain.

— Pour moi ?

Avant qu'il saisisse l'objet, sa mère l'arrêta.

— Madame, nous ne pouvons accepter un cadeau que le roi Henri vous a donné !

— Ce n'est qu'un jouet, déclara Beatrice en riant, et les jouets ne sont rien sans enfants. Je serais ravie que Johnathon puisse s'en servir.

La femme céda en esquissant un signe de la tête, et son fils s'empara précautionneusement du cheval.

— Oh ! merci ! murmura-t-il en le serrant contre sa poitrine avant de s'éloigner à toutes jambes, sans doute pour le montrer à ses camarades.

Beatrice prit congé de la mère du garçonnet en lui promettant de se renseigner sur son mari et son autre fils.

— Lady Beatrice !

Almedha s'approchait d'elle, Sir Robert à sa suite.

— Pouvons-nous vous parler ?

Tous trois se dirigèrent vers une alcôve inoccupée qui offrait un peu d'intimité. La servante et elle prirent place sur des chaises.

— Lady Beatrice, commença Sir Robert, votre mariage nourrit bien des discussions.

— Je l'imagine sans peine.

— Rien ne vous oblige à contracter cette union. Nous vous défendrons, Warehaven et vous, dussions-nous en mourir.

La proposition était généreuse, mais inacceptable.

— Sir Robert, c'est exactement ce que je veux éviter.

— Vous parlez comme si vous étiez certaine de notre défaite !

La déception se lisait sur son visage. Pourtant, l'intention de Beatrice n'était nullement de mettre en doute la valeur et l'habileté des gardes de Warehaven.

— Si c'était un autre qui était à nos portes, je vous confierais avec joie et sans la moindre hésitation la tâche de nous défendre. Mais nous n'avons pas affaire à n'importe quel ennemi. Il s'agit de Lord Gregor.

— Ainsi, je ne me trompais pas en supposant que vous le connaissiez.

— Je me dois de vous le demander, souffla Almedha en se penchant à son oreille : comment l'avez-vous rencontré ? Et comment avez-vous fait pour revenir à Warehaven sans Lord Jared ni Mistress Agatha ?

Beatrice s'attendait à ces deux questions. Elle se doutait que les événements de la journée les soulèveraient bien plus tôt qu'elle ne l'avait espéré.

— Cela serait trop long à expliquer. Sachez seulement que Lord Gregor m'a offert sa protection durant mon voyage.

À ces mots, Sir Robert s'éclaircit la gorge.

— Pardonnez mon impudence, mais y a-t-il une raison pour que vous deviez l'épouser ?

Elle eut presque envie de s'esclaffer tant la question était posée maladroitement.

— Non, aucune raison !

Cela aurait pu être le cas si elle avait eu le dernier mot, cette nuit-là, dans la forêt. Mais personne n'avait besoin de le savoir.

Devant le soupir de soulagement d'Almedha, Beatrice laissa cette fois échapper un petit rire.

— Je ne suis peut-être pas dotée du bon sens de ma mère, dit-elle en tapotant le genou de la suivante, mais je ne suis pas complètement écervelée !

— Dans ce cas, pourquoi refusez-vous que nous défendions la forteresse ? demanda Sir Robert, les sourcils froncés. Auriez-vous peur pour sa sécurité ? ajouta-t-il.

— Je ne veux pas qu'il soit tué. Sa perte nous attirerait les foudres de David Ier et de ma tante.

— Nous pouvons l'épargner. Nos archers sont au moins aussi adroits que vous.

Mais elle ne voulait pas non plus que Simon ni les gardes de Gregor ne soient blessés. Et comment les hommes de Warehaven pourraient-ils les reconnaître sous leur armure ?

— Madame, implora l'officier en s'agenouillant devant elle, si vous nous refusez le combat, permettez-nous au moins de gagner du temps. Ne levez pas les grilles. Ne laissez pas l'ennemi entrer. Le lord devrait être de retour dans une semaine, tout au plus.

Le cœur de Beatrice se serra. C'était là sa plus grande peur : en rentrant au château, son père affronterait une mort certaine. Elle saisit la main du capitaine entre les siennes.

— Non ! Je ne veux pas qu'il revienne. Ne comprenez-vous donc pas ? Il sera tué !

Sir Robert referma sa main libre sur celles de Beatrice.

— Madame, si vous épousez Roul, quelle différence cela fera-t-il ?

— Aucune. Mais vous parlez comme si vous étiez prêt à accepter l'exécution de votre seigneur !

— Pardonnez la brutalité de mes paroles, mais les hommes ne sont pas éternels. Nous naissons avec une seule certitude : la mort est au bout du chemin.

— Non, je ne puis le supporter ! protesta-t-elle en dégageant ses mains pour y enfouir son visage. Je ne veux pas qu'il meure par ma faute !

— Chut, murmura Almedha en passant un bras autour de ses épaules. À moins que vous ne teniez l'épée, il ne mourra pas par votre faute.

— C'est moi qui ai conduit le loup à nos portes, répliqua-t-elle en relevant la tête.

— Tout porte à croire qu'il serait venu avec ou sans vous, observa Sir Robert en se levant.

Beatrice hocha le menton.

— Mais jusqu'à ce matin je l'ignorais.

— Lady Beatrice, êtes-vous certaine qu'ils laisseront la vie sauve aux hommes de Warehaven une fois qu'ils auront supprimé le lord ?

— Nous ne pouvons en être sûrs. C'est pourquoi il faut éviter cela à tout prix. Nous devons l'empêcher de capturer mon père.

— Et comment allons-nous nous y prendre ?

Beatrice réfléchit. Il devait y avoir un moyen. Soudain, elle vit en esprit les drapeaux qui flottaient au-dessus de la guette construite au sommet de la plus haute tour du château. Cet ouvrage offrait une vue dégagée de la mer, dans toutes les directions. À nouveau, elle prit les mains de Sir Robert dans les siennes.

— Les bannières ! Mon père les observe-t-il lorsqu'il rentre au port ?

— Bien entendu ! répondit-il en levant les yeux au ciel. Comme tout seigneur, il scrute toujours les drapeaux hissés au-dessus de sa forteresse avant d'approcher. C'est pourquoi il ne revient jamais de nuit : il lui serait impossible de les distinguer dans le noir. Qu'avez-vous en tête ?

— Abaissons la bannière des Warehaven et celle des FitzHenry, et déployons à la place un drapeau de couleur vive. Mais pas blanc, ajouta-t-elle après un silence.

Il n'était pas question de capituler !

Les yeux de Sir Robert s'éclairèrent.

— Il devinerait alors qu'il se trame quelque chose !

— Comprendrait-il qu'il ne doit pas rentrer au port ?

— J'en suis certain.

— Pensez-vous qu'il ordonnerait au navire de la garde de s'éloigner et qu'il attendrait la marée basse pour ancrer son propre vaisseau dans la crique, sous le niveau des grottes ?

Un large sourire se dessina sur le visage de l'officier.

— Vous êtes aussi rusée que votre mère, madame. Oui, c'est exactement ce qu'il ferait !

— Serait-il alors possible que vous, ou un garde de

confiance, vous glissiez dans le tunnel secret qui mène à la crique ? Si nous pouvions faire parvenir un message à mon père, il pourrait réunir les forces nécessaires pour reconquérir Warehaven.

— Pour que votre plan fonctionne, il faudrait que nous soyons alertés de l'arrivée de son bateau.

Ce fut au tour de Beatrice de sourire.

— Six de nos garçons, trop jeunes pour monter la garde sur les remparts, sont venus me voir tantôt. Ils voulaient se rendre utiles ; je leur ai donc demandé de se relayer sur la guette de la grande tour. Ils vont surveiller les environs, deux par deux. Cette mission les ravit car elle leur donne de l'importance.

Que n'avait-elle songé à cette précaution plus tôt ? Ainsi, ils n'auraient pas été pris au dépourvu lorsque les navires de Gregor avaient pénétré dans le port.

Sir Robert acquiesça d'un signe de tête tout en retirant les mains des siennes.

— Oui. Je crois que cela peut fonctionner. Je me charge de tout mettre en œuvre.

— Et s'il perce à jour vos manœuvres ? s'enquit Almedha.

Sir Robert la rassura.

— Oh ! je trouverai bien un moyen de détourner son attention, si nécessaire. Et vous, madame ? ajouta-t-il en se tournant vers Beatrice.

Bonne question. Qu'allait-elle faire ? Le lendemain, au coucher du soleil, elle devait se donner en mariage à cet homme.

— Selon vous, quand mon père arrivera-t-il ?

— Ce pourrait être demain, le jour d'après ou même le suivant, mais d'après sa dernière missive il devrait être de retour avant une semaine.

Pourrait-elle faire attendre Gregor aussi longtemps ? songea-t-elle, soucieuse. Si elle ne se présentait pas devant lui le lendemain soir pour l'épouser, il entrerait à coup sûr dans une colère noire. Mais peut-être qu'alors son père arriverait à temps pour l'empêcher de s'emparer de Warehaven. C'était un risque qu'elle devait prendre.

En silence, elle regarda Almedha puis Sir Robert.

— Je peux repousser ce mariage d'une journée au moins, dit-elle enfin. Mais si mes parents ne sont toujours pas arrivés je ne crois pas qu'il serait prudent de le retarder davantage.

La suivante l'approuva d'un signe de la tête.

— Espérons qu'ils seront revenus d'ici là.

— Cela ne me plaît guère, mais je suis d'accord, moi aussi.

En effet, Sir Robert semblait fort mécontent ; mais, par chance, il ne tenta pas d'infléchir son choix.

La décision de Beatrice allait sceller non seulement son propre destin, mais celui de toutes les personnes présentes derrière ces remparts. Elle définirait également son caractère. Serait-elle le type de femme qui se contentait d'obéir passivement ? Ou s'emparerait-elle de cette infime chance de prendre son avenir en main ?

Beatrice soupira. Non, elle ne se soumettrait à personne. Pas même à Gregor.

Depuis qu'il lui avait donné son ultimatum devant les grilles de Warehaven, une nuit et un jour s'étaient écoulés. À présent, Gregor contemplait les étoiles qui parsemaient le ciel. Sa colère montait chaque fois qu'une nouvelle étincelle trouait l'obscurité. Au début, il avait pensé qu'elle prenait simplement le temps de se préparer pour la cérémonie. Mais, lorsque les ténèbres envahirent l'île, il comprit qu'elle n'avait pas la moindre intention de se présenter devant lui comme il le lui avait ordonné.

Cet acte de désobéissance était-il courageux ou stupide ? Gregor l'ignorait, mais il savait qu'il en aurait fait autant si un ennemi avait menacé son île.

Du reste, ce qu'il pensait de son attitude importait peu : elle aurait beau le défier, jamais il ne renoncerait à mener sa mission jusqu'au bout.

Beatrice ne faisait qu'aggraver son sort et celui de son peuple. Pourquoi refusait-elle de comprendre qu'elle n'avait pas d'autre choix que de lui obéir ?

Juché sur sa monture, Simon s'approcha de lui.

— Cela n'augure rien de bon.

— Elle cherche à me résister, répondit Gregor en haussant les épaules. Cela ne me surprend aucunement de sa part.

Il devait bien admettre, toutefois, qu'il aurait préféré qu'elle le défiât sur un autre sujet que celui de leur mariage.

— Qu'allons-nous faire ?

— Attendons le lever du soleil.

En jetant un coup d'œil à son officier, il fut soulagé de constater que celui-ci ne semblait pas trop contrarié par la tournure des événements. Cela signifiait que leurs hommes, eux aussi, acceptaient la situation sans sourciller.

— Et les gens que nous avons rassemblés au village ?

Gregor se retourna pour scruter le fort. Beatrice le surveillait sans relâche, il le savait : il sentait son regard sur lui.

— Ce sont nos prisonniers, désormais. Qu'on les attache ! Nous les emmènerons devant le château demain matin.

— Crois-tu que cela la fera changer d'avis ?

— Peut-être. Et si elle persiste à refuser de se soumettre au moins aura-t-elle la conscience moins tranquille.

— Comment comptes-tu t'y prendre avec elle ?

— Mes plans restent les mêmes. Warehaven est à moi, et elle le sera aussi. Il faudra simplement un peu plus de temps que prévu.

— Ce n'est pas ce que je t'ai demandé.

Gregor éclata de rire devant la curiosité de son capitaine.

— À cet instant, rien ne me ferait plus plaisir que de la secouer de toutes mes forces !

Ce n'était pas tout à fait vrai. Mais Simon n'avait pas besoin de savoir que l'effronterie de Beatrice, en plus d'éveiller sa colère, avait attisé son désir.

À vrai dire, son attitude le décontenançait. Jamais une femme n'avait osé le défier ainsi. Au moment de leur rencontre, déjà, il avait été séduit en constatant qu'elle n'avait pas peur de lui. Mais l'audace inouïe dont elle avait fait preuve ce soir avait enflammé son corps. Il la voulait dans son lit, purement et simplement.

Bientôt, elle paierait pour cet acte de rébellion. D'une façon qui les laisserait tous deux chavirés et épuisés.

— Quelque chose me dit que tu n'as pas seulement envie de la secouer.

Simon se tut un moment avant de poursuivre.

— Eh bien, puisqu'il ne se passera rien cette nuit, je vais ordonner que l'on attache les prisonniers. Je me retirerai ensuite jusqu'à l'aube.

Gregor se contenta de hocher la tête : il voulait être seul, et le silence semblait le meilleur moyen de décourager son compagnon de poursuivre cette conversation. Lorsqu'il entendit ce dernier s'éloigner, il poussa un soupir de soulagement.

La solitude l'aiderait à dénouer l'écheveau confus de ses pensées.

Beatrice de Warehaven n'avait jamais dirigé d'hommes, mais ses gardes, eux, n'étaient pas sans expérience. Pour les affronter, il lui fallait absolument avoir l'esprit clair.

Il leva les yeux vers la lune, qui était maintenant haut dans le ciel. La nuit était déjà bien avancée et il n'avait pas mangé de la journée, et encore moins dormi. Tournant à nouveau son attention vers le fort, il aperçut une faible lueur qui filtrait à travers une étroite fenêtre du donjon.

Gregor sourit avec un hochement de tête satisfait. *C'est cela, ma belle. Profitez bien de cette nuit, car c'est la dernière que vous passerez seule. Vous ne perdez rien pour attendre.*

Le temps de quelques battements de cœur, il leva le bras vers le ciel. Puis il fit faire demi-tour à son cheval et se dirigea vers le campement.

Beatrice avait surveillé plusieurs heures durant le cavalier solitaire posté au beau milieu de la clairière. Sa silhouette robuste se découpait si nettement sur l'éclat rougeoyant des torches et des feux de camp qu'il était aisé de reconnaître Gregor.

Son salut la saisit de stupeur. Comment savait-il qu'elle l'observait ? Si elle était soulagée qu'il n'eût pas ordonné à ses troupes d'attaquer Warehaven après son refus de le rejoindre, elle demeurait inquiète. Que préparait-il ?

Pas un instant elle ne s'était imaginé que son acte de désobéissance resterait impuni. Bientôt, il lui ferait payer cette provocation, elle en était certaine.

Quelle était la violence de son courroux ? Si elle se posait cette question, c'était uniquement parce qu'elle savait que plus il était en colère, et plus sa vengeance serait implacable. À cette pensée, un frisson d'angoisse lui traversa le corps.

Mais à quoi bon se tourmenter puisque sa décision était prise ? Elle avait fait ce choix en toute connaissance de cause : Gregor serait furieux, soit. Pourquoi se soucierait-elle de lui être agréable après la façon dont il l'avait traitée ?

À présent que le guerrier était hors de sa vue, elle s'éloigna de la fenêtre et traversa la pièce pour s'asseoir au bord du lit de ses parents.

Lasse de se ronger les sangs et de tourner et retourner la situation dans son esprit, Beatrice s'allongea sur le matelas. Elle aurait encore tout le loisir de réfléchir et de se tracasser le lendemain matin.

— Je dois découvrir ce qu'elle manigance, gronda Gregor en s'asseyant à côté de Simon devant un des feux qui brûlaient encore.

— Et comment comptes-tu t'y prendre ?

Gregor fixa du regard la clairière plongée dans la pénombre. Dans la chambre à coucher de Beatrice, la lumière était désormais éteinte. Il espérait qu'elle dormait d'un sommeil troublé, hanté par des images de lui. Ce ne serait que justice, puisqu'ils auraient dû être en train de vivre leur nuit de noces.

— Les éclaireurs sont-ils revenus ?

Simon hocha la tête en bâillant.

— Oui. Des gardes sont postés tout au long des remparts ainsi que sur chaque tour. Tu ne pourras pas te glisser à l'intérieur.

— C'est bien ce que je craignais : FitzHenry a savamment

fortifié son château. Je vais me reposer quelques heures, ajouta-t-il en donnant une tape sur l'épaule de son capitaine. Que les prisonniers soient rassemblés et prêts à sortir avant le lever du soleil.

— J'y veillerai.

Chapitre 10

Le matin arriva bien trop vite. Beatrice eut l'impression qu'elle venait de fermer les yeux lorsque Almedha la réveilla. Et quand il lui fallut descendre dans la grande salle, elle avança péniblement, comme dans une boue épaisse.

Sir Robert l'attendait au bas de l'escalier.

— Madame, je crains d'avoir de mauvaises nouvelles...

— Si quelqu'un doit m'annoncer un malheur, je préfère que cela soit vous, répondit-elle comme il hésitait à poursuivre.

D'un geste, elle désigna la table où avait été disposée une profusion de victuailles.

— Verriez-vous un inconvénient à ce que nous nous restaurions en même temps ?

— Bien au contraire !

Son enthousiasme ne la surprit pas étant donné qu'ils n'avaient presque rien avalé la veille.

La salle était trop bondée pour attendre de se faire servir. Ils longèrent donc la table en choisissant eux-mêmes ce qu'ils voulaient.

Le ventre toujours noué d'angoisse, Beatrice ne posa sur son plateau qu'un gobelet d'eau, un morceau de pain et un peu de fromage.

Chargée de ce frugal repas, elle se dirigea vers le fond de la salle, où se dressait, plus haute que les autres, la table d'honneur. En s'installant sur le trône large et richement orné de son père, elle éprouva une sensation étrange. Pourtant, dans ces circonstances, c'était son droit. Brièvement, l'idée que Gregor pût occuper cette place à son tour lui traversa l'esprit, la secouant d'un frisson.

Sir Robert la rejoignit. Du pied, il tira vers lui un petit tabouret et s'assit à ses côtés.

— Dites-moi, à présent, lui dit-elle, quelles sont ces mauvaises nouvelles ?

— Nous avons compté tous ceux qui sont présents dans le fort, ainsi que vous l'avez demandé. Il manque près de trente personnes.

Beatrice serra son gobelet dans la main pour tenter de dissimuler son désarroi. Elle savait que plusieurs habitants de l'île n'avaient pas été retrouvés, mais elle ignorait qu'ils étaient si nombreux.

— Qui sont les disparus ?

— L'équipage entier d'un bateau, quelques ouvriers du chantier naval, un enfant et l'une des servantes.

— Est-il possible qu'ils aient réussi à se réfugier dans les grottes ? demanda-t-elle après avoir réprimé un juron.

Sir Robert secoua la tête, lui ôtant rapidement tout espoir.

— C'est peu probable. L'invasion a été si soudaine que personne n'a eu le temps de s'enfuir.

— Cela signifie qu'ils ont certainement été faits prisonniers.

— En effet, répondit le capitaine en hochant le menton. Que va faire Roul, selon vous ?

Dans sa bouche, le pain prit la consistance sèche et granuleuse du sable, et elle manqua de s'étouffer.

Le Loup de la légende, celui dont la rumeur narrait les méfaits, les tuerait à titre d'exemple, ou d'avertissement.

Mais l'homme qu'elle connaissait agirait autrement, devinait-elle. Il se servirait de ces otages pour la forcer à l'épouser. Et ce mariage aurait lieu très vite. Gregor avait trop d'atouts dans son jeu pour se priver de les utiliser.

— Les navires de mon père sont-ils en vue ?

— Non, madame, répondit Sir Robert d'un air grave.

Beatrice posa son plateau sur une petite table placée à côté d'elle : la nourriture avait soudain perdu tout intérêt à ses yeux.

— Envoyez un messager au campement. Je dois parler à leur chef.

— Et qu'allez-vous lui dire ?

— Je ne le sais pas encore. Ce dont je suis sûre, c'est qu'il va se servir de ces prisonniers pour me punir.

Baissant la tête, elle regarda ses mains entrelacées. Sans s'en rendre compte, elle les avait serrées si fort que ses jointures étaient devenues blanches. Avec un profond soupir, elle écarta les doigts. Désormais, elle savait ce qu'elle devait faire.

— Ni eux ni leurs familles n'ont à subir les conséquences de ma décision.

— Madame…

— Non. Je ne souffrirai plus aucune discussion à ce sujet. Je veux que ces personnes soient libérées et qu'elles rentrent à Warehaven.

— Mais, Lady Beatrice…

— J'ai dit non, coupa-t-elle. Ne comprenez-vous pas, Sir Robert ? Gregor me connaît et, mon Dieu, il m'aime, à sa manière. Peut-être me rendra-t-il la vie impossible, mais il ne me fera aucun mal.

— Pendant que vous serez entre ses mains, il aura tout le loisir de prendre Warehaven.

— Telle sera ma monnaie d'échange : la sécurité de mon peuple.

— Vous êtes donc prête à vous sacrifier pour le fort ? Pardonnez-moi, ajouta-t-il en se grattant la tête, mais ce rôle ne vous sied guère.

— Je suis loin d'être une martyre, répondit Beatrice en riant. Je fais cela pour les habitants de Warehaven, certes, mais aussi pour garder mon château. Intact. Mon geste est bien trop intéressé pour être qualifié de sacrifice !

— Et vos parents ?

— Il leur sera plus facile d'élaborer un plan s'ils me savent en sécurité. Quant à moi, j'aurai plus de chances d'influencer le Loup une fois que je serai dans sa tanière.

— Je pense que c'est une erreur.

— Ce n'est pas à vous d'en décider, trancha-t-elle en

se levant. Faites quérir Almedha, et qu'on apporte de l'eau chaude dans la chambre des maîtres.

Beatrice était résolue à prendre tout son temps pour se préparer. Cela l'aiderait à calmer ses nerfs, qui avaient été mis à rude épreuve. Si elle devait se livrer au Loup de David Ier, elle le ferait en digne Lady de Warehaven.

Élégamment parée à défaut d'être prête, Beatrice secoua ses jupes pour en ajuster les plis et, d'un signe de tête, ordonna aux gardes d'ouvrir les portes de la tour. À nouveau, elle longea le chemin de ronde jusqu'à la tour porche.

Mais cette fois elle avait l'impression de monter à l'échafaud.

Chassant cette pensée macabre, elle marcha à la rencontre de Sir Robert. Sans prononcer un mot, celui-ci esquissa un signe de tête en direction de la clairière.

Comme elle s'y attendait, les hommes et la femme capturés la veille étaient attachés les uns aux autres tels des prisonniers. Alignés derrière Gregor, ils étaient suivis de deux soldats armés.

En clignant des yeux pour mieux voir, elle remarqua que le guerrier tenait devant lui, sur son cheval, l'enfant qui avait été capturé en même temps que les autres.

Le cavalier s'avança. Juste avant qu'il ne parvienne devant les grilles, l'un des gardes de Warehaven, posté tout près d'elle, laissa échapper un hoquet. Beatrice se tourna vers lui : son visage était blême.

— C'est le fils de ma sœur, souffla-t-il, la voix tremblante.

Certaine que Gregor ne ferait aucun mal à un bambin innocent, elle dirigea à nouveau son attention vers la clairière.

Après avoir hissé le petit garçon sur ses épaules, le guerrier mit pied à terre.

— Je ne garde pas les enfants en otage ! cria-t-il à Beatrice. Envoyez quelqu'un pour le reprendre !

Sur ces mots, il éleva au-dessus de sa tête le petit garçon, visiblement ravi, pour le déposer sur le sol, et il attendit que celui-ci coure jusqu'aux grilles.

— Vous vouliez parler. Me voici, déclara-t-il en écartant les bras.

Sir Robert saisit Beatrice par le poignet.

— Êtes-vous sûre de ce que vous faites ?

Après avoir lancé un regard vers la rangée des prisonniers, elle se tourna vers le capitaine pour lui répondre.

— Sûre et certaine.

— Soyez prudente, Lady Beatrice, dit-il en lâchant son bras. Avec un peu de chance, toute cette histoire sera bientôt terminée.

Rongée d'inquiétude, elle espérait ardemment que l'avenir lui donnerait raison. Gregor lui avait déjà brisé le cœur. Comment se comporterait-il avec son peuple ?

Mais avait-elle seulement le choix ? Elle était forcée de lui faire confiance, et de croire qu'il se montrerait clément avec ceux qui ne lui avaient rien fait.

Malgré tout, se donner à lui ne serait pas chose facile.

Cette fois, elle était suffisamment maîtresse d'elle-même pour descendre par l'échelle. Une fois parvenue en bas, elle posa les mains sur son ventre et inspira profondément avant de se diriger vers les portes.

— Non ! protesta Gregor en tapant du poing contre les grilles. Venez de ce côté !

Puis il recula et attendit.

— Levez la herse ! ordonna Beatrice d'une voix puissante, sans détacher son regard du sien.

Le treuil se mit en mouvement avec un grincement sinistre, et elle eut bien de la peine à conserver sa fragile assurance. Une fois les grilles ouvertes, elle franchit l'entrée du fort pour se présenter devant Gregor.

— Je vous donne ma vie contre celle des prisonniers.

— Pourquoi accepterais-je un tel marché ? demanda-t-il en croisant les bras sur sa poitrine. Vous m'appartenez déjà.

Beatrice baissa les yeux. Elle s'était juré de ne pas se disputer avec lui, mais cela risquait d'être difficile. Ôtant le lien noué autour de son cou, elle le brandit devant lui. L'alliance se balançait au bout de la chaîne.

— Je porterai ceci sans discuter.

— Vous avez laissé passer votre chance de le faire hier.

— Gregor, il est inutile de rendre les choses plus difficiles qu'elles ne le sont déjà.

Du bout des doigts, il lui releva le menton jusqu'à ce que ses yeux rencontrent les siens.

— Vous pourriez me regarder lorsque vous m'adressez une requête !

— J'échange ma vie contre leur sécurité.

— Autre chose ?

À la lueur qui brillait sous ses paupières, elle devina qu'il éprouvait du plaisir à la tourmenter.

— Et contre la sécurité des personnes qui se trouvent derrière les remparts.

— J'ai mes conditions, moi aussi, Beatrice.

Elle ferma les yeux. Qu'allait-il exiger d'elle ?

— Regardez-moi !

Lorsque enfin elle souleva les paupières, il poursuivit.

— Vous voulez prendre la place des prisonniers ?

— Oui, affirma-t-elle, le menton tremblant.

À cet instant, elle n'aurait sur dire ce qui lui faisait le plus horreur : lui, ou sa propre faiblesse.

— C'est d'accord. Puisque vous êtes désormais ma captive, vous serez conduite jusqu'à votre geôle les poings liés. Aux yeux de tous.

Comprenant qu'il voulait éviter toute méprise sur son statut, elle sentit son cœur se serrer.

— Dites oui ou non.

Elle ne répondit pas immédiatement.

— Vous êtes prévenue : si vous refusez, votre peuple paiera le prix de votre désobéissance.

— Oui.

Beatrice avait parlé si bas qu'elle n'était pas certaine que le mot ait franchi ses lèvres.

— Encore.

— Oui, répéta-t-elle plus fort après avoir repris son souffle.

Gregor laissa retomber sa main et se tourna pour faire

signe à ses hommes d'avancer. Simon, Colin et James le rejoignirent aussitôt.

— Amenez les prisonniers jusqu'aux remparts et libérez-les, ordonna-t-il. Utilisez leurs liens pour attacher Lady Beatrice et conduisez-la au cottage.

Les deux gardes le dévisagèrent d'un air ahuri tandis que Simon se frottait le front.

— Lord Gregor…

— Vous m'avez entendu ! répliqua-t-il, coupant court à toute discussion. Elle sait déjà ce qui va lui arriver. Il faut qu'elle paie pour son effronterie.

Beatrice posa une main sur le bras de Simon.

— Si je dois être emmenée au bout d'une chaîne, je préfère que ce soit par vous trois que par d'autres. Je me laisserai faire, Simon, mais je vous en supplie, finissons-en avant que je perde courage.

Les trois gardes inclinèrent la tête devant leur lord, mais ils semblaient accepter la tâche de mauvaise grâce. Quant à Gregor, il tourna les talons et enfourcha son cheval avant de disparaître à l'autre bout de la clairière.

— Faites venir les prisonniers ! cria Simon à ses hommes en accompagnant ses paroles d'un geste de la main.

— Est-il très en colère ? demanda Beatrice.

— À votre avis, madame ? Il vous a attendue une longue partie de la nuit.

— Il va prendre mon domaine et la vie de mon père. Comment pourrais-je l'épouser ?

— Vous avez pourtant accepté de le faire.

— Je ne serais pas la seule à mentir.

Simon la considéra en secouant la tête.

— Oh ! vous vous trompez ! Je connais Gregor depuis son enfance et je suis prêt à parier qu'il ne vous a jamais menti. Peut-être vous a-t-il caché certaines choses, mais ce qu'il vous a dit est la vérité.

— On peut mentir par omission.

— Cela se discute.

Beatrice avait envie de hurler. Cet esprit de contradiction était-il commun à tous les hommes de Roul ?

— Il a prétendu être en chemin pour rendre visite à son frère.

— C'est le cas. Nous nous y rendrons dès que nous aurons terminé ce que nous avons à faire ici.

— Comme par hasard, il a oublié de me faire part de ce détail.

— Cela suffit. J'ai tenté de vous alerter. Je vous ai conseillé de refréner vos sentiments. De toute évidence, vous ne m'avez pas écouté.

Les gardes firent défiler les prisonniers. Beatrice poussa un cri d'effroi en apercevant Sir Brent parmi eux. L'homme avait été chevalier de Henri Ier jusqu'à la mort de ce dernier, avant de rejoindre son père, dont il commandait à présent les vaisseaux.

— Accordez-moi un moment, je vous prie, dit-elle à Simon.

— Faites vite.

— Êtes-vous indemne ? demanda-t-elle au vieil homme en agrippant son bras.

— Lady Beatrice, je suis heureux de vous voir. Oui, nous sommes indemnes.

— Sir Robert dirige le fort en mon absence. J'aimerais que vous le secondiez, si vous le voulez bien.

— Vous savez que j'obéirai toujours aux ordres de Warehaven. Mais je dois vous demander une faveur en retour.

— Je vous écoute.

— Je ne sais où se trouve votre père, ni s'il survivra à cette invasion. De toute la famille du lord, vous êtes la seule personne qu'il nous reste ici. Prenez soin de vous, Lady Beatrice. Lorsque tout ceci se terminera, nous aurons besoin de vous.

À part elle, tout le monde semblait décidément prendre la vie de son père à la légère ! Mais déjà Simon lui donnait un coup de coude. Elle n'avait pas le temps de discuter avec Sir Brent, ni de le convaincre de son erreur.

— Je vous le promets. N'ayez crainte, se contenta-t-elle de répondre.

Colin et James conduisirent les prisonniers jusqu'aux portes du château et les délivrèrent un à un de leurs liens. Chaque fois que l'un d'eux disparaissait dans le fort, Beatrice tressaillait un peu plus. Lorsque tous furent libérés et que la herse fut abaissée, elle tremblait tant qu'elle n'était pas sûre de pouvoir tenir bien longtemps sur ses jambes.

— Arrêtez !

Simon l'avait saisie par le bras.

— Vous me connaissez. Vous connaissez nos hommes. C'est une épreuve humiliante, certes, mais il ne vous sera fait aucun mal. Au campement, tout le monde sait que vous êtes sous la protection de Lord Gregor. Ils ne vous toucheront pas.

— Mais j'ignore ce que lui va me faire !

— Cela, madame, est votre faute. Du reste, à quoi bon vous en inquiéter maintenant ?

James lui ficela les poignets en prenant soin de ne pas trop serrer les liens, que Colin attacha à une plus longue corde. Après avoir marmonné des excuses, les deux hommes la conduisirent vers leur camp.

La clairière qui s'étendait devant la forteresse n'avait jamais paru aussi vaste aux yeux de Beatrice. Sa traversée lui sembla durer une éternité. Lorsqu'ils parvinrent à la route qui menait au pied de la colline, elle chancela et tomba.

Simon lui tendit la main pour l'aider à se relever.

— Vous avez tort de vous mettre martel en tête. Voulez-vous que je demande à Lord Gregor de venir vous chercher ?

— Non !

Les hommes rassemblés sur le côté de la route la regardaient comme si elle ne valait pas mieux qu'une fourmi, qu'ils auraient volontiers écrasée sous leur pied. Certains riaient, d'autres criaient des grossièretés, et d'autres encore exprimaient en langage cru ce qu'ils auraient aimé lui faire. Mais, comme Simon l'avait promis, aucun ne tenta de poser la main sur elle.

Lorsqu'ils quittèrent la route pour emprunter un chemin étroit, elle devina que Gregor avait pris possession du cottage de la sage-femme. C'était la plus petite habitation située près du fort.

Simon frappa à la porte, puis l'ouvrit et poussa Beatrice à l'intérieur. Les trois hommes repartirent immédiatement, sans même défaire ses liens.

Esquissant un pas en avant, elle plongea les yeux dans la pénombre du cottage. Lorsqu'elle s'habitua à l'obscurité, le spectacle qui s'offrit à elle lui ôta le souffle. Gregor se tenait au centre de la pièce, accompagné de deux prêtres : celui de Warehaven et un autre, qui lui était inconnu.

Tandis que le premier remuait les lèvres en une prière silencieuse, le second se tourna vers le guerrier.

— Gregor de Roul, acceptez-vous de prendre cette femme pour épouse ?

— Non, je vous en supplie ! s'écria Beatrice en tombant à genoux avant qu'il ait le temps de répondre.

Gregor s'accroupit devant elle et planta ses yeux dans les siens.

— La nuit dernière, nous aurions fait cela dans les formes. Mais apparemment ce n'était pas ce que vous vouliez. À présent, vous dites que ceci ne vous convient pas non plus. Je vais donc faire une nouvelle tentative. Êtes-vous prête à m'épouser au cours d'une cérémonie officielle, devant tout le peuple de Warehaven ?

Beatrice baissa la tête. Avait-elle le choix ?

— Oui.

— Beatrice.

Levant le menton, elle rencontra son regard.

— Oui.

Se redressant, il fit signe aux deux prêtres de s'en aller. Dès qu'ils furent sortis, il claqua la porte derrière eux et la condamna à l'aide d'une lourde barre de bois. Beatrice remarqua les ferrures qui avaient été ajoutées de chaque côté du chambranle : il était inutile de songer à s'enfuir.

Sans lui laisser le temps de parler, il tira sur la corde qui retenait ses poignets pour la forcer à se lever. Ses yeux brillants et son petit sourire en coin suffirent à l'alerter : elle était en danger.

Prise de panique, elle ouvrit la bouche pour pousser un cri, qu'il étouffa aussitôt en posant ses lèvres sur les siennes.

Sans interrompre leur baiser, il la mena jusqu'à l'autre bout de la pièce, où il l'allongea sur le lit en se laissant tomber sur elle.

Les poignets toujours noués, elle ne pouvait guère résister. Elle tenta néanmoins de se débattre et de lui lancer des coups de pied.

Le rire de Gregor contre sa bouche lui fit comprendre son erreur : à présent, il était solidement calé entre ses jambes écartées.

Beatrice parvint enfin à détourner la tête pour retrouver son souffle.

— Gregor, non ! Pas comme cela ! cria-t-elle.

— Pas comment, Beatrice ? demanda-t-il en la dévisageant.

— Ne me prenez pas de force !

— Vous prendre. De force.

Après avoir prononcé chacun de ces mots très lentement, il se leva, dénoua ses liens et massa doucement ses poignets endoloris.

— Ne sommes-nous pas complètement vêtus, vous et moi ?

— Si, répondit-elle en tentant, en vain, de se soustraire à ses trop tendres caresses.

— Dans ce cas, que m'apprêtais-je à prendre, sinon ce baiser ?

Gênée et confuse, elle détourna le regard.

— Je croyais que… Eh bien, vous étiez… Nous…

— Arrêtez, dit-il en posant un doigt sur ses lèvres. Je n'ai jamais eu à forcer une femme pour obtenir ce que je voulais. Et je n'ai aucunement l'intention de violenter celle qui va devenir mon épouse.

— Mais vous m'obligez à devenir votre épouse !

— Et l'on m'oblige à devenir votre mari.

— Seulement moi, je ne vais pas assassiner votre père !

— Et qui dit que ce n'est pas lui qui me vaincra ?

Beatrice fronça les sourcils. Elle n'avait pas envisagé cette issue. C'était peu probable, mais pas impossible.

Cependant, Gregor s'éloignait du lit.

— Inutile de sourire. Je sais bien que ma mort ne vous causera aucun chagrin.

À cette idée, elle sentit un tressaillement au creux de son ventre. Si elle redoutait qu'il ne tue son père, elle ne voulait pas non plus le voir périr.

— Vous rendez-vous compte que vous avez fait preuve d'une impudence intolérable, hier ?

— Oui.

— Et vous savez que votre désobéissance mérite punition ?

— Je pensais que c'était là le but de cet emprisonnement.

Son rire résonna dans tout le cottage.

— Oh ! non ! C'était simplement pour vous conduire jusqu'ici !

— Dans ce cas, quel châtiment me réservez-vous ?

— Je vais vous faire pleurer, répondit-il en lui tournant le dos avant de s'affairer à la table.

Pleurer ? C'était tout ? Il voulait la voir pleurer ? Après les moments de tension qu'elle venait de vivre, elle éprouva un tel soulagement qu'elle éclata d'un rire nerveux.

— C'est la punition la plus absurde dont j'aie jamais entendu parler !

— Vous ne m'avez pas laissé finir, répliqua-t-il en se retournant.

Un grand bol dans une main et deux gobelets dans l'autre, il revint vers elle et déposa le tout sur une petite table placée à côté du lit. Là se trouvait déjà un pichet, dont il se saisit pour verser du vin dans les deux coupes.

Après lui en avoir tendu une, il s'assit à côté d'elle sur le matelas.

— Avant la fin de cette journée, vous pleurerez. Mais ce sera une délivrance.

La gorge serrée, elle fit semblant d'avoir mal compris.

— Même si je veux sortir d'ici, je ne vais pas pleurer pour

que vous me libériez ! protesta-t-elle en jetant un regard vers la porte barricadée.

— Vous pouvez bien plaisanter, répondit-il en présentant un grain de raisin devant ses lèvres. Vous savez exactement ce que je veux dire.

Elle ouvrit la bouche pour accepter le fruit qu'il lui offrait. Les yeux fixés sur lui, elle tâcha de se souvenir comment mâcher et avaler. Le tressaillement descendit plus bas dans son ventre et, cette fois, elle eut réellement peur. Peur qu'il ne soit sérieux, et plus encore qu'il n'arrive à ses fins.

S'approchant d'elle, il écarta délicatement une mèche de cheveux de son front, trop délicatement pour lui offrir un quelconque réconfort.

— Au cas où vous n'auriez pas encore compris, permettez-moi de m'expliquer.

Gregor lui prit le gobelet des mains pour le porter à ses lèvres.

— Buvez, Beatrice.

Le vin, qui n'était pas dilué, était à la fois corsé et fruité, promettant de lui monter rapidement à la tête. Mais elle le but, heureuse d'apaiser la soudaine sécheresse qui avait envahi sa bouche.

— Je vais vous séduire. Tout d'abord, en vous donnant à manger, commença-t-il.

Sur ces mots, il approcha un morceau de pain de ses lèvres et se tut jusqu'à ce qu'elle l'ait accepté.

— La nourriture est une nécessité vitale. En vous nourrissant, je dis à votre cœur et à votre esprit que je suis capable de subvenir à vos besoins.

Une nouvelle fois, il la fit boire.

— Je vais aussi vous séduire avec du vin, car non seulement il étanchera votre soif, mais il vous détendra et rendra chaque caresse, chaque souffle plus sensuel.

Après avoir posé le gobelet sur la table, il passa une main sur sa joue.

— Ensuite, je m'occuperai de vous, de vous tout entière.

De l'index, il traça le contour de son oreille avant de descendre le long de sa nuque.

— Je caresserai et embrasserai la chair de votre cou. Je m'attarderai ici, dit-il en effleurant le creux sous son oreille, et là, ajouta-t-il en s'arrêtant à la naissance de son épaule.

Imperceptiblement, il s'écarta d'elle pour plonger une main dans le bol. Il en sortit une tranche de pomme, qu'il coupa en deux d'un coup de dent. Après en avoir mâché une moitié sans ciller ni la quitter une seule fois du regard, il lui offrit la seconde.

Pendant qu'elle mangeait, il promena ses doigts sur son épaule et le long de son bras, avant de descendre dans son décolleté.

— Je caresserai votre sein jusqu'à ce que la pointe se tende vers moi, suppliante.

Aussitôt, Beatrice sentit le bout de son sein se durcir, comme s'il obéissait à un ordre, et Gregor le fit rouler entre le pouce et l'index.

— Non ! murmura-t-elle.

Il s'interrompit immédiatement pour lui donner un morceau de fromage, avant de décrire d'une main désinvolte des cercles sur sa poitrine.

— Je me demande si votre peau est aussi douce ici que sur votre nuque, s'interrogea-t-il, songeur, en s'aventurant plus bas.

Comme Beatrice se figeait, il ôta sa main pour cueillir un autre grain de raisin dans le bol.

— Chut, mangez, dit-il en le lui donnant.

Cette fois, il porta son attention sur sa hanche, puis il fit courir ses doigts le long de sa jambe.

— Quel bonheur de suivre ces courbes exquises jusqu'à votre cheville !

Arrivé là, il remonta jusqu'à l'intérieur de ses cuisses.

— Mais ce seront mes lèvres qui exploreront cette parcelle de vous, avant que je vienne me nicher ici, ajouta-t-il en posant la main sur son sexe.

Pendant un moment, il resta ainsi, sans bouger.

Les yeux fermés, Beatrice laissa échapper un soupir. Elle

attendait, sans savoir ce qu'il allait faire. Une partie d'elle souhaitait qu'il cesse de la tourmenter, tandis que l'autre priait pour qu'il ne s'arrête jamais.

Gregor appuya son front contre le sien.

— Je ne veux pas que vous ayez peur, Beatrice. Regardez-moi.

Les joues brûlantes de gêne et de désir, elle se força à faire ce qu'il demandait.

— Il y a quelques jours, vous avez trouvé du plaisir dans mes baisers. Quand je vous embrasserai ici…, dit-il en pressant ses doigts contre elle, vous gémirez de volupté.

Beatrice se mit à trembler comme une feuille : ses caresses, l'intensité qu'elle lisait dans ses yeux, sa voix rauque et profonde… C'était plus qu'elle n'en pouvait supporter.

— Arrêtez ! supplia-t-elle en agrippant son poignet.

À nouveau, il appuya son front contre le sien.

— Ma belle, chaque fois que vous me crierez d'arrêter, je vous obéirai. Sauf cette nuit.

Avant de poursuivre, il approcha ses lèvres des siennes.

— Ces moments sont à nous, rien qu'à nous. Aujourd'hui, il n'y a pas de Warehaven, pas de Roul, pas de David Ier, pas de seigneur ni de vassal. Rien n'existe hors de ce cottage. Jusqu'au lever du soleil, vous êtes à moi et je suis à vous.

— Gregor, je vous en prie, ne me tourmentez plus ! souffla Beatrice. J'ai trop envie de vous.

Leurs lèvres se rencontrèrent, et elle enlaça son cou pour le serrer contre elle, trop heureuse d'avoir un jour et une nuit de bonheur avec l'homme qu'elle apprendrait bientôt à haïr.

Chapitre 11

Beatrice soupira. Enfin, elle était là, dans ses bras. Comme elle avait attendu ce moment ! Et pourtant… Quelque chose la contrariait. Était-elle encore en train de commettre une erreur ? N'avait-elle pas déjà découvert, à ses dépens, que sa capacité à juger les hommes et leurs intentions laissait à désirer ? Lui fallait-il une nouvelle leçon ?

— Non ! dit-elle soudain en s'écartant de Gregor. Non, non, non ! répéta-t-elle en secouant la tête.

— Comment cela, « non » ? fit Gregor en se dressant sur un coude.

Le ton de sa voix restait ferme et ne laissait rien deviner de son humeur.

— Je vous ai déjà prévenue qu'il ne servait à rien de me dire non.

— Je n'ai pas confiance en vous ! rétorqua Beatrice en se levant prestement.

— Comment vous en vouloir ?

Elle lui lança un regard par-dessus son épaule. Il ne semblait nullement fâché, ni même impatient. Mais, comme elle avait déjà eu l'occasion de le constater, il était difficile de déterminer son humeur à l'expression de son visage.

— En quoi êtes-vous différent de Charles ? demanda-t-elle en se dirigeant vers l'autre bout de l'unique pièce que comportait le cottage.

— Tout d'abord, au lieu de vous bercer de belles paroles,

je vous ai dit exactement ce qui allait se passer ici. De plus, je n'ai jamais levé la main sur vous.

Oh oui, il avait pris soin de lui expliquer longuement ce qu'il avait l'intention de lui faire ! À cette pensée, un frisson d'impatience courut de sa nuque jusqu'au bas de son dos. Résolue à ignorer son trouble, elle se mit à trancher avec ardeur le fromage qui était posé sur la table.

Il était également vrai qu'il ne lui avait fait aucun mal. Elle s'étonnait d'ailleurs qu'un poltron comme Charles eût recours à la force tandis qu'un guerrier qui avait gagné le surnom de Loup était certainement la dernière personne susceptible de la brusquer.

Agacée par la confusion qui s'emparait d'elle, elle planta soudain son couteau dans la table.

— J'aimerais que vous évitiez d'abîmer ce qui ne vous appartient pas, observa-t-il.

— Pourtant, vous ne vous privez pas pour disposer de ce qui n'est pas à vous !

— Moi ?

— Vous m'avez pris mon fort ! cria-t-elle en se tournant brusquement vers lui.

— Si j'ai bonne mémoire, mes hommes sont toujours rassemblés à l'extérieur du château, répondit-il d'une voix calme.

Cette façon qu'il avait de la déstabiliser au point qu'elle ne savait plus quoi penser la faisait enrager.

— Vous avez tué trois de mes hommes !

— Les gardes qui ont commis ces actes ont déjà été punis sévèrement. Les familles seront dédommagées.

— C'est ainsi que vous procédez : de l'or contre le sang versé ?

— Je ne doute pas que ces hommes seront vivement regrettés. L'or ne les remplacera pas, mais permettra à leurs femmes et à leurs enfants de garder un toit au-dessus de leur tête et de manger à leur faim.

Le père de Beatrice en faisait autant pour les disparus en mer. Encore une fois, elle se sentit stupide.

Se laissant glisser hors du lit, il s'approcha doucement d'elle jusqu'à ce qu'ils se trouvent face à face.

— Beatrice, qu'y a-t-il ? demanda-t-il en posant les mains sur ses épaules.

Elle secoua la tête. Tant de pensées et d'émotions se bousculaient en elle qu'elle se sentait complètement perdue.

— Avez-vous peur ?

— Non…, répondit-elle sur un ton hésitant. Si, mais pas de vous, corrigea-t-elle après un silence.

— Alors, de quoi ? s'enquit-il en effleurant sa joue. Ou de qui ?

— De moi-même. De ce que je ressens, de ce que je veux. J'ai peur de trop aimer, car j'ai la certitude que demain, ou le jour suivant, je souffrirai horriblement. En ce moment même, mon cœur et mon corps vous désirent plus que tout au monde, mais mon âme sait que tôt ou tard vous me briserez en morceaux.

Ce n'est que lorsqu'il essuya ses larmes qu'elle se rendit compte qu'elle pleurait.

— Vous êtes plus solide que vous ne le croyez.

— Il semble que non.

— Mais si, Beatrice ! Vous avez la force d'une guerrière, et une guerrière peut se sentir perdue ou découragée, mais elle ne pleure pas pour des événements qui ne sont pas encore arrivés.

Beatrice se laissa aller contre lui avec un petit rire. Quelle absurdité !

— Dieu merci, je ne suis pas une guerrière !

Le menton posé sur sa tête, il l'enveloppa de ses bras.

— Qui a eu l'idée de hisser un drapeau rouge au-dessus de la grande tour pour avertir du danger les navires qui approcheraient du port ?

— Moi.

Ainsi, il avait remarqué sa ruse pour alerter ses parents.

— Et qui inspecte les remparts, les gardes et la position de l'ennemi le matin, l'après-midi, le soir et encore une fois tard dans la nuit ?

— Moi.

Beatrice s'était bien rendu compte qu'il l'observait, la veille, mais elle ignorait qu'il l'avait surveillée avec une telle attention.

— Qui porte la responsabilité de l'ensemble du peuple de Warehaven ?

— Moi.

— Qui a pris la direction du fort, menaçant témérairement le Loup de David Ier avec une flèche habilement lancée ?

— Je crois que c'est moi, grommela-t-elle tout en se remémorant la scène.

— Dans ce cas, je puis affirmer que vous êtes une guerrière et, en tant que telle, vous ne devez pas pleurer. Essayez plutôt de me dire ce qui vous attriste.

— Même si c'est vous qui êtes la cause de ma tristesse ?

Gregor prit son visage dans le creux de ses mains pour incliner sa tête en arrière.

— Je croyais pourtant être l'homme qu'il vous fallait, lui dit-il en plongeant les yeux dans les siens.

Beatrice s'était doutée qu'il l'avait entendue, cette nuit-là, lorsqu'ils avaient dormi dehors. À présent, elle en était certaine.

— Je le croyais aussi. Mon cœur s'est laissé tromper par vos mensonges.

— Jamais je ne vous ai menti.

— Vous osez prétendre cela ?

— Qu'auriez-vous fait, à ma place ? demanda-t-il en haussant un sourcil. Imaginez que les rôles soient inversés : comment auriez-vous procédé ?

— Je ne serais pas restée. J'aurais quitté l'auberge sans vous.

Gregor leva les yeux au ciel.

— Vous auriez préféré que je vous abandonne alors que Charles et ses amis s'apprêtaient à vous tomber dessus ?

— Oui, répondit-elle en s'écartant de lui. Non. Je ne sais pas.

— Jamais je n'aurais laissé une femme sans défense à la merci de trois hommes, affirma-t-il en s'asseyant sur le coin de la table.

— C'est contre vous que je suis sans défense ! s'écria-t-elle en se mettant à arpenter la pièce dans l'espoir d'apaiser l'agitation qui la gagnait peu à peu.

— Que voulez-vous dire ?

Ses yeux perçants ne la quittaient pas.

— Vous pourriez me casser en deux aussi facilement qu'une brindille. Arrêtez cela ! ajouta-t-elle en lui jetant un regard mauvais.

Gregor eut un léger sursaut.

— Quoi donc ?

— Arrêtez de me dévisager !

Mais il se contenta de sourire en secouant la tête.

— Allez-vous enfin m'expliquer ce qui ne va pas ?

— C'est ce que je m'évertue à faire !

— Non.

Comme elle passait devant lui, il la saisit par le poignet, mettant fin à ses incessantes allées et venues.

— Vous ne faites que chercher à provoquer une dispute. Dites-moi ce qui vous effraie tant. Et ne prétendez pas que je me trompe, car je vois bien que vous avez peur.

— Je ne sais pas, murmura-t-elle, les yeux clos.

— Bien sûr que si. Seulement, vous refusez d'affronter la vérité.

Gregor l'attira doucement à lui et referma ses jambes autour d'elle.

— Vous tourmenter ne fera qu'empirer les choses. Vous n'êtes pas seule. Je suis là et je n'ai pas l'intention de partir.

— Si, vous partirez ! lança-t-elle avec une franchise qui la surprit elle-même.

Cela ressemblait à un aveu.

— Non, vous vous trompez. Quoi qu'il arrive, même le pire, je resterai auprès de vous.

— Pourquoi ?

— Que vous le vouliez ou non, vous serez ma femme.

Elle tenta de se dégager de son étreinte, mais il la retint fermement.

— Qu'y a-t-il ?

— Vous ne m'épouserez que parce que l'on vous a ordonné de le faire ?

— Oui.

Pourquoi cette brève réponse lui faisait-elle tant de mal ? Envahie par une douloureuse amertume, elle le repoussa en posant les mains sur son torse.

— Lâchez-moi !

— Non, protesta Gregor en la saisissant par les poignets. Nous ne sommes pas dans une de ces jolies histoires d'amour chantées par les troubadours. Tout cela est bien réel. C'est notre vie, celle que nous allons partager, vous et moi. Pourquoi ne pas nous contenter de ce que l'on nous a donné ?

— Je ne sais pas…

— Quel mal y aurait-il à essayer ? Je suis fatigué de parler, ajouta-t-il comme elle ne répondait pas.

— Alors, nous sommes deux.

La tension et l'agacement qui l'avaient habitée plus tôt avaient disparu, remplacés par un profond abattement. Oui, il avait raison : cette discussion ne menait nulle part.

Soudain, il lâcha ses poignets pour la soulever dans ses bras. Surprise, elle s'accrocha à son cou.

— Que faites-vous ?

— À votre avis ?

Comme il se dirigeait vers le lit, elle n'eut pas besoin de réfléchir longtemps. Son cœur se mit à battre la chamade, et sa respiration s'accéléra. Quel était ce trouble qui s'emparait d'elle ? Lorsqu'il tourna la tête pour la regarder, elle sentit l'embarras et l'incertitude enflammer ses joues.

Gregor rit doucement, ce qui n'arrangea rien. Elle se blottit contre son épaule.

— Une guerrière ne se cache pas.

— Dieu merci, je ne suis pas une guerrière, répéta-t-elle sans bouger.

Il s'assit sur le lit et la prit sur ses genoux.

— Je vais avoir du mal à vous embrasser si vous continuez à dissimuler votre visage.

Comme elle se penchait en arrière pour le regarder, il l'attira à lui sans lui laisser le temps de tourner la tête.

Succomberait-elle toujours aussi facilement à ses baisers ? Cet homme avait le don de lui ôter toute faculté de réflexion. Elle n'avait qu'une envie : s'abandonner au plaisir que lui offraient ses lèvres et sa langue.

Beatrice était si absorbée qu'elle remarqua à peine qu'il lui caressait la jambe. La main chaude et calleuse descendit jusqu'à sa cheville avant de remonter vers son mollet. Alors seulement elle se rendit compte qu'il n'y avait aucun obstacle entre sa peau et la sienne. Quand s'était-il débarrassé de ses chaussures et de ses bas ?

La main glissa sur son autre jambe, tout aussi nue. L'homme était soit très rusé, soit beaucoup trop expérimenté. Mais elle préféra balayer cette pensée : à quoi bon soulever des questions dont elle ne voulait pas connaître la réponse ?

Doucement, Gregor la fit descendre de ses genoux pour la placer debout devant lui.

— Est-ce votre plus belle robe ? demanda-t-il en tirant sur la ceinture nouée autour de sa taille avant de la laisser tomber sur le sol.

Prise d'un vertige en songeant à ce que sa question sous-entendait, elle se raccrocha à son épaule.

— Oui.

— Je suppose donc qu'il est exclu de recourir à un couteau. Je vais faire une piètre femme de chambre.

D'un air dubitatif, il toucha la manche qui serrait étroitement son poignet.

— Allons-nous parvenir à la retirer ?

— Je suis arrivée à l'enfiler, je devrais donc pouvoir l'enlever.

Joignant le geste à la parole, elle commença à tirer sur le tissu en repliant sa main pour l'extraire.

— Je vais avoir besoin de votre aide, ajouta-t-elle.

Après avoir bataillé ferme avec la seconde manche, Gregor saisit le bas de la robe et fit passer celle-ci par-dessus la tête de Beatrice. À son grand soulagement, il ne la jeta pas sur le sol mais la suspendit à une patère.

Vêtue de sa seule chemise, elle se sentait nue et ne put s'empêcher de croiser les bras sur sa poitrine.

Gregor l'étudia de la tête aux pieds avant de pointer un doigt sur elle.

— Il faut enlever cela aussi.

Se pouvait-il qu'elle ait rougi jusqu'aux orteils ?

— Mais je… Peut-être que…

— Ne vous inquiétez pas, votre gêne sera de courte durée, la coupa-t-il en retirant le vêtement d'un seul geste.

Beatrice serra les paupières comme si cela pouvait la rendre invisible.

Elle sursauta en sentant la main de Gregor juste sous son sein.

— Vous êtes aussi belle que je l'imaginais.

Curieuse de savoir s'il la complimentait uniquement par gentillesse, elle ouvrit un œil. Mais, lorsqu'elle le découvrit perdu dans la contemplation de son corps, elle songea qu'il était peut-être sincère.

Doucement, il lui fit décroiser les bras et, de ses doigts caressants, lui prit les mains pour les poser sur sa ceinture.

— À moi, maintenant.

Beatrice se figea. Il lui demandait l'impossible ! Peut-être ne mourrait-elle pas d'embarras, mais le feu qui commençait à gagner son visage et sa poitrine risquait fort de la brûler vive !

— Tunique et chemise, précisa-t-il en se penchant vers elle pour déposer un bref et chaste baiser sur son front.

Beatrice poussa un profond soupir et constata avec amusement qu'elle avait retenu son souffle pendant un long moment. Rapidement, elle déshabilla Gregor et lui tendit chaque vêtement, qu'il accrocha à une autre patère à côté de sa robe.

Lorsqu'il fut torse nu, il posa les mains sur ses épaules.

— Vous est-il déjà arrivé de donner le bain à des invités de Warehaven ?

Les yeux fermés, elle secoua la tête.

— On nous permettait seulement d'aider ma mère à laver les hommes âgés. Ceux qui avaient le ventre gros comme une barrique.

— Je vois. Eh bien, nous avons toute la nuit. Nous irons

aussi lentement que vous le voudrez. Mais il faut d'abord que vous ouvriez les yeux.

Beatrice s'exécuta, mais prit soin de regarder partout, sauf dans sa direction.

Gregor saisit sa main et la porta à ses lèvres pour l'embrasser avant de la déposer sur son torse, sans la lâcher.

— Vous voyez : de la peau, quelques poils, pas de cornes ni de bosses étranges. Vous n'avez rien à craindre.

— Que vous êtes bête ! dit-elle en éclatant de rire.

— Et que vous êtes innocente ! répliqua-t-il. Remarquez-vous quoi que ce soit d'anormal ? ajouta-t-il en agitant une main devant lui.

Non, il n'y avait rien d'anormal. Inclinant la tête, elle étudia les muscles qui striaient sa poitrine et son ventre. Sur les quais, elle avait déjà vu des hommes charger et décharger les navires torse nu. Sans doute les avait-elle regardés avec trop d'insistance, car son père lui avait interdit de se rendre au port sans escorte.

Mais elle n'avait pu les observer que de loin, tandis qu'elle était toute proche de Gregor. Proche à le toucher.

— Je peux ? demanda-t-elle en tendant lentement la main, prête à caresser les lignes robustes de son corps.

— Faites ! Je vous en prie !

Sa poitrine était parsemée de doux poils noirs, sans la moindre trace de gris argent. Beatrice glissa les doigts sur ses épaules et le long de ses bras. Ce n'était pas en tenant une épée et un bouclier qu'il avait développé ces muscles. De toute évidence, il ne se contentait pas de concevoir des bateaux : il les construisait.

Poursuivant son exploration, elle effleura son poignet. Lorsqu'il fléchit le coude, elle se demanda combien d'hommes avaient poussé leur dernier soupir, la tête emprisonnée au creux de son bras.

Pour distraire son esprit de ces sombres pensées, elle posa la paume de ses mains sur son ventre ferme et vigoureux.

Sa peau était étonnamment douce, à l'exception d'une

longue cicatrice qui lui barrait le torse, du nombril presque jusqu'à l'aisselle.

Il n'avait pas pu récolter cette blessure au combat. Son armure l'aurait protégé, et la force surhumaine qu'il aurait fallu pour déchirer la cotte de mailles l'aurait coupé en deux.

— Comment est-ce arrivé ? demanda-t-elle en suivant la marque dentelée du bout du doigt.

— Je me suis retrouvé enfermé dans une geôle à cause d'un moment d'inattention.

Comme il se rapprochait légèrement, elle sentit la chaleur de son corps.

— On vous a torturé ?

— Non, répondit-il.

Gregor lui prit les mains pour les poser sur ses épaules avant de l'attirer contre lui.

— J'ai tué un homme lors d'une dispute, et voilà comment son frère m'a remercié.

Les seins plaqués contre son torse robuste et chaud, elle éprouvait une sensation délicieuse qui incitait son esprit à divaguer et elle avait de plus en plus de mal à se concentrer sur leur conversation.

— La blessure a dû être douloureuse.

— Un peu, admit-il en caressant son dos, chassant sous ses doigts les frissons qui couraient sur sa peau. Mais cela m'a appris à ne jamais baisser ma garde.

Elle haleta faiblement lorsqu'il frôla sa cuisse avant de se diriger vers ses fesses.

— Je l'imagine aisément. Il aurait pu vous tuer.

— C'était bien son intention.

Sa main remonta légèrement pour effleurer son flanc.

— Mais mes hommes sont arrivés à temps pour l'empêcher de causer davantage de dégâts, expliqua-t-il en prenant son sein dans le creux de la main pour en titiller la pointe avec le pouce.

Beatrice gémit doucement en s'abandonnant tout à fait.

— Il aurait été… regrettable… qu'ils… arrivent… trop tard.

S'il continuait ainsi, elle perdrait bientôt toute faculté de parler.

Résignée, elle concentra son attention sur les paumes rugueuses qui parcouraient son corps. Oui, c'étaient bien les mains d'un homme qui éveillaient en elle ce subtil émoi. Des mains habituées à manier des armes et des outils. Des mains capables de bâtir et de prendre.

Gregor était en train d'allumer en elle une flamme ardente qui la laissait tremblante d'impatience. Bientôt, il la prendrait, et Beatrice savait qu'elle ne ferait rien pour l'en empêcher. Que cela fût bien ou mal, elle s'en moquait : elle voulait sentir son corps puissant sur elle, en elle. Elle voulait qu'il la fît sienne.

Après avoir promené ses doigts sur le contour de son oreille et le long de sa nuque, il se pencha vers elle et ses lèvres vinrent chatouiller agréablement sa peau avant de s'attarder au creux de son cou.

— Voulez-vous savoir comment nous nous sommes échappés ? demanda-t-il en tournant la tête, frottant contre son épaule un menton couvert d'une barbe de quelques jours.

— Qui donc ?

— Mes hommes et moi.

Mais de quoi parlait-il ?

Le visage enfoui dans le cou de Beatrice, il éclata d'un léger rire qui provoqua de nouveaux frissons dans son dos. Elle ignorait ce qu'il trouvait si amusant et elle ne chercha pas à le savoir. Toute son attention était rivée sur le trajet de ses mains sur son corps. Rien d'autre ne lui importait.

Du bout des doigts, il effleura sa nuque puis descendit le long de son dos, parcourut la courbe de ses fesses et s'arrêta entre ses cuisses. Alors une tension inouïe envahit tout son être. Impossible de rester immobile : elle se mit à onduler contre lui.

Avec un gémissement, il agrippa ses hanches pour l'empêcher de bouger.

— Doucement, Beatrice.

La serrant contre lui, il pressa son membre gonflé contre son ventre. Beatrice se raidit pour se détendre aussitôt. N'était-ce pas ce qu'elle voulait ?

Pas une parcelle de son corps ni de son esprit ne redoutait ce qui allait se passer. À cet instant, elle avait une totale confiance en lui. D'instinct, elle savait que son guerrier, son Loup, ferait tout ce qui était en son pouvoir pour que sa première fois, leur première fois ensemble, soit une expérience inoubliable.

Beatrice constata alors qu'il avait eu raison : son embarras avait été de courte durée. Soudain, elle comprenait également que s'il n'avait cessé de parler, c'était pour mieux la distraire, pour lui donner le temps de s'habituer au contact de ses doigts et de son corps.

Il avait réussi. Mais désormais elle en voulait davantage.

Glissant sa main entre eux, elle la posa sur son sexe dur, lui arrachant une sourde plainte.

— Comment vous êtes-vous échappés, vos hommes et vous ?

Le visage tendu, il s'arrêta.

— Quoi ?

Beatrice le regarda en riant, ravie de constater qu'elle aussi était capable de lui faire perdre la tête.

— Comment avez-vous échappé à votre agresseur, celui qui voulait vous tuer ? poursuivit-elle, taquine, en serrant légèrement son sexe entre ses doigts.

Avec un grognement, il la déposa sur le lit.

— Gregor, je vous en prie ! murmura-t-elle en lui tendant les bras.

Après avoir ôté en hâte le reste de ses vêtements, il s'étendit à côté d'elle sur le matelas. Ses mains semblaient danser sur sa peau, l'effleurant du bout des doigts avant de suivre le même chemin avec ses ongles. Chacun de ses gestes était plus hardi que le précédent, et l'attente devenait presque insupportable.

Parfois, Gregor se montrait tendre et la faisait soupirer de plaisir. À d'autres moments, il se faisait exigeant et la mettait au supplice.

Après avoir caressé son ventre, il prit son sein dans le creux de la main. Alors, n'y tenant plus, elle lui saisit le poignet.

— Cessez de me tourmenter ! souffla-t-elle en le regardant derrière des paupières mi-closes.

Gregor ne demandait pas mieux que d'exaucer sa prière. Mais, malgré l'audace de ses paroles et la douceur de sa supplication, Beatrice était vierge. Et il voulait que sa première fois lui donne assez de plaisir pour lui donner envie de recommencer, encore et encore.

S'agenouillant sur le lit, il se pencha au-dessus d'elle pour l'embrasser, réclamant ses lèvres, attirant son attention sur le tourbillon de leurs langues.

Le corps de Beatrice était chaud, son sein doux et souple sous sa caresse tandis que la pointe durcissait sous ses doigts fébriles.

Quand il glissa la main entre ses cuisses, il sentit sa chaleur et laissa échapper un soupir. Elle contracta son ventre mais ne tressaillit pas. L'espace d'un instant, elle demeura immobile, mais bientôt elle vint se presser contre lui et gémit doucement lorsqu'il ôta sa main pour la poser sur sa hanche.

Sa respiration s'accéléra tandis qu'il faisait courir ses doigts le long de sa jambe. Lorsqu'il s'arrêta derrière son genou, elle se tortilla en riant pour tenter de se dégager. Alors il descendit jusqu'au mollet, et ses rires se muèrent rapidement en soupirs de plaisir.

Mais, lorsqu'il atteignit sa cheville pour en caresser l'intérieur, elle se figea. Gregor sourit.

— Quelque chose ne va pas ? s'enquit-il doucement.

Beatrice secoua la tête.

Soucieux de ne pas lui laisser le temps de retrouver sa timidité, il passa une jambe entre les siennes de manière à les écarter suffisamment pour y glisser sa main. Lorsque ses doigts frôlèrent sa peau, si douce à cet endroit, elle se raidit.

— Quelque chose ne va pas ? demanda-t-il à nouveau.

Après une hésitation, elle secoua encore une fois la tête, au grand soulagement de Gregor.

Alors il s'agenouilla entre ses cuisses et, sans prêter

attention à ses yeux étonnés, il souleva l'une de ses jambes et la couvrit de baisers de la cheville au genou, jusqu'à ce qu'elle tremble entre ses mains.

Ensuite, il promena sa langue derrière son genou. Cette fois, elle ne rit pas mais poussa un long soupir.

Arrivé à mi-cuisse, il sentit qu'elle se raidissait à nouveau et il s'arrêta pour la regarder.

— Vous ai-je fait mal ?

Il savait que ce n'était pas le cas, mais il espérait que sa question lui ferait oublier quelque peu son appréhension.

Beatrice secoua la tête.

— Avez-vous peur ?

Bien sûr qu'elle avait peur. Pas de lui, mais de l'inconnu. Et cela lui était insupportable.

Elle s'apprêtait à secouer la tête une fois de plus, mais elle s'arrêta.

— Peut-être un peu, admit-elle dans un souffle.

— Faites-moi confiance, Beatrice : vous n'avez rien à craindre. Vous ne ressentirez que du plaisir. Et je suis là pour m'y abandonner avec vous.

Sans détacher les yeux de son visage, il posa à nouveau la bouche sur sa cuisse. Aussitôt, elle se mit à trembler comme une feuille, ce qui le fit enrager. Il détestait ces frémissements, détestait en être la cause. Il ne s'était pas attendu à une telle réaction de la part d'une femme qui avait bravé ses ordres sans s'inquiéter le moins du monde des conséquences.

Mais il aurait beau lui répéter qu'il n'allait pas lui faire mal et qu'elle n'avait rien à craindre, elle ne le croirait pas avant d'en avoir la preuve. Gregor savait également qu'il ne devait pas rire de ses inquiétudes, même si elles étaient sans fondement : cela ne ferait qu'ajouter à sa gêne. Pour elle, cette appréhension était bien réelle.

— Prenez ma main et ne la lâchez pas.

Entremêlant ses doigts aux siens, elle ferma les yeux.

— Je vous en prie, finissez-en !

Gregor cessa aussitôt d'embrasser sa cuisse. Tantôt elle

craignait qu'il ne la prenne de force, et à présent elle le suppliait d'en finir ?

Certes, il n'avait pas l'intention de s'arrêter là. Mais les choses n'allaient pas du tout se dérouler comme elle l'imaginait.

— Regardez-moi, lui dit-il en relevant la tête.

Elle consentit à ouvrir un œil.

— Je ne sais qui vous a raconté ce qui se passe dans un lit entre un homme et une femme, mais de toute évidence cette personne n'appréciait guère l'acte. Nous allons nous marier, ajouta-t-il comme Beatrice ne répondait pas. Nous vivrons de longues années ensemble, si Dieu le veut. Et ceci…, dit-il en passant la langue le long de sa cuisse, fait partie des choses que nous partagerons. Souvent.

Après avoir reposé sa jambe, il en caressa la peau fine avant de s'arrêter sur sa féminité.

— À présent, vous devez oublier ce que vous avez entendu, ou ce que l'on vous a raconté, et découvrir la vérité par vous-même.

Sans détourner son attention du visage de la jeune femme, il se mit à la caresser. Beatrice referma les paupières.

— Regardez-moi, ordonna-t-il encore.

Au bout de quelques battements de cœur, elle obéit. Tout en décrivant des cercles d'un doigt délicat, il continuait à la fixer des yeux.

— Il y aura des jours où nous nous détesterons. Peut-être même des semaines. Mais ceci ne changera pas. Le corps se moque bien de ce que la tête pense, ou de ce que le cœur ressent : il sait ce qu'il veut et il n'a de cesse de l'obtenir.

Avant qu'elle n'ait le temps d'anticiper son geste, il glissa le doigt en elle.

— Lorsque toute cette histoire sera terminée, peut-être souhaiterez-vous me voir mort. Mais croyez-moi, Beatrice, malgré toute la haine que vous pourrez me vouer, après la nuit que nous allons passer, vous me supplierez de partager votre couche.

La main qui retenait toujours la sienne se relâcha et elle

écarta un peu plus les cuisses. Sans détacher son regard du sien, il se pencha au-dessus d'elle.

— Maintenant, je vais vous embrasser. Si je vous fais mal, il faut me le dire. C'est la dernière chose que je souhaite.

De la langue, il parcourut le même chemin que son doigt et constata, soulagé, que les sons qu'elle laissait échapper ne devaient rien à la nervosité, à la peur et encore moins à la douleur. Non, c'était la surprise qui la faisait gémir ainsi.

Mais elle s'habitua rapidement à ses caresses intimes et, bientôt, elle soupirait de plaisir.

— Gregor, je vous en prie ! lâcha-t-elle soudain.

Alors il sut, sans le moindre doute, que ce n'était pas la frustration qui lui arrachait ce cri, mais le besoin désespéré d'aller jusqu'à la délivrance.

Lorsqu'il s'étendit sur elle, l'inquiétude le saisit, l'espace d'un instant. S'il lui avait menti, s'il lui faisait mal ? Mais ses craintes s'évanouirent bien vite : dès qu'il s'enfouit en elle, Beatrice s'accorda à son rythme sans même un tressaillement.

Les formes de son corps épousaient parfaitement les siennes, comme s'ils étaient faits l'un pour l'autre. Bientôt, Gregor serra entre ses doigts la couverture sur laquelle ils étaient étendus, luttant pour se dominer assez longtemps pour l'attendre.

— Oh ! souffla-t-elle, les muscles tendus, en recroquevillant les orteils contre ses jambes. Oh ! mon Dieu !

Elle ouvrit brusquement les paupières, et il eut juste le temps de lire l'étonnement dans ses yeux avant qu'elle ne les referme, tout en s'accrochant à lui comme si sa vie en dépendait.

Alors il lâcha la couverture pour la serrer fort dans ses bras tandis qu'ils partageaient leur première extase.

Épuisé, il s'abandonna sur elle de tout son poids.

— Je ne peux pas respirer ! protesta-t-elle en le poussant.

Gregor se tourna sur le côté et l'attira à lui. Peu lui importait ce que leur réservaient les jours à venir : il ne la laisserait pas partir.

Le dos contre son torse, Beatrice prit son bras entre les siens.

— Je vous avais bien dit que je n'étais pas une guerrière ! soupira-t-elle.

— Au contraire, répondit Gregor en riant, vous avez affronté et vaincu votre peur de l'inconnu !

Puis il déposa un baiser dans ses cheveux.

— Vous devriez dormir un…

Avant qu'il ne termine sa phrase, il sentit qu'elle se détendait dans ses bras et, à sa respiration lente et régulière, il comprit qu'elle s'était déjà endormie.

Beatrice ouvrit les yeux en émergeant doucement du sommeil. Sa sieste avait dû être de courte durée, car le soleil baignait encore de lumière l'intérieur du cottage.

Tout en savourant la chaleur qui l'enveloppait, elle s'étira longuement. Gregor était lové contre son dos, un bras autour de sa taille et l'autre sous sa tête, une jambe enroulée à la sienne.

Elle voulait rester ainsi pour toujours, blottie dans ce lit douillet contre cet homme qui lui tenait chaud.

— Avez-vous faim ? demanda-t-il en enfouissant le nez dans son cou.

Oui, elle avait faim, mais elle n'avait pas envie de bouger, pas plus qu'elle ne voulait qu'il ne quitte le lit.

— Un peu.

Posant un bras sur le sien, elle ferma les doigts sur son poignet pour l'empêcher de se lever.

— Mais cela peut attendre un moment.

Gregor laissa échapper un soupir, et elle sentit son souffle contre l'oreille.

— Je ne vous contredirai pas.

Soudain, des coups résonnèrent à la porte du cottage, lui arrachant un grognement.

— Qui est là ? cria-t-il en se tournant sur le dos.

— C'est Simon. Je suis navré, mais je dois absolument te parler.

— Maintenant ? demanda-t-il en se frottant les yeux.

— Oui, maintenant.

— Restez ici, dit-il en lui donnant une petite tape sur la hanche. Ce ne sera pas long.

Sautant du lit, il traversa la pièce en décrochant au passage sa tunique, qu'il enfila rapidement. Soulevant sans effort la poutre qui barrait l'entrée, il la posa contre le mur et entrebâilla légèrement la porte.

Beatrice n'entendait pas ce que disaient les deux hommes, mais elle perçut une tension dans la voix du guerrier. Simon n'apportait pas de bonnes nouvelles.

Gregor jeta un bref regard vers elle avant de sortir en refermant la porte derrière lui.

Se laissant rouler sur le matelas, elle se coucha à la place, encore toute chaude, qu'il venait de quitter. Pour mieux respirer son odeur, elle plongea la tête dans son oreiller en espérant qu'il reviendrait vite.

Son vœu fut exaucé plus tôt qu'elle ne l'aurait cru. La porte s'ouvrit à la volée, et il pénétra dans la pièce à grands pas.

— Levez-vous !

Choquée par cet ordre autant que par le ton froid avec lequel il avait été dicté, Beatrice s'assit dans le lit en observant Gregor. Ce n'était plus l'homme qui lui avait fait l'amour tendrement et passionnément. L'amant malicieux et attentionné avait laissé place au guerrier impassible.

— Habillez-vous, lui dit-il en jetant sa robe et sa chemise sur le lit.

À bien y regarder, il n'était pas aussi impassible qu'il aurait aimé le paraître. Son visage trahissait sa nervosité.

— Qu'y a-t-il ?

— Vous retournez au fort, répondit-il en ramassant ses bas et ses chausses.

— Non ! J'ai échangé ma vie contre celle des prisonniers. Je ne reviendrai pas en arrière.

— Je ne veux pas des prisonniers. Je veux que vous partiez.

Beatrice sursauta comme s'il l'avait giflée. Mais ses paroles l'avaient blessée bien plus que des coups ne pourraient jamais le faire. Les mains tremblantes, elle commença à s'habiller en hâte. Mais les manches de sa robe se révélèrent aussi difficiles à enfiler qu'à retirer. Empêtrée dans le vêtement, elle jura à voix basse.

S'approchant du lit, Gregor glissa un couteau sur le côté de chaque poignet, décousant dans le même geste des perles et des pierreries qui rebondirent sur le plancher avec un tintement.

— Dépêchez-vous !

Incrédule et consternée, elle contemplait ce qui avait été sa robe la plus belle, la plus coûteuse. Que se passait-il dans la tête de cet homme ?

Enfin habillée, elle posa les pieds sur le sol et se dirigea droit vers Gregor qui, campé près de la table, à l'autre bout de la pièce, lui tournait le dos.

Beatrice lui saisit le bras pour le forcer à la regarder, mais il se dégagea facilement.

— Gregor, dites-moi ce qui se passe ! Ai-je fait quelque chose qui vous a déplu ?

— Tout ne tourne pas autour de vous ! rétorqua-t-il avec un rire froid et cruel.

Les yeux fixés sur sa nuque, Beatrice prit une profonde inspiration. Quelque événement grave avait dû se produire. Tout d'abord, l'homme qui ne cessait d'exiger qu'elle pose son regard sur lui lorsqu'ils parlaient ensemble fuyait obstinément le sien. De plus, il était visiblement contrarié. Quand elle effleura son épaule, elle sentit un léger tressaillement secouer son corps, mais il se raidit aussitôt.

— Gregor, dit-elle d'une voix plus douce. Je vous ai offert, de mon plein gré, tout ce que j'avais à vous donner. Ne me rejetez pas maintenant.

Brusquement, il se retourna et l'étreignit avec force.

— Je ne vous rejetterai jamais et je ne vous abandonnerai pas non plus. Mais vous devez regagner Warehaven.

L'abandonner ? De quoi parlait-il ? Que lui cachait-il ?

Beatrice s'écarta suffisamment de lui pour voir son visage.

— Mes parents sont-ils de retour ?

— Si seulement ce n'était que cela !

La main sur sa nuque, il se pencha au-dessus d'elle.

— Autant que je sache, non, ils ne sont pas encore revenus.

— Embrassez-moi, Gregor. Embrassez-moi comme s'il n'y avait pas de Roul, pas de Warehaven, mais seulement vous et moi, murmura-t-elle en s'élevant sur la pointe des pieds pour lui offrir ses lèvres.

Elle aurait voulu qu'ils restent figés ainsi, bouche contre bouche, pour sentir ses bras vigoureux la serrer contre son torse pour toujours.

Mais c'était impossible, elle le savait. Avec un long soupir, elle posa la joue contre son cœur, dont elle entendait le battement régulier. À cet instant, il était son amour, son protecteur. Mais, dès le moment où il franchirait la porte de ce cottage, il mettrait tout cela de côté pour redevenir le Loup de David Ier. Et il suivrait les ordres de son roi sans laisser rien ni personne, pas même elle, se placer en travers de son chemin.

— Merci.

— Pourquoi me remerciez-vous ? demanda-t-il en posant le menton sur sa tête.

Sa voix était rauque, distante, comme s'il était déjà ailleurs.

— Pour ces quelques heures. C'est plus que ce que certains reçoivent pendant toute une vie.

Ce qui allait suivre n'aurait rien de nouveau. Les armées avaient toujours attaqué d'autres armées, et les vainqueurs s'étaient toujours emparés du butin.

Elle ferait partie du butin. Et, comme de nombreuses femmes avant elle, elle devrait accepter son lot.

Mais elle avait plus de chance que la plupart d'entre elles : au lieu d'entrer dans le lit de son ravisseur la peur au ventre, comme une prisonnière dont on allait user et abuser, elle aurait le souvenir de cette journée à chérir.

— Il faut vous en aller, maintenant, dit Gregor en relâchant son étreinte avant de s'éloigner d'elle.

— Gregor ! souffla-t-elle en lui tendant le bras.

Elle voulait encore un instant, rien qu'un petit instant.

— Partez.

Revenu auprès du lit pour reprendre ses armes, il les jeta sur le matelas.

— Partez, Beatrice.

Un bref moment, elle resta là, les yeux fixés sur le fourreau dans lequel il glissait son épée. Puis elle s'élança vers la porte, une main plaquée sur la bouche pour retenir un sanglot.

Chapitre 12

Une épaisse colonne de fumée s'élevait au-dessus de l'entrepôt encore dévoré par les flammes. Le bâtiment n'était plus désormais qu'un tas de débris. Ils avaient lutté contre l'incendie des heures durant, jusqu'à ce que Gregor finisse par mettre un terme à ce qui s'était révélé un vain combat.

Assis sur son cheval, aux abords de la ville, il contemplait le triste spectacle, épuisé et furieux contre les responsables de ce forfait. Lorsqu'il les retrouverait, il ne leur témoignerait aucune pitié. Pas plus que ces infâmes criminels n'en avaient eu pour les sept hommes restés pris au piège dans l'entrepôt en feu, qui avait fini par s'écrouler.

Simon le rejoignit. Gregor l'avait envoyé sur les quais pour s'enquérir de l'état des navires, et il savait que son retour rapide n'était pas de bon augure.

— Combien ?

— Trois vaisseaux détruits. Et cinq hommes toujours portés disparus.

— Les nefs ?

— Oui. Ainsi que votre nouveau bateau.

Gregor laissa échapper un juron. Deux de ses plus gros bâtiments avaient été équipés pour transporter des troupes, et à présent leurs coques calcinées gisaient au fond des eaux du port de Warehaven, à côté de l'une de ses meilleures cogues. Celle dont il avait récemment achevé la construction.

— Comment ?

Simon plissa les yeux pour les protéger de la fumée que le vent, en changeant de direction, poussait de leur côté.

— Lorsque le feu s'est déclaré à l'entrepôt, les ouvriers ont entendu des cris. Ils se sont précipités là-bas pour venir en aide à leurs camarades…

— … Laissant les vaisseaux sans surveillance, termina Gregor. Et y avait-il des hommes piégés dans l'entrepôt ?

— Pas à ce moment-là, non.

— C'est bien ce que je pensais.

L'incendie n'avait été qu'une diversion. Ceux qui l'avaient provoqué connaissaient parfaitement la configuration des quais de Warehaven.

Les auteurs de cet acte savaient que le bâtiment situé à l'extrémité contenait des réserves telles que des tissus, des bougies et des meubles en bois, qui alimenteraient idéalement les flammes. C'était d'ailleurs pour cette raison qu'il avait été construit à l'écart.

S'ils avaient choisi d'en incendier un autre, le feu aurait rapidement pu se propager à l'auberge, à la boutique du boulanger et à tous les bâtiments qui se trouvaient à leur suite, enflammant ainsi la rangée entière.

Une question demeurait : pourquoi ? Les navires qu'ils avaient brûlés étaient vides. Deux d'entre eux ne servaient qu'à transporter des troupes.

Si le but était de le retenir sur l'île, c'était une perte de temps et d'énergie, car il n'était pas question pour lui d'en partir. Mais si l'intention des incendiaires était de le mettre en rage ils avaient réussi. Ce qu'ils ne savaient pas, en revanche, c'était que cette tactique ne servirait qu'à le rendre plus dangereux.

Jusqu'à présent, il s'était montré bienveillant… équitable… chevaleresque… Tout cela à cause d'une femme. Oh ! ce n'était pas sa faute à elle. Il ne pouvait s'en prendre qu'à lui-même.

Mais il était las de jouer.

— Penses-tu que le coupable est un des leurs ? demanda Simon.

— Si ce n'est pas le cas, c'est un des nôtres.

— Non, je ne le crois pas, répliqua le capitaine en secouant la tête. Aucun de nos hommes ne causerait autant de dégâts intentionnellement.

Gregor ne se donna pas la peine d'expliquer à son officier que sa remarque n'était qu'un sarcasme dû à sa colère et à son agacement. Il était évident que le ou les responsables du forfait faisaient partie du peuple de Warehaven.

— Je vais m'emparer du fort ce soir, se contenta-t-il de répondre.

— Pourquoi ce soir ? Tu lui as laissé le château jusqu'à maintenant.

— Parce que de toute évidence personne ne sait plus qui commande, ici. Lorsque j'aurai pris possession des lieux, peut-être cette incertitude sera-t-elle levée.

— Et Lady…

— Elle fera ce que je lui dirai, rétorqua-t-il sans laisser Simon terminer sa question.

Il espérait pour elle qu'il ne se trompait pas. Sinon, il devrait livrer un autre combat cette nuit.

Beatrice s'était déjà immiscée dans ses affaires en envoyant des renforts pour maîtriser l'incendie. Il les avait renvoyés, stupéfait à l'idée que ses propres troupes ne les avaient pas arrêtés. Ses hommes avaient permis à l'ennemi de passer devant eux, de traverser le village et de gagner les quais sans la moindre réaction !

En apprenant cela, il était entré dans une rage folle avant de comprendre que c'était lui qui avait laissé cette confusion s'installer. Personne ne savait qui dirigeait le fort. Certains pensaient même que Lady Beatrice et lui partageaient le pouvoir.

Mais au lever du soleil plus aucun doute ne subsisterait.

Beatrice s'appuya contre la muraille de pierre. Elle n'avait pas quitté son poste de guet depuis la veille, juste avant le coucher du soleil. À présent, l'aube se levait et la lumière fournie par les torches fixées le long des remparts ne serait bientôt plus nécessaire.

— Vous n'aurez peut-être pas de nouvelles avant un certain temps.

Sir Brent venait de s'arrêter près d'elle, mais elle lui fit signe de continuer son chemin. Elle ne voulait parler à personne de crainte d'éclater en sanglots, tant l'attente la mettait au supplice.

La veille, après avoir remarqué la fumée qui s'élevait au-dessus des quais, elle avait envoyé des hommes pour éteindre l'incendie. Mais Gregor les avait renvoyés aussitôt au château, avec ordre de ne plus en sortir.

Apparemment, il n'avait pas besoin de renforts. Mais pourquoi la laissait-il dans l'ignorance ? Il devait savoir qu'elle attendait des informations de sa part. Y avait-il eu des blessés, des morts ? Des navires avaient-ils été détruits ? Les entrepôts de son père, ainsi que les échoppes qui se trouvaient aux abords des quais, avaient-ils été touchés ?

Enfin, alors qu'elle était à bout de patience, elle entendit au loin le cliquetis des armures et le fracas métallique des épées. Dans la clairière, les soldats avaient commencé à avancer.

À la pâle lueur de l'aube, elle parvint à distinguer les troupes qui, séparées en deux files serrées, marchaient au pas dans la direction du fort.

— Attendez ! cria-t-elle à ses archers postés le long des remparts.

Avant de leur ordonner de détendre leur arc, elle voulait connaître les intentions de Gregor.

Les deux colonnes de soldats s'arrêtèrent devant les portes de Warehaven, formant un couloir humain qui s'étendait presque jusqu'à la lisière de la clairière.

Un cavalier seul parut alors au bas de la colline. Il n'était qu'à mi-chemin du château quand elle reconnut Gregor.

Lui aussi fit halte devant les grilles.

— Faites sortir vos gardes et les villageois ! cria-t-il. Ne gardez que votre prêtre et vos serviteurs dans l'enceinte de la forteresse !

Sans attendre de réponse, il fit demi-tour et repartit par où il était venu.

Beatrice resta abasourdie. Il lui enjoignait de s'isoler derrière les remparts avec ses gens, sans la moindre protection ! Elle observa les troupes en armes postées en bas du château. Comment pouvait-elle demander à son peuple de franchir ce couloir de soldats ?

Gregor devait avoir perdu la raison.

C'est alors qu'un sifflement strident vint déchirer le silence matinal.

Aussitôt, les hommes se mirent en branle pour former deux rangées le long des murailles en laissant une ouverture devant les grilles. Avant qu'elle ait le temps de se demander pourquoi, elle entendit un grondement puissant qui attira son regard vers le fond de la clairière.

Un bélier monté sur des roues avançait droit vers le fort, sans ralentir sa course. Au même moment, les troupes de Gregor levèrent leurs boucliers, érigeant ainsi deux murs impénétrables.

Beatrice n'hésita pas longtemps.

— Baissez vos armes et rassemblez-vous ici immédiatement ! cria-t-elle aux gardes qui se trouvaient dans la cour.

Pas question de voir sa forteresse détruite parce qu'elle n'avait pas été assez prompte à obéir à un ordre ! Sans plus attendre, elle somma les sentinelles postées dans la tour de lever la herse et d'ouvrir les lourdes portes.

Après quoi, elle prit Sir Brent à part.

— Rassemblez les villageois en bas et alignez-les derrière les soldats.

— Et vous, Lady Beatrice ?

Elle jeta un regard par-dessus les remparts avant de se tourner à nouveau vers le vieil homme.

— Il m'a ordonné de rester, donc je reste. Il va probablement s'emparer du château. Nous devrions nous estimer heureux qu'il laisse partir notre peuple avant d'occuper les lieux.

— Croyez-vous que…

La question mourut sur ses lèvres.

Mais Beatrice n'était pas d'humeur à jouer aux devinettes.

— Que… ?

Sir Brent désigna du menton les soldats rangés devant les murailles.

— Croyez-vous que nous pourrons passer sans être attaqués ?

— Je n'en sais pas plus que vous. Mais je doute que Roul puisse se montrer assez sournois pour vous tendre un piège.

Elle sentit son cœur défaillir dans sa poitrine à la pensée qu'elle pouvait se tromper. Rien ni personne ne pouvait empêcher Gregor de faire ce que bon lui semblait. Mais elle chassa bien vite ses inquiétudes : à quoi bon alimenter des peurs qui se révéleraient peut-être sans fondement ?

— Je ne peux me résoudre à vous laisser seule.

— Je ne serai pas seule. Almedha et les autres serviteurs seront avec moi.

Sir Brent la regarda en secouant la tête.

— Vous ne pouvez guère compter sur eux pour vous défendre !

— C'est à moi de les protéger, et non l'inverse.

— Et que peut faire une femme contre toute une armée ?

Le grondement du bélier se rapprochait. Beatrice poussa le chevalier vers l'échelle.

— Partez vite, Sir Brent ! Et faites sortir les gardes et les villageois !

Dès que le peuple de Warehaven commença à franchir les grilles, le bélier s'immobilisa avant d'être déplacé sur le côté pour laisser la voie libre.

Beatrice resta en haut des remparts à observer la scène. Qu'allait-il advenir d'elle ? Patiemment, elle attendit sans détourner le regard.

Un bout d'un moment, elle vit Sir Simon s'approcher du château. Après avoir franchi les portes, il gravit l'échelle accrochée à la muraille et la rejoignit sur le chemin de ronde.

— Les villageois vont rentrer chez eux. Pour l'heure, vos hommes ont l'autorisation d'établir un campement à l'extrémité de la clairière. Sans armes.

Quelque chose avait changé, elle le pressentait sans parvenir à déterminer ce quoi il s'agissait.

— Et moi ?

Pour toute réponse, il lui tapota l'épaule d'un geste maladroit.

Sentant la peur monter, elle prit une profonde inspiration dans l'espoir de se ressaisir.

— Que se passe-t-il ? demanda-t-elle doucement.

— Lord Gregor arrivera bientôt. Je suis sûr qu'il vous expliquera tout.

Sur ces mots, il la laissa seule.

Appuyant le front contre la pierre froide du mur, elle ferma les yeux. N'importe qui aurait compris que Gregor était en train de prendre possession de Warehaven. Mais pourquoi maintenant ? Un événement s'était-il produit au village pour qu'il devienne le guerrier impitoyable dont la rumeur narrait les méfaits ?

Beatrice l'entendit pénétrer dans le fort. Le son métallique de ses éperons et de la bride de son cheval annonça son arrivée dans le silence lugubre qui avait envahi Warehaven.

Se tournant vers la cour, elle se pencha pour le regarder, mais il ne lui prêta aucune attention. Après avoir mis pied à terre, il confia les rênes de sa monture à un garçon d'écurie et entra dans le donjon à grandes enjambées.

À ce qu'il semblait, si elle voulait lui parler, elle devrait lui demander audience dans la grande salle. Il était chez lui, désormais.

Ses hommes pénétrèrent dans la forteresse à sa suite, et bientôt le drapeau rouge qui flottait au-dessus de la guette de la plus haute tour fut remplacé par les bannières des Warehaven et des FitzHenry. Son père n'aurait plus aucun moyen d'être alerté de ce qui se tramait.

Elle demeura en haut des remparts jusqu'à ce que le martèlement de son cœur s'apaise et que le sang cesse de battre dans ses tempes. Discuter avec lui ne servirait à rien : Gregor ne discutait pas. La dernière fois qu'elle avait essayé, elle s'était fait l'effet d'une idiote. Ils étaient seuls alors ; personne n'avait été témoin de sa honte.

Serait-elle capable de garder une bonne contenance ? Rien n'était moins sûr. Elle se résolut malgré tout à descendre l'échelle pour se diriger vers le donjon. Dès qu'elle pénétra dans la grande salle, elle sentit tous les yeux rivés sur elle.

Soldats et serviteurs attendaient de voir ce qu'elle allait dire ou faire.

Mais Gregor, lui, scrutait son visage comme s'il cherchait à déterminer le moment opportun pour donner l'attaque. Il l'observait sans ciller, avec une insistance qui lui glaçait les veines.

Le guerrier était assis sur le trône du seigneur, derrière la table d'honneur. Sachant qu'elle ne pourrait maîtriser ses émotions si elle lui adressait la parole, Beatrice prit la direction de l'escalier.

— Lady Beatrice !

Elle s'arrêta aussitôt.

— Oui, monsieur ?

— J'ai à vous parler.

— Cela ne peut-il attendre, monsieur ? demanda-t-elle sans se retourner.

— Non.

Un souffle chaud contre sa nuque la fit sursauter. Elle ne l'avait pas entendu approcher. Un bref regard par-dessus son épaule vint confirmer ses peurs. Debout derrière elle, il ne semblait aucunement se réjouir de la voir.

— Après vous, dit-il en désignant l'escalier d'un geste du bras.

Comme les serviteurs commençaient à jacasser, elle comprit qu'elle avait commis une erreur : elle leur avait fourni un sujet de conversation. Dans un fort, quelle que soit sa taille, il était une chose plus difficile que tout à maîtriser : les commérages. Et commérages il y aurait. Beatrice savait que ses gens s'empareraient du moindre mot, du moindre geste, pour les dramatiser à l'excès.

Dès le lendemain, le récit de son entrée dans le donjon n'aurait plus rien à voir avec la réalité. Et tout ce qu'elle pourrait dire de plus à présent ne ferait qu'aggraver les choses. C'est pourquoi elle s'efforça, malgré les battements affolés de son cœur et les pensées qui tourbillonnaient dans sa tête, de gravir calmement l'escalier.

Arrivée en haut, elle tourna à gauche pour longer le couloir qui menait à sa chambre à coucher. Mais Gregor passa devant elle et lui saisit la main pour l'entraîner dans la direction opposée.

— Où me conduisez-vous ? demanda-t-elle.

Selon la porte qu'il choisirait, elle pourrait aussi bien échouer dans une geôle que sur le chemin de ronde ou dans une chambre inoccupée.

— Dans les appartements des maîtres.

— Mais ce sont les appartements de mes parents !

— Rien à Warehaven n'appartient plus à vos parents.

Deux hommes armés qu'elle ne connaissait pas montaient la garde devant la pièce ouverte. Ils se rangèrent sur les côtés pour les laisser entrer. Lorsque Beatrice et lui furent à l'intérieur, Gregor referma la porte derrière eux.

Quelle ne fut pas sa stupéfaction en découvrant ce que l'on avait fait des lieux ! Les longues tentures qui entouraient le lit avaient disparu. Beatrice eut le cœur serré en songeant aux heures passées avec sa mère et sa sœur à en orner les bordures de motifs brodés. Le couvre-lit assorti avait, lui, été remplacé par des couvertures de fourrure.

Manquaient aussi les rideaux qui séparaient l'alcôve de la pièce principale, prêtant à ce recoin une agréable intimité, de même que les confortables coussins disposés sur son banc de pierre. Disparues également, les petites tables joliment sculptées et les deux chaises rembourrées, autrefois disposées de part et d'autre du réchaud.

Rien ne restait de ce qui faisait de cette chambre le refuge de ses parents, l'unique lieu du château strictement réservé à la famille.

La gorge nouée, incapable d'articuler la moindre parole, Beatrice traversa la pièce presque nue et s'approcha d'une des longues fenêtres pour perdre son regard dans le lointain.

Gregor la suivit et, s'arrêtant derrière elle, il posa les mains sur ses épaules pour l'obliger à se tourner vers lui. En silence, il détacha le ruban qu'elle portait autour de la taille et le laissa tomber sur le sol. Lorsqu'il commença à tirer sur le col de sa robe, lui découvrant l'épaule, elle lui saisit le poignet.

— Non !

Il ne s'interrompit qu'un instant avant de continuer à la dévêtir.

— J'ai été berné une fois. Cela n'arrivera plus.

— Pas par moi.

— Vraiment ? demanda-t-il en plongeant ses yeux dans les siens, l'attirant malgré elle comme un appât attire une proie.

— Jusqu'à aujourd'hui, qui dirigeait Warehaven ?

— Moi, répondit-elle en fermant les paupières.

— Regardez-moi quand vous me parlez !

Il attendit qu'elle obéisse pour continuer.

— Et qui était responsable de tous sur cette île ?

— Moi, murmura-t-elle dans un souffle.

Il fit glisser sa robe le long de ses bras, la retenant ainsi prisonnière, puis il se pencha près d'elle jusqu'à ce que ses lèvres lui frôlent l'oreille.

— Alors, ma guerrière, vous avez tué douze de mes hommes, chuchota-t-il tout aussi bas.

— Non, Gregor ! Jamais je ne ferais…

Il l'empêcha de continuer en effleurant, du dos de la main, la courbe de son sein nu.

— Désormais, tout ce qui se trouve dans ce fort et sur cette île m'appartient. Y compris vous, ajouta-t-il en lui relevant le menton du bout de l'index.

Puis, d'un geste, il fit tomber à ses pieds sa robe et sa chemise.

Soudain intimidée par l'intensité de son regard, elle voulut se dérober à cet examen. Mais il saisit le bras qui recouvrait ses seins et agrippa la main avec laquelle elle tentait de cacher son sexe.

— N'essayez pas de lutter contre moi. Vous perdez votre temps, lui dit-il en lui maintenant d'une seule main, sans effort, les poignets dans le dos.

Puis il la contempla de haut en bas.

— Si l'envie me vient de vous regarder, je le ferai, et vous ne m'en empêcherez pas.

Puis il promena un doigt sur son sein et le long de son ventre, jusqu'à ce que, n'y tenant plus, elle se débatte pour tenter d'échapper à sa caresse. Alors il glissa une main entre ses jambes tandis que, de l'autre, il la retenait fermement.

— Et si l'envie me prend de vous toucher, je le ferai.

Elle maudissait les larmes qui lui brûlaient les yeux, mais elle était incapable de les réprimer.

— Pourquoi faites-vous cela ? De quoi m'accusez-vous ? lui demanda-t-elle en plantant son regard dans le sien.

— Douze de mes hommes ont péri dans votre incendie. Trois de mes vaisseaux reposent au fond des eaux de votre port.

— Je n'ai rien à voir avec…

Beatrice s'interrompit. Sir Robert aurait-il provoqué cet incendie pour détourner l'attention de l'ennemi ? Non, jamais il ne traiterait avec un tel mépris ce qui appartenait à son père.

— Je n'ai rien à voir avec la perte de vos hommes ni de vos vaisseaux.

Mais déjà Gregor haussait un sourcil : son hésitation n'était pas passée inaperçue.

— Vous étiez responsable de tous les habitants de Warehaven, à ce moment-là.

— Nous nous trouvions tous deux au cottage lorsque l'entrepôt a pris feu. Je n'ai rien à me reprocher !

— Vous pouvez prétendre ce que vous voulez ; rien ne me force à vous croire.

Enfin, il la relâcha pour ramasser ses effets avant de se diriger vers la porte.

— Vous resterez prisonnière ici jusqu'à ce que je mette la main sur les coupables.

Ainsi il entendait la laisser dans cette chambre sans même une chemise pour se vêtir ? C'était certes un moyen habile de l'empêcher de gouverner le fort et de rechercher les responsables de l'incendie !

— Vous ne pouvez pas faire cela !

Gregor referma son poing sur ses habits roulés en boule avant de revenir vers elle d'un pas déterminé.

— Voilà ce qui arrive quand on se moque d'un loup ! Je peux faire ce que bon me semble, Beatrice, et ni vous ni personne ne peut m'en empêcher. Il est temps que vous vous mettiez cette vérité dans la tête.

Le ton glacial de sa voix et son regard sombre, dénué de toute émotion, la saisirent d'effroi.

Avant qu'elle ne puisse prononcer un mot de plus, il tourna les talons et sortit.

Debout au milieu de la chambre, elle se frictionna les bras pour se réchauffer. Elle comprenait maintenant pourquoi tous les objets susceptibles de lui apporter quelque confort avaient été retirés de la pièce. Jetant un regard sur le lit, elle laissa échapper un juron : ce serait son seul moyen de rester au chaud.

Gregor entendit son cri furieux à travers la porte. Il se tourna vers ses hommes.

— Personne n'entre, sauf sur mon ordre.

Les deux gardes hochèrent la tête. Sans s'attarder plus longtemps, il se dirigea vers la chambre de Beatrice et y pénétra pour jeter ses vêtements sur le lit déjà surchargé. Après avoir vidé la chambre des maîtres, il avait tout empilé dans cette pièce.

Gregor savait parfaitement qu'elle n'avait pas provoqué l'incendie. Tous deux étaient… occupés à autre chose… lorsque celui-ci s'était déclaré.

Cependant, le coupable était à son service. Il n'avait pas encore découvert de qui il s'agissait, mais peut-être la jeune femme le savait-elle. Elle avait eu une curieuse hésitation lorsqu'il lui avait fait part des dégâts. Avait-elle été avertie de ce qui allait se passer ?

C'était possible. Peu probable, mais possible.

Quoi qu'il en soit, elle resterait enfermée dans la chambre jusqu'à ce qu'ils retrouvent le chien qui avait semé la mort et la destruction sur l'île.

Ainsi, il n'aurait pas à se demander sans cesse où elle se trouvait. Et, en la tenant sous bonne garde jour et nuit, il saurait qui lui parlait ou tentait de lui rendre visite.

Non seulement elle comprendrait rapidement qui dirigeait Warehaven désormais, mais elle serait en sécurité.

Il était impossible de deviner les intentions des incendiaires. S'il paraissait évident qu'il était la cible de l'attaque, les scélérats avaient également réduit en cendres l'un des entrepôts du lord de Warehaven. Fallait-il en déduire qu'elle était peut-être en danger, elle aussi ?

Il ne voulait pas prendre le risque de perdre celle qu'il appellerait bientôt sa femme.

Gregor ne pouvait s'empêcher de se demander si le coupable n'était pas le père de Beatrice. Si c'était le cas, il était d'autant plus important de la maintenir sous surveillance afin qu'elle ne puisse pas chercher à le rejoindre.

Non, il ne la laisserait pas partir.

Pas maintenant.

Il l'avait couchée dans son lit. L'avait traitée comme une épouse. Peut-être portait-elle son enfant.

Il mourrait plutôt que de permettre à qui que ce soit de lui enlever cela.

Chapitre 13

Beatrice se recroquevilla dans un coin de l'alcôve. Même si elle frissonnait et claquait des dents, elle préférait mourir de froid plutôt que de se blottir sous les couvertures de cet homme ! Des heures durant, elle resta assise là, à regarder les ténèbres engloutir peu à peu la lumière du jour.

Soudain, la porte de la chambre s'ouvrit. Tournant la tête, elle vit Gregor pénétrer dans la pièce, un plateau chargé de victuailles dans les mains.

Il se dirigea droit vers le lit, où il pensait sans nul doute la trouver. Cela arracha à Beatrice un petit rire sarcastique qui eut pour effet d'attirer son attention sur elle.

Aussitôt, elle se ramassa plus étroitement contre le mur, comme si elle pouvait se fondre dans l'obscurité.

Sans mot dire, il secoua la tête, posa le plateau sur le lit et s'approcha d'elle.

— Laissez-moi tranquille ! lui dit-elle avant de tendre un doigt tremblant vers la porte. Repartez par où vous êtes venu !

Repoussant sa main, il la souleva dans ses bras en la serrant contre sa poitrine.

— Si j'avais voulu votre mort, j'aurais employé des moyens beaucoup moins douloureux.

À sa grande horreur, elle se trouva irrésistiblement attirée par la chaleur de son corps. Lorsqu'elle se rendit compte qu'elle s'était instinctivement pelotonnée contre son torse, il était trop tard.

Sans se donner la peine d'ôter ses bottes, Gregor s'installa sur le lit, dos contre le mur et genoux pliés, en la serrant dans ses bras.

— À quoi songiez-vous, Beatrice ? demanda-t-il après avoir jeté une couverture sur elle.

— J'ai pensé que je préférerais mourir plutôt que d'être votre prisonnière.

— Vous auriez pu vous y prendre autrement qu'en restant assise dans le froid.

— J'ai bien envisagé de sauter par la fenêtre, mais je craignais qu'elle ne soit trop étroite.

Gregor regarda la fenêtre, puis Beatrice.

— Je suis certain que vous seriez passée.

— Qu'en savez-vous ? Avez-vous mesuré l'ouverture, pour vérifier que cela était faisable ?

— Non. Mais elle semble aussi large que celle par laquelle ma première épouse s'est jetée.

Beatrice leva brusquement la tête pour le regarder. Son visage était resté impassible, et le ton de sa voix parfaitement neutre.

— Pardonnez-moi, soupira Beatrice en appuyant la joue contre son épaule. Je voulais seulement…

— … Vous montrer désagréable, coupa-t-il, terminant la phrase à sa place. Je l'avais bien compris. Vous saviez que vous ne risquiez pas réellement de mourir de froid dans cette chambre. Si vous êtes restée assise dans un coin, c'est uniquement pour que j'éprouve des remords après la façon indigne dont je vous ai traitée.

— Et est-ce le cas ?

— Pas le moins du monde, répondit-il en déposant un chaste baiser sur son front. Non seulement vos efforts ont été vains, mais vous n'avez réussi qu'à passer un très mauvais moment.

— Je vous déteste !

— C'est bien naturel.

Les mains sur sa poitrine, elle tenta de toutes ses forces de le repousser.

— Je suis sérieuse. Je vous déteste vraiment !

— Taisez-vous, ma chère, dit-il en renversant la tête contre le mur avec un soupir forcé. J'ai peur de ne pouvoir supporter vos tendres paroles !

— Vous n'avez qu'à partir.

— Je suis ici dans ma chambre. J'ai un lit, des couvertures chaudes et une femme à la peau douce à ma disposition. Pourquoi m'en irais-je ?

— Je ne suis pas à votre disposition !

— Non ?

— Non.

Laissant retomber ses jambes sur le matelas, il lui arracha la couverture et lui montra l'alcôve du doigt.

— Vous êtes libre d'aller dormir sur le banc de pierre, si c'est ce que vous voulez vraiment.

Beatrice plongea les yeux dans les ténèbres et frissonna avant de se blottir à nouveau contre son torse.

— Maintenant, je vous déteste pour de bon !

Gregor ramena la couverture sur elle et la serra étroitement dans ses bras avant de replier les jambes pour lui faire un cocon douillet.

— Comme c'est dommage !

— Pourquoi ?

— J'avais d'autres idées pour vous réchauffer.

Beatrice laissa échapper un petit grognement. Ces simples mots éveillaient dans son esprit des images qui affolaient son cœur.

— Je croyais que vous étiez en colère contre moi, répliqua-t-elle pour chasser ces idées.

— En effet. Mais cela ne m'empêche pas de continuer à vous désirer, répondit-il en commençant à lui caresser le cou. Je suis tout à fait capable de faire les deux en même temps.

— Dans ce cas, nous avons de la chance que je sois trop fâchée contre vous pour faire quoi que ce soit d'autre !

Un rire sonore secoua sa poitrine.

— Qu'y a-t-il de si amusant ?

— D'entendre un défi aussi tentant de la bouche d'une femme qui est assise sur mes genoux, complètement nue.

— Je n'ai lancé aucun défi.

Relevant la tête, il posa son regard sur elle. Dès qu'elle le vit hausser un sourcil, elle commença à se débattre. Elle devait lui échapper, vite !

Sans lui donner le temps d'échafauder un plan pour se dégager de son étreinte, il la coucha sur le dos en rejetant la couverture. Dressé sur les coudes, il se pencha au-dessus d'elle, la couvrant à moitié de son corps.

— Êtes-vous fâchée contre moi, Beatrice ?

— Très.

Aussitôt, elle grimaça : elle aurait mieux fait de se taire.

Gregor sourit avant de poser ses lèvres sur les siennes.

— Montrez-moi à quel point !

Non ! se dit-elle en le considérant avec méfiance. Pas question de jouer à ce jeu-là avec lui. Elle se figea, refusant de lui rendre son baiser.

Gregor releva la tête.

— Je vais gagner, vous savez.

Elle ferma les yeux comme pour l'ignorer. Mais il devint rapidement impossible de rester indifférente aux caresses qu'il prodiguait à ses seins, taquinant la pointe du bout des doigts avant de la prendre dans sa bouche. Et elle comprit qu'il avait bel et bien gagné quand il glissa la main entre ses cuisses étroitement serrées pour trouver la chaleur qu'elle s'était efforcée de tenir cachée.

— Gregor, murmura-t-elle en tendant les bras vers lui.

— Hum ?

Son souffle était chaud à son oreille.

— Voulez-vous quelque chose, Beatrice ?

— Oui. Vous !

À tout autre moment, dans tout autre lieu, elle aurait ri de sa voix haletante.

Fort heureusement, Gregor ne se moqua pas d'elle. Pas plus qu'il ne le fit lorsqu'elle gémit de plaisir au moment où il entrait en elle, ni quand, arrivée au comble de la volupté, elle laissa échapper un cri.

Ce n'est qu'un peu plus tard, alors qu'ils se tenaient serrés dans les bras l'un de l'autre sous les couvertures, qu'elle entendit son rire doux et profond.

— Ce n'est pas tout à fait l'accueil auquel je m'attendais.

Il se pencha au bord du lit pour regarder le plancher, où le plateau et son contenu avaient échoué pendant leurs ébats.

— J'espère que vous n'avez pas faim !

Beatrice s'accrocha à son cou pour le ramener auprès d'elle.

— Absolument pas. Sauf de vous.

— Effrontée et tentatrice, commenta-t-il en l'enlaçant plus étroitement encore. Je suis le plus heureux des hommes !

Réveillée dans la nuit, Beatrice écouta la respiration profonde de Gregor. Cela n'avait rien à voir avec le ronflement bruyant et désagréable de son frère. Non, c'était plutôt un léger grondement qui la berça, l'aidant à se rendormir.

Lorsqu'elle émergea à nouveau du sommeil, le jour s'était levé, et le soleil baignait la chambre d'une lumière et d'une chaleur bienvenues. Gregor avait disparu et, à en juger par la froideur des draps, il était parti depuis longtemps déjà.

Lorsqu'elle s'assit en s'étirant, elle remarqua que l'une des petites tables avait réapparu dans la pièce. Sur ce meuble étaient disposés une cuvette d'eau encore fumante, un savon et une serviette. Un pot de chambre se trouvait à côté, sur le sol.

Tout cela lui serait très utile, mais elle regrettait qu'il n'ait pas pensé à lui apporter de quoi se coiffer et se vêtir. En repoussant les couvertures, elle entendit un bruit et fronça les sourcils. Quelque chose était tombé du lit.

En se penchant, elle découvrit un peigne, une chemise de Gregor et le ruban de sa robe. Elle se leva pour ramasser le tout et tendit le vêtement devant elle pour l'examiner. Il était un peu trop court, et les manches un peu trop longues, mais c'était mieux que rien.

Après une toilette rapide, elle passa la chemise en la fronçant à la taille à l'aide du ruban et s'assit sur le bord du lit pour démêler ses cheveux.

Elle était ainsi affairée lorsque la porte s'ouvrit. Surprise, elle se leva d'un bond et vit Almedha entrer, un plateau dans les mains.

— Dieu soit loué ! s'exclama-t-elle en se précipitant vers la vieille femme.

Mais elle s'arrêta net quand la suivante secoua la tête avant de jeter un regard derrière son épaule, désignant ainsi les gardes qui se tenaient dans l'embrasure de la porte.

Visiblement, elle n'avait le droit d'adresser la parole qu'à Gregor, et à personne d'autre. L'un des deux hommes vint rapidement confirmer cette supposition.

— Interdiction de parler à la prisonnière ! dit-il à Almedha.

Résignée, Beatrice prit place au bord du lit et attendit que la servante lui tende le plateau, où elle avait disposé de quoi manger et boire.

— Tout va bien ? chuchota cette dernière en se penchant vers elle.

Pour toute réponse, elle leva les yeux au ciel.

— Le maître se donne beaucoup de mal pour retrouver ceux qui ont déclenché l'incendie.

Le maître ? Il se donnait aussi beaucoup de mal pour s'imposer comme le seigneur de Warehaven !

Se reprenant, Beatrice poussa un long soupir. Qu'avait-elle donc, ce matin ? Peut-être cet isolement forcé commençait-il à éprouver ses nerfs sans qu'elle s'en soit aperçue.

Si elle ne voulait pas se montrer grossière envers la suivante, qui ne cherchait qu'à l'aider, elle ne souhaitait pas non plus lui causer des ennuis auprès des gardes.

— Je le sais, répondit-elle en posant la main sur celle de la vieille femme. Merci.

Une fois Almedha partie et la porte refermée, elle se mit à manger à petites bouchées. Mais elle n'avait pas faim ; rien n'aiguisait son appétit. À la vérité, elle était tout simplement… fatiguée. Ce qui n'avait aucun sens puisqu'elle venait de dormir de longues heures.

Après avoir posé le plateau sur la table, elle se dirigea vers la fenêtre pour regarder au-dehors. Mais même l'activité qui régnait à l'extérieur du fort ne parvint pas à retenir son intérêt.

C'est alors que des bruits provenant du couloir attirèrent son attention. Une échauffourée semblait avoir éclaté tout près. Curieuse, elle se mit à marcher vers la porte d'un pas lent. Elle se trouvait au milieu de la chambre quand un choc sourd retentit contre le bois.

Lorsque la porte s'ouvrit à la volée, elle recula brusquement. À son grand désarroi, Charles pénétra dans la pièce après avoir enjambé le corps inerte d'un jeune garde de Warehaven.

Effarée, elle regarda fixement le soldat avant de lever les yeux vers son ancien fiancé.

— Qu'avez-vous fait ? demanda-t-elle.

— Je suis venu vous sauver.

Beatrice ne croyait pas une seconde qu'il fût capable de vaincre plusieurs gardes, même avec un miracle. Elle pria toutefois pour que son incrédulité ne se lise pas sur son visage.

— Avez-vous l'impression que j'ai besoin d'être sauvée ? dit-elle en reculant.

— Oui, répondit-il après avoir pris le temps de parcourir la chambre du regard.

Peut-être aurait-elle dû formuler sa question autrement. Charles était venu à Warehaven de nombreuses fois, et il savait que cette pièce était normalement meublée de manière plus fastueuse. Sans vraiment comprendre pourquoi, elle jugea important de fournir une explication quant à son état.

— J'ai profité de l'absence prolongée de mes parents pour vider leur chambre afin de la nettoyer de fond en comble.

Tandis qu'il s'éclaircissait la gorge, elle remarqua soudain l'expression concupiscente de son visage, expression qu'il ne faisait du reste aucun effort pour dissimuler. En réalité, il n'avait pas songé un instant à l'apparence de la pièce. Comme l'attestait son regard, il avait l'esprit ailleurs. À voir ses paupières à demi fermées, on n'aurait su s'il venait de quitter le lit ou s'il était sur le point de se coucher. Quant à sa bouche, elle était entrouverte, comme s'il s'apprêtait à assouvir une envie coupable.

Lorsque ses yeux ensommeillés s'arrêtèrent sur ses jambes, Beatrice se rappela qu'elle ne portait rien d'autre que la chemise de Gregor. Le vêtement ne descendait pas plus bas que ses genoux, et la large encolure en V épousait la forme de sa gorge. Pour ne rien arranger, elle avait resserré la taille à l'aide de son ruban.

Au regard avide qu'il posait sur elle, et à la chaleur qu'elle sentait dans son dos, elle comprit également que les rayons du soleil qui filtraient par la fenêtre accentuaient la transparence de la chemise, laissant peu de place, sinon aucune, à l'imagination.

Beatrice se dirigea lentement vers l'alcôve pour s'éloigner de la lumière, mais aussi du lit, qui lui parut tout à coup dangereusement disponible.

Quelqu'un devait avoir vu Charles pénétrer dans le fort, et avait dû alerter Gregor de la présence de ce visiteur importun.

Ne se rendait-il pas compte qu'il courait à la mort en s'introduisant ici ? Elle avait envie de crier contre lui, de lui faire comprendre sa bêtise. Mais, encore une fois, quelque chose la retint. Était-ce l'étrange lueur qui brillait dans ses yeux ou le rythme curieusement saccadé de ses mouvements ? Toujours est-il qu'il ne semblait pas avoir toute sa raison. Et elle ne souhaitait aucunement approfondir la question alors qu'elle se trouvait seule avec lui dans cette chambre.

Prudente, elle décida donc de se comporter comme s'il ne s'était rien produit de fâcheux entre eux. Comme s'il n'avait pas tenté de l'agresser à deux reprises. Comme s'il ne l'avait jamais menacée dans le but de la forcer à l'épouser.

— Quand êtes-vous arrivé à Warehaven ?

Charles la suivait, marchant du même pas lent, sans détacher une seule fois son regard lascif de sa poitrine.

— Il y a quelques jours. Tout comme vous.

Ainsi cet idiot avait continué à la pourchasser ! Il n'avait donc aucune intention de la laisser tranquille. Jamais il n'abandonnerait.

Mais de cela elle se soucierait plus tard. Pour l'heure, elle voulait découvrir comment il avait pu rester si longtemps sur l'île sans qu'elle eût vent de sa présence. Pourquoi ne l'avait-on pas avertie de son arrivée ? Charles était considéré par tous comme son prétendant. Personne ne savait ce qu'il avait fait, ou tenté de faire.

— Vous auriez dû vous faire annoncer auprès de moi, dit-elle en entrant dans l'alcôve.

— Je voulais vous surprendre.

— Vous avez réussi.

C'était le moins qu'on pût dire.

Beatrice s'assit sur le banc de pierre froid en lui faisant signe de s'installer en face d'elle. Il s'exécuta, mais se pencha aussitôt en avant pour prendre sa main entre les siennes.

Dès qu'il la toucha, elle eut envie de hurler, de se dégager de son étreinte. Mais elle se força à rester calme.

— Êtes-vous heureuse de me voir ?

— Mais bien sûr. Comment pourrait-il en être autrement ?

Charles sourit comme pour lui-même en hochant la tête.

— C'est ce que j'avais dit à Robert. Je l'avais également assuré que vous accepteriez mon aide avec joie. Quel dommage qu'il ait péri dans l'incendie !

Robert ? Sir Robert était mort ? Beatrice sentit son cœur se serrer.

— Et comment entendez-vous me venir en aide ? demanda-t-elle néanmoins sur un ton léger.

— À présent que votre amant est occupé à se débarrasser des décombres de l'entrepôt, ce sera un jeu d'enfant que de vous enlever tout comme Lady Isabella l'a été.

Sur ces mots, il approcha encore son visage du sien.

— Cela sera délicieusement romantique, n'est-ce pas ?

À présent, elle savait qui était responsable des dégâts causés sur le port. Et elle devinait sans peine que c'était le garde de Warehaven et ceux de Gregor qu'elle avait entendus se battre avant que Charles fasse irruption dans la chambre. Inutile de lui demander comment il avait pu pénétrer dans le fort : sous la contrainte, le jeune soldat l'avait sans doute aidé à emprunter l'un des tunnels. Leur entrée n'était probablement pas surveillée puisque Gregor ignorait jusqu'à leur existence. Et, une fois arrivé à la porte de Beatrice, Charles avait tué le garde pour l'empêcher de parler.

— A-t-il été un bon amant ? lui demandait-il cependant en serrant sa main plus fort.

— Je n'ai pas d'amant ! s'écria-t-elle, brusquement ramenée à l'instant présent. Je vous ai attendu.

— Vous ne pouvez pas me mentir, répliqua-t-il en serrant plus fort encore. Je sens son odeur sur vous. De plus, vous portez ses vêtements, comme une putain.

Charles la tira jusqu'au bord du banc et la saisit par le col de sa chemise, déchirant la fine étoffe de haut en bas.

Alors qu'elle commençait à désespérer, une épée fendit bruyamment l'air avant de s'immobiliser contre le cou de Charles. Jamais un son n'avait été aussi doux aux oreilles de Beatrice.

— Donnez-moi la main, ordonna Gregor en lui tendant la sienne sans cesser de menacer son agresseur.

Elle hésita.

— Donnez-moi la main, répéta-t-il lentement.

Alors elle obéit, et il l'arracha aux bras de Charles.

— Il a perdu la tête, murmura-t-elle en levant les yeux vers son sauveur.

Le regard rivé sur elle, Gregor serra les mâchoires.

— Couvrez-vous.

Aussitôt, elle ramena les pans de la chemise sur son corps. Des pas lourds dans le couloir l'avertirent que des gardes approchaient. Elle se précipita vers le lit pour attraper une couverture, qu'elle enroula autour d'elle.

Arrivé en trombe dans la chambre, Sir Simon s'arrêta brusquement en découvrant la scène. Ses yeux allèrent de Gregor à Charles avant de se poser sur Beatrice. À l'aide de son épée, qu'il avait déjà dégainée, il se fraya un chemin parmi les gardes qui s'attroupaient dans la pièce.

— Venez avec moi, madame.

Beatrice lança un regard vers Gregor. Pouvait-elle laisser Charles entre ses mains ?

— Partez ! lui dit le guerrier sans même se tourner vers elle.

Elle suivit Simon dans le couloir. L'homme s'arrêta devant la porte de sa chambre.

— Attendez ici un instant, dit-il avant de pénétrer à l'intérieur.

Au bout d'un moment, il ressortit de la pièce et lui fit signe d'entrer.

— Cette porte ferme-t-elle à clé ?

— Il y a un verrou, répondit-elle en haussant les épaules. Mais nous avons perdu la clé il y a bien longtemps.

Suivant son regard, elle leva les yeux vers le haut de la porte. Les ferrures étaient encore en place. Simon sembla chercher quelque chose autour de lui. Enfin, il se dirigea vers une grande torchère, la souleva et l'accrocha de part et d'autre du chambranle.

— Elle ne tient pas droit à cause des pieds, mais si vous arrivez à la mettre en place, cela fonctionnera.

Beatrice trouva rapidement un tabouret dans un coin de l'alcôve.

— Je peux monter sur ce siège.

Le vieil homme retira le chandelier et le lui tendit.

— Barricadez la porte derrière moi. N'ouvrez à personne d'autre que Lord Gregor. C'est bien compris ?

Beatrice hocha la tête. Comme il s'apprêtait à sortir, elle l'arrêta.

— Je sais qui a mis le feu à l'entrepôt et aux navires.

— Nous le savons aussi. C'est votre Charles.

Cette insinuation la fit bondir. Comment osait-il ?

— Cet homme n'est pas *mon* Charles et il n'a pas agi sur mes ordres !

Sir Simon grommela quelques mots qu'elle ne comprit pas avant de quitter la pièce.

Après avoir claqué la porte, elle grimpa sur le tabouret et parvint tant bien que mal à accrocher la torchère aux ferrures.

Cela fait, elle laissa tomber la couverture qu'elle avait enroulée autour de son corps et, les poings sur les hanches, contempla la catastrophe qui avait frappé sa chambre, autrefois si jolie et bien tenue.

Au moins savait-elle désormais où avaient été entreposés les meubles et le linge provenant des appartements de ses parents.

Elle décrocha d'une patère les vêtements maintes fois rapiécés qu'elle portait pour faire le ménage et trouva une vieille paire de bas dans son coffre. Une fois habillée, elle se mit au travail : il lui fallait débarrasser son lit des effets de ses parents et les ranger correctement.

Avec un peu de chance, chaque chose regagnerait rapidement sa place et elle retrouverait bientôt l'usage de sa propre chambre. Mais en attendant elle ne pouvait décemment pas laisser ces affaires entassées de la sorte. C'était tout simplement inacceptable.

Elle était en train de plier le dernier drap lorsque des coups violents frappés à la porte la firent sursauter.

— Ouvrez !

— Qui est-ce ? demanda-t-elle bien qu'elle sût qu'il s'agissait de Gregor.

— Ouvrez cette porte immédiatement !

En entendant le ton maussade de sa voix, elle retrouva sa mauvaise humeur. Elle en avait assez qu'on lui donne des ordres, surtout dans sa propre maison.

Aussi prit-elle le parti de l'ignorer.

Il frappa plus fort encore.

— Beatrice, ouvrez-moi !

— Demandez-le poliment ! cria-t-elle, plantée devant le seuil.

Cette fois, les coups venaient du bas de la porte, qui menaçait de sortir de ses gonds.

— Ouvrez cette satanée porte ou je la défonce à coups de pied !

Pendant un instant, à peine un battement de cœur, elle se demanda s'il en était capable. Mais, lorsque le panneau de bois se courba une fois de plus sous la force de ses coups, elle céda.

— Arrêtez ! Je vais l'ouvrir, cette maudite porte !

Beatrice grimpa sur le petit siège, retira la torchère et s'éloigna. Aussitôt, il poussa la porte avec une telle brutalité qu'elle rebondit contre le mur avant de se refermer avec un claquement. Le tabouret, lui, avait volé à travers la pièce. Gregor se rua dans la chambre et fondit sur Beatrice sans s'arrêter, la forçant à reculer jusqu'à ce qu'elle se heurte au mur opposé.

— Quelle mouche vous pique ? s'écria-t-elle en le dévisageant.

— Avez-vous ordonné à Charles de déclencher ces incendies ?

— Auriez-vous perdu la raison, vous aussi ? demanda-t-elle en le repoussant des deux mains.

— Répondez-moi !

Muette d'indignation, elle se contenta de le regarder.

— Je vous ai dit de me répondre ! rugit-il en lui saisissant les poignets.

C'était plus que de la colère : il était fou de rage. Son visage était inexpressif et ses yeux aussi noirs et froids que la nuit. Sa voix seule laissait paraître une émotion : la fureur.

D'instinct, Beatrice sut que cet instant allait déterminer la nature des relations qui la lieraient à cet homme pour le restant de ses jours. Même si sa plus grande envie était de se blottir dans un coin en le suppliant de la croire, ce n'était pas le moment d'avouer sa faiblesse. Cela ne ferait qu'aggraver les choses, maintenant et pour l'avenir.

Qu'il en ait conscience ou pas, il avait besoin d'elle à ce moment précis. Il avait besoin de s'appuyer sur quelqu'un de sûr, quelqu'un qui puisse affronter son courroux sans flancher ni le pourfendre de son épée. Gregor ne pouvait rien lui prendre qu'elle ne lui ait déjà donné de son plein gré. Et, bien qu'elle eût de la peine à en convaincre son esprit fiévreux et son cœur tremblant, il ne la maltraiterait pas.

Le Loup cherchait à lui faire peur et il était déterminé à lui montrer qu'il était, à présent, le seul maître de Warehaven. Dans les deux cas, il avait réussi. Mais elle n'était pas obligée de le lui faire savoir.

S'il était furieux, c'était avant tout parce que des hommes

avaient été tués et des bâtiments détruits pour rien. Et elle le comprenait. Car elle éprouvait la même colère.

Rassemblant son courage, elle se redressa en faisant fi des tressaillements de son corps et, levant la tête, soutint son regard dur et insensible.

— Faites ce que vous avez à faire pour assouvir votre rage, Gregor. Vous ne pouvez pas me briser.

— Vous croyez me connaître ? dit-il en la faisant tournoyer avant de la pousser vers le lit. Vous pensez savoir ce que je suis capable ou non de faire ?

Après l'avoir renversée sur le matelas, il se pencha au-dessus d'elle et enserra sa tête entre ses doigts.

— Vous briser ? Je pourrais vous tuer d'une main.

Beatrice savait qu'elle s'apprêtait à tenter le sort, mais elle ne put s'en empêcher. Elle tendit le bras et effleura sa joue.

— Chacune de vos caresses, chacun de vos baisers me fait mourir un peu.

Il eut un mouvement de recul. Et enfin, enfin elle vit une lueur scintiller dans ses yeux sombres. Dieu soit loué, elle ne s'était pas trompée.

Sans détacher son regard du sien, il s'écarta du lit.

— Prenez garde, ou vous finirez par vous faire tuer.

— Peut-être, répondit-elle en prenant le bras qu'il lui tendait pour l'aider à se lever.

Une fois debout, elle posa les mains sur son torse et planta ses yeux dans les siens.

— Mais pas par vous.

Avec un profond soupir, Gregor se détourna d'elle.

— Vous ne m'avez toujours pas répondu.

Avait-elle donné ordre à Charles de mettre le feu à l'entrepôt et aux navires ? Comment pouvait-il lui poser une telle question ? Sa méfiance la révoltait et lui donnait envie de l'accabler d'injures. Mais elle savait qu'il serait malavisé de le tourmenter davantage. À trop houspiller le Loup, elle risquait, sinon de mourir, de tâter de ses canines.

— Peu m'importe qui est le maître ici, commença-t-elle

d'une voix aussi calme qu'elle le put en luttant contre son envie de crier.

Comme il se tournait pour la regarder, elle poursuivit.

— Je suis encore chez moi. Ces gens sont encore mon peuple. Je ne ferais jamais rien pour leur nuire. Vous m'insultez en songeant ne serait-ce qu'un instant qu'il pourrait en être autrement.

Beatrice resta là, en silence, sans détacher son regard du sien jusqu'à ce qu'il hoche la tête. Alors un immense soulagement l'envahit, avec une force qui la fit vaciller. Tout ce qu'elle voulait à présent, c'était un siège robuste sur lequel s'asseoir avant qu'elle ne s'effondre.

Gregor se dirigea vers la porte et l'ouvrit et la referma plusieurs fois pour s'assurer qu'elle n'était pas cassée.

— Je dois aller voir mes prisonniers, déclara-t-il, apparemment satisfait de son examen.

Ses prisonniers ? Il ne l'avait donc pas encore tué ?

— Charles est vivant ?

— Et il n'est pas seul.

— Qui d'autre avez-vous capturé ?

— Randall FitzHenry.

Chapitre 14

Beatrice garda les yeux fixés sur la porte, à présent refermée. Incapable de retrouver son souffle, elle porta la main à sa poitrine. Son cœur battait si fort qu'elle craignait qu'il n'éclate.

Gregor détenait son père.

— Non. Non. Non !

Ce qui n'était au début qu'un chuchotement se mua en un cri rauque.

Se jetant sur la porte, elle l'ouvrit brutalement. Deux gardes lui barrèrent le chemin.

— Laissez-moi passer !

Mais ils demeurèrent immobiles sur le seuil, occupant tout l'espace avec leurs boucliers.

— Laissez-moi passer ! hurla-t-elle.

— Faites ce qu'elle demande.

C'était la voix de Gregor qui résonnait dans l'escalier.

Les deux hommes s'écartèrent immédiatement, et elle s'élança à toutes jambes dans le couloir. Elle ne songeait qu'à une chose : rattraper Gregor avant qu'il ne rejoigne ses prisonniers. Dans sa précipitation, elle trébucha sur une marche et faillit tomber à deux reprises, mais enfin ses pieds foulèrent le sol de la grande salle.

Le guerrier, qui ne s'était pas arrêté, se trouvait déjà au centre de la pièce. Beatrice poursuivit sa course folle. Sans savoir ce qu'elle allait dire ou faire, indifférente aux regards et aux commérages, elle le dépassa pour se jeter à ses pieds.

— Gregor, je vous en supplie, ne faites pas cela !

Il tenta de la contourner, mais elle enroula les bras autour de ses chevilles.

— Par pitié, non !

— Levez-vous.

— Prenez ma vie, mais pas la sienne ! cria-t-elle sans tenir compte de son ordre.

Baissant les yeux, Gregor la regarda, stupéfait. Il s'était attendu à la voir bouleversée, mais certainement pas à un tel point.

— Levez-vous donc !

Mais ses paroles ne produisirent pas plus d'effet que la première fois. Alors, devant ses pleurs entrecoupés de hoquets, il comprit qu'elle sanglotait trop fort pour entendre quoi que ce soit.

Le cœur dans les tempes, il ne savait comment réagir. Il avait envie de la serrer dans ses bras et de lui dire que tout irait bien, mais ce serait lui mentir, et il s'y refusait. Comment pourrait-il lui donner des espoirs qui risquaient d'être déçus ? Le père de Beatrice venait d'être capturé par ses soldats, et il n'avait pas encore eu le temps de s'entretenir avec lui.

Une agitation soudaine au fond de la grande salle attira son attention. Bousculant les gardes, un vieil homme s'avançait vers lui d'un pas déterminé.

Gregor posa la main sur le manche de son épée, prêt à dégainer. Mais il remarqua rapidement que l'intrus n'était pas armé et, aux regards courroucés qu'il lançait à Beatrice, il devina que ce n'était autre que FitzHenry, son père. D'un geste du bras, il intima à ses gardes de baisser leur épée.

— Beatrice, lève-toi ! cria l'homme qui s'était arrêté devant elle.

À la grande surprise de Gregor, elle lâcha aussitôt ses chevilles et se leva pour se jeter au cou de son père, tout en continuant à sangloter et à bredouiller des paroles incohérentes.

— Cesse ces enfantillages ! lui ordonna FitzHenry en la saisissant par les poignets pour se dégager de son étreinte.

Comme ses pleurs ne diminuaient pas, il leva la main comme s'il s'apprêtait à la gifler.

C'était plus que Gregor ne pouvait en supporter. Il sentit sa fureur monter, lui fouettant le sang et troublant sa vue. Tirant son épée de son fourreau, il la pointa contre le cou du lord.

— Osez la toucher, et je vous tue !

L'homme haussa un sourcil, dévisagea Beatrice, puis Gregor, puis une nouvelle fois Beatrice avant de laisser retomber sa main.

La jeune femme s'était enfin arrêtée de pleurer. Immobile et silencieuse, les bras croisés devant elle, elle baissait les yeux.

À cet instant, Gregor comprit deux choses : elle était moins forte qu'elle ne le prétendait, et plus jamais il ne voulait la voir dans une attitude aussi soumise.

FitzHenry écarta son épée d'un revers de la main avant de caresser la joue de sa fille en secouant la tête.

— Oh ! comme tu m'as manqué, mon enfant ! dit-il en déposant un baiser sur son front.

— Père, Sir Robert est… Il a péri dans l'incendie !

— On me l'a appris. Nous le regretterons tous. Beatrice, monte dans ta chambre et restes-y.

Hochant le menton, elle se dirigea vers l'escalier sans un regard en arrière.

C'était un spectacle à fendre le cœur que de voir cette petite guerrière s'éloigner, seule et vaincue. Gregor posa la pointe de son épée contre la poitrine du lord.

— Je pourrais vous tuer pour cela !

— Essayez donc.

Les deux hommes se toisèrent en silence, chacun refusant de s'incliner devant l'autre. Gregor savait qu'il avait affaire à un adversaire coriace : FitzHenry ne capitulerait pas facilement. Mais lui non plus.

— Si vous vous avisez une fois encore de lever la main sur elle, je vous arrache les entrailles ! Lentement, et avec délectation.

Le vieil homme tourna son regard vers l'escalier avant de le poser à nouveau sur lui.

Il ne prononça pas un mot, mais Gregor sentit qu'il était en train de le juger.

— Elle est à moi ! déclara-t-il en se rapprochant d'un pas pour qu'aucun doute ne subsiste dans l'esprit du lord.

Contre toute attente, celui-ci sembla se détendre en entendant ces paroles.

— Ce n'est pas trop tôt ! lança-t-il en relâchant les épaules.

Gregor baissa son arme et recula en faisant signe à Simon de le rejoindre.

Son capitaine s'avança aussitôt.

— Ceci vient de nous parvenir, dit-il en lui remettant un rouleau de papier.

Gregor prêta à peine attention au cachet de cire de l'impératrice avant de le briser pour dérouler le message. Après l'avoir lu rapidement, il lâcha un juron. Mais il n'avait pas de temps à perdre : Simon attendait ses instructions.

— Enfermez-le seul dans une geôle, à côté de nos autres invités, jusqu'à ce que je puisse prendre les dispositions nécessaires.

Sans s'attarder pour vérifier que ses ordres étaient mis à exécution, il se rendit dans la petite pièce qui se trouvait au fond de la grande salle pour ranger la missive dans un coffre. Puis il fit demi-tour pour emprunter l'escalier, dont il gravit les marches quatre à quatre. Arrivé devant la chambre de Beatrice, il s'arrêta un instant, en proie à un étrange malaise qu'il s'efforça de dominer.

Lorsqu'il fut certain d'avoir recouvré la maîtrise de lui-même, il ouvrit la porte et pénétra dans la pièce. Ne voyant personne, il se dirigea vers l'alcôve. Mais il n'y trouva rien d'autre que les meubles qui avaient été retirés de la chambre des maîtres.

Où pouvait-elle bien être ? se demanda-t-il avec humeur.

Un garde l'aborda alors qu'il quittait la pièce.

— Sans doute cherchez-vous Lady Beatrice, monsieur ? Elle est dehors, sur les remparts.

Gregor suivit le couloir jusqu'à la porte, restée ouverte, qui menait au chemin de ronde. Il poussa un soupir de soulagement en constatant qu'elle ne s'était pas aventurée bien loin : elle se trouvait juste devant lui, adossée contre la muraille dans l'espace laissé entre deux créneaux.

— Beatrice.

Se redressant, elle se tourna vers lui. Gregor sentit sa colère redoubler à la vue des yeux rougis de la jeune femme. Pourtant, il n'aurait su dire qui, de son père ou de lui-même, provoquait le plus sa fureur.

— Est-il vivant ? demanda-t-elle doucement.

S'arrêtant à ses côtés, il plongea son regard dans le lointain, jusqu'à la lisière de la clairière.

— Pour l'instant, oui.

— Merci.

Le ton calme et monocorde de sa voix lui donnait envie de hurler de rage. Pour se contenir, il s'agrippa fermement au bord du mur. Comment aurait-il pu la réconforter, apaiser son chagrin ? Et pourquoi cela importait-il tant à ses yeux ? Ne devrait-il pas se réjouir de constater qu'elle était si facile à dompter ?

Cette dernière question lui inspira un tel dégoût qu'il se raccrocha au mur de toutes ses forces pour combattre la nausée qui lui soulevait le cœur.

Du bout du doigt, elle suivit les veines qui couraient sur le dos de sa main.

— Qu'y a-t-il, Gregor ?

Pour toute réponse, il secoua la tête.

Beatrice s'appuya contre son épaule.

— Les fois où mon père a administré une correction à l'un de ses enfants ont été aussi rares que brèves. Ce n'est pas un homme cruel. Je vais parfaitement bien.

Gregor la regarda en fronçant les sourcils. Comment avait-elle deviné ce qui le préoccupait ?

— Je vous ai entendu, lui dit-elle en souriant. Pendant que je montais l'escalier, vous avez menacé de le tuer s'il essayait encore de lever la main sur moi. Pour être précise, je crois que vous vouliez lui arracher les entrailles, lentement et avec délectation.

— Vous étiez loin d'aller parfaitement bien.

— C'est mon père, Gregor, dit-elle en lui caressant le poignet. Je ne peux pas lui tenir tête comme je le fais avec vous !

— Avez-vous peur de lui ?

— Pas le moins du monde ! J'ai peur de le blesser ou de lui faire de la peine, voilà tout.

— Diriez-vous que vous l'aimez ?

— Bien sûr que je l'aime !

— Si c'est ce que l'on appelle l'amour, je n'en veux pas !

Malgré la douceur du temps, il se rendit compte qu'elle frissonnait. Enroulant un bras autour de ses épaules, il la serra contre lui.

— Gregor, je parle de l'amour d'un enfant pour ses parents. Il est des limites invisibles que mon frère, ma sœur et moi ne franchirons jamais, par respect. Vous êtes fâché parce que je lui ai obéi sans discuter quand il a fait mine de me gifler. Mais que vouliez-vous que je fasse ?

— Je sais ce que vous auriez fait si c'était moi qui avais levé la main sur vous après vous avoir donné un ordre.

— Mais pour l'instant vous n'êtes rien d'autre pour moi que le maître de la forteresse où je demeure.

Elle dut remarquer qu'il s'était raidi, car elle s'empressa d'ajouter :

— Ne suis-je pas, à ce jour, sans époux ?

— Uniquement parce que vous en avez décidé ainsi.

— Peut-être, mais toujours est-il que je ne suis pas mariée. Randall FitzHenry, lui, est mon père, et je me dois de lui obéir.

— Vous voulez dire que si nous étions mari et femme et que je vous giflais pour vous forcer à vous calmer, vous réagiriez de la même manière ?

Sa question la fit éclater de rire.

— Vous n'êtes pas mon père, et je ne suis pas votre fille ! S'il vous venait l'idée de commettre un acte aussi stupide, je ferais de votre vie un enfer !

— Pourquoi cela ? Parce que vous aimez et respectez votre père, mais pas moi ?

Beatrice se tut. Attendait-il une déclaration de sa part ? Pouvait-elle affirmer qu'elle l'aimait ? Parfois, elle le croyait. Mais à d'autres moments elle ne savait pas si c'était l'amour ou une attirance charnelle qui lui donnait le vertige lorsqu'il était près d'elle, la submergeant d'émotions si puissantes qu'elles lui donnaient envie de pleurer.

Se tournant vers lui, elle se blottit contre son torse.

— Gregor, j'ignore si ce que j'éprouve pour vous est de l'amour ou du désir. Mais je sais que j'ai du respect pour vous. Parce que malgré votre force vous n'avez pas recours à la violence contre les plus faibles. Parce que vous êtes un homme d'honneur, qui n'a qu'une parole.

— Je ne veux pas de votre amour.

— Pourquoi cela ?

— Parce qu'un jour vous aurez peut-être de bonnes raisons de me haïr. M'aimer ne ferait que vous rendre les choses plus difficiles encore.

Faute d'avoir une réponse à lui donner, elle passa les bras autour de sa taille et écouta les battements réguliers de son cœur.

Gregor soupira avant de déposer un baiser dans ses cheveux.

— Vous ai-je dit dernièrement que vous étiez une femme étrange ?

— Non, pas depuis deux jours.

— Eh bien, ma petite guerrière, vous êtes une femme bien étrange, dit-il en la serrant plus fort. Mais je ne vous changerais pour rien au monde.

Beatrice baissa les paupières pour empêcher ses larmes de couler. Elle était à peu près certaine que l'émotion qui lui gonflait le cœur et la bouleversait à ce point n'avait rien de charnel.

Gregor passa une main sur sa joue avant de lui relever le menton, essuyant de son pouce une larme qu'elle n'avait pas réussi à retenir.

— Qu'avez-vous ?

— Rien, répondit-elle en secouant la tête. C'est absurde, je pleure sans raison.

— Arrêtez. Je n'aime pas cela.

Beatrice éclata de rire. Comment réagir autrement devant ses remarques saugrenues ?

— Je préfère cela, dit-il en lui caressant à nouveau la joue. Je ne veux pas que vos visiteurs vous trouvent en larmes lorsqu'ils arriveront.

— Des visiteurs ?

— Aurais-je oublié de vous prévenir que nous avons des invités pour le souper ?

Laissant tomber les bras le long de son corps, elle recula d'un pas.

— En effet, vous avez oublié.

— Eh bien, je vous le dis maintenant. Et puisque votre bain doit être prêt, peut-être devrions-nous rentrer.

Il s'apprêtait à partir quand elle le saisit par le poignet.

— Gregor !

Le guerrier se retourna pour lui faire face, un sourcil arqué.

— Oui ?

— Qui sont ces visiteurs ?

— Votre mère et votre tante.

Beatrice dut s'appuyer contre le mur pour ne pas s'effondrer.

— Pas ma tante Mathilde !

— J'ignorais que vous en aviez d'autres.

— J'en ai quatre, mais est-ce bien de Lady Mathilde que vous parlez ?

— C'est la seule que je connaisse.

— Si vous ne me répondez pas clairement, je crois que je vais me trouver mal !

Gregor la considéra avec un visage parfaitement innocent.

— Voyons, tant que vous n'avez pas à l'affronter sur un champ de bataille, entourée de ses troupes, l'impératrice n'est pas une si méchante personne ! Je vous l'assure !

Beatrice laissa son menton tomber sur sa poitrine.

— À présent, c'est sûr, je vais me trouver mal !

Gregor lui prit la main en éclatant de rire.

— Tout va bien se passer. Venez, nous avons du travail.

— Du travail ? Il nous faudrait trois jours tant la tâche est immense !

Elle se rendit compte qu'elle avait presque crié en prononçant ces mots.

— Et vous ne m'avez laissé que quelques heures, reprit-elle d'une voix plus douce. Gregor, ne me refaites plus jamais une chose pareille ou je vous jure que je…

Mais il avait un moyen infaillible de la réduire au silence. L'attirant dans ses bras, il posa ses lèvres sur les siennes.

Lorsqu'elle s'abandonna à son étreinte, il leva la tête.

— Que ferez-vous ?

— Je n'en sais rien, répondit-elle en appuyant le front contre son torse, mais je vous promets que ce sera horrible !

Quelques heures plus tard, ils se tenaient côte à côte au centre de la grande salle lorsque les portes s'ouvrirent. Beatrice jeta un dernier regard autour d'elle pour vérifier que chaque personne et chaque chose étaient à leur place.

Les battements de son cœur s'accélérèrent lorsque les deux visiteuses apparurent dans la vaste pièce. Réprimant son envie de se précipiter dans les bras de sa mère, elle s'agenouilla respectueusement devant l'impératrice.

— Tante Mathilde, soyez la bienvenue à Warehaven.

La souveraine lui prit les mains pour la relever avant de l'embrasser sur la joue.

— Merci, mon enfant. Je suis heureuse de voir que vous vous portez bien malgré les épreuves que vous venez de traverser. Roul ! ajouta-t-elle en tournant son attention vers Gregor.

Lorsqu'il s'approcha pour la saluer, elle lui lança un regard si noir qu'il aurait dû en trembler dans ses bottes, et qu'il reçut pourtant sans sourciller.

Lady Mathilde soupira avec ostentation avant de continuer.

— Puisque vous vous êtes beaucoup soucié de Lady Emelina lors de votre dernière visite à la Cour, je l'ai emmenée.

Sur ces mots, elle fit signe à une dame d'avancer.

— Lady Emelina, je suis certaine que vous vous souvenez de votre champion, Sir Gregor de Roul ?

Mais l'intéressée n'eut pas le temps de répondre.

— Il se fera une joie de veiller à ce que vous ne manquiez de rien pendant notre séjour ici, ajoutait déjà l'impératrice.

Le premier étonnement passé, Beatrice se rendit compte qu'elle serrait les mâchoires, car elle entendit ses dents grincer. Elle transperça Gregor du regard mais, sans lui prêter la moindre attention, il prit la main de Lady Emelina pour l'entraîner à l'écart.

— Randall, vous ne saluez pas votre sœur ? criait cependant Lady Mathilde à son demi-frère apparu à l'autre bout de la grande salle.

Beatrice le vit à peine marcher dans leur direction, tout occupée qu'elle était à surveiller Gregor et sa Lady Emelina. Si cette petite rousse s'imaginait un seul instant…

— Beatrice.

Sa mère l'arracha à ses pensées.

— Elle est fiancée.

— Quelle importance ? Il est libre de faire ce que bon lui semble !

Comme elle détestait le tremblement de sa voix ! Mais elle détestait plus encore la jalousie qu'elle ressentait en le voyant en compagnie d'une autre femme. Elle avait confiance en lui, elle savait qu'il ne ferait rien d'inconvenant. Alors pourquoi réagissait-elle de la sorte ?

Parvenu à leur hauteur, son père se pencha pour embrasser son épouse.

— Brigit, ma chère, notre fille a fait son choix, dit-il sur un ton désabusé. Je ne crois pas que vous puissiez faire quoi que ce soit pour la raisonner.

Puis il se tourna vers sa demi-sœur.

— Je comprends maintenant pourquoi vous avez jugé bon de retarder notre retour de trois jours. Étant donné que les hommes de Roul sont venus m'arrêter sur mon propre navire sans vous inquiéter, je suppose que tout ceci est votre œuvre.

— Pas entièrement.

— Je vois : notre oncle David vous a apporté son concours.

— Je crois, cher frère, que nous devrions avoir une petite conversation, déclara Lady Mathilde en lui prenant le bras.

Comme ils s'éloignaient, Beatrice entendit son père lui répondre :

— Ce serait bien la première fois !

— Mon enfant, as-tu quelque chose à me dire ? demanda une voix près d'elle.

— Mère, vous m'avez terriblement manqué ! s'écria Beatrice.

Les deux femmes s'étreignirent tendrement.

— Tu m'as manqué, toi aussi. Pourquoi ton père parlait-il de choix ?

— C'est une longue histoire.

— Nous avons toute la nuit. Plus encore, s'il le faut, ajouta-t-elle en lui prenant le bras pour la conduire vers la table d'honneur. Raconte-moi tout, ma fille. Du début à la fin.

— Si je commence au début, soupira Beatrice, vous allez être déçue !

— Peut-être, admit sa mère en prenant place sur l'une des chaises situées au bout de la table. Mais il y a une chose que je dois savoir avant tout : es-tu comblée par ce choix ?

Beatrice regarda Gregor. Appuyé contre un pilier de bois, il écoutait attentivement Lady Emelina, qui avait posé une main sur son torse.

Comme s'il sentait qu'elle l'observait, il se tourna vers elle et lui sourit avant de lever les yeux au ciel en désignant d'un geste discret la volubile visiteuse.

Beatrice lui rendit son sourire.

— Oui, répondit-elle à sa mère tout en s'asseyant à ses côtés, je suis comblée par mon choix. Même s'il pose de graves problèmes pour nous tous.

— On m'a fait part des ordres que David Ier a donnés à son Loup. Et je suis sûre que Lady Mathilde a joué un rôle majeur dans cette entreprise puisque c'est elle-même qui m'a tout expliqué pendant notre trajet du port jusqu'ici. Je sais que Randall n'est plus le seigneur de Warehaven. Mais il n'était rien de plus que le fils bâtard de Henri Ier quand je l'ai épousé. Qu'il possédât ou non un titre m'importait peu alors, et ne m'importe pas davantage aujourd'hui.

S'interrompant un instant, elle posa une main sur celle de Beatrice.

— Ce n'est pas la première fois que l'île fait l'objet d'une attaque, ma chérie. Simplement, c'est la première fois que quelqu'un risque de périr à cause de cette invasion.

— Mère, ne parlez pas ainsi !

— Roul et ton père ont-ils seulement discuté de la situation ?

— Je l'ignore.

— Dans ce cas, nous n'avons aucun moyen de savoir ce qui va advenir. Beatrice, j'ai vécu une belle vie avec mon époux. Je vénère le sol qu'il foule. Mais je ne suis pas assez stupide pour le croire immortel. Un jour, il quittera ce monde.

Visiblement émue, elle dut s'interrompre à nouveau.

— Que cela arrive demain ou dans dix ans ne changera rien. La douleur sera la même, mon chagrin ne sera pas différent. Mais je ne suis pas seule. J'ai mes enfants, mes petits-enfants et mes souvenirs pour me soutenir jusqu'à ce que je meure à mon tour.

Même si sa mère s'était exprimée d'une voix assurée, son visage laissait entrevoir une blessure à vif qui frappa Beatrice en plein cœur.

— Mère, arrêtez !

— Non. C'est toi qui dois arrêter de te ronger les sangs pour ton père et moi. Il faut que tu commences à te soucier de ton propre avenir.

Saisissant son menton, elle le tint fermement entre le pouce et l'index.

— Sais-tu à quel point nous t'aimons et combien tu nous as manqué ? Combien il nous tarde que tu trouves un mari digne de toi ?

Sa mère la relâcha avant de poursuivre.

— Est-il vertueux ? Courageux ? T'inspire-t-il du respect ? As-tu confiance en lui ? Est-il assez robuste pour te porter si tu venais à défaillir sous ses baisers ?

À ces mots, Beatrice manqua de s'étrangler.

— Tu crois que je ne vous entendais pas, Isabella et toi, toutes ces nuits où vous parliez de garçons ? demanda sa mère en éclatant de rire. Ton père était scandalisé par vos conversations mais, pour ma part, je m'amusais beaucoup ! Comme tu étais naïve ! Tu étais si jeune, tu avais tant de rêves ! As-tu trouvé l'objet de tes rêves ?

Une fois encore, Beatrice jeta un coup d'œil vers Gregor et se rendit compte que lui-même était en train de l'observer attentivement. L'intensité de son regard lui causa un émoi qui, si elle n'avait été en compagnie de sa mère, lui eût été très agréable.

— Oui, mère, je le crois.

— Avez-vous évoqué l'avenir ?

— Un peu, avoua Beatrice en se tournant à nouveau vers elle. Deux mariages ont failli avoir lieu : j'ai manqué le premier et me suis fait excuser pour le second.

Elle eut l'impression que sa mère tentait de réprimer un rire. Sans succès.

— À la façon dont vous vous dévorez du regard, je suis à peu près certaine que vous n'avez pas manqué la nuit de noces ! lança-t-elle finalement.

Beatrice sentit aussitôt son visage s'enflammer.

— Non, en effet.

— Dans ce cas, ton père aura d'autres questions à aborder que la reddition de Warehaven.

— J'espère bien qu'il le fera, répondit-elle avec une grimace.

— À présent, raconte-moi comment tu as réussi à échapper à Jared. Ne me dis pas que tu as attendu que Lea donne naissance à son enfant !

À nouveau, elle sentit ses joues s'empourprer.

— Oh ! Beatrice ! Qu'as-tu encore fait ?

Chapitre 15

Caché dans l'ombre, Gregor attendait que Beatrice passe dans le couloir. Les dispositions prises pour loger les différents occupants du château ne lui plaisaient guère, mais il n'avait pas eu son mot à dire.

Lady Mathilde s'était installée dans la chambre de la jeune femme avec quatre de ses dames de compagnie. Les parents de Beatrice, eux, avaient repris possession de leurs appartements. Ils dormiraient dans leur lit tandis que leur fille et Almedha partageraient une paillasse dans l'alcôve. Lady Emelina et les quatre autres dames de compagnie de l'impératrice occupaient la dernière chambre.

Les hommes qui faisaient partie de la suite de la souveraine resteraient dans la grande salle, avec les gardes. Des paillasses avaient été déposées pour eux à même le sol. Ceux qui étaient ivres morts dormaient là où ils étaient tombés.

Quant à Gregor, il disposait de la petite pièce située au fond de la grande salle. C'était davantage un bureau, utilisé pour des tâches telles que la tenue des comptes, qu'une chambre à proprement parler. Mais elle comportait un lit et une porte qui fermait à clé.

Lorsque les parents de Beatrice parurent dans le couloir, il se colla contre le mur pour ne pas être vu.

Le couple était suivi de deux de ses gardes, qui avaient reçu l'ordre de ne pas quitter FitzHenry des yeux. Étant de lignée royale, ce dernier n'avait pas à subir la morsure des fers. Dès lors qu'il ne commettait pas de faux pas, il pouvait être traité comme une sorte d'invité d'honneur. Gregor s'en réjouissait car cela rendait la situation plus supportable pour Beatrice. S'il faisait surveiller le lord en permanence, c'était avant tout pour se protéger : il n'avait en lui qu'une confiance limitée. Sans doute FitzHenry n'hésiterait-il pas à le poignarder dans le dos si l'occasion se présentait.

Après une attente qui lui sembla interminable, il vit Beatrice approcher. Quand elle arriva à sa hauteur, il la saisit par la main pour l'attirer dans l'ombre.

— Passez la nuit avec moi, murmura-t-il.

— Je vous croyais trop occupé avec Lady Emelina, rétorqua-t-elle en se laissant tomber dans ses bras.

— Je lui ai bien proposé de partager ma couche. Malheureusement, elle n'a pas semblé intéressée, répondit-il, sachant qu'elle ne cherchait pas à se plaindre mais seulement à le taquiner.

— Ainsi, je suis votre deuxième choix ?

— Le troisième, en fait. Il y a eu cette petite coquine de servante…

Il étouffa un cri lorsqu'elle lui asséna un coup de genou dans l'entrejambe.

— Vous disiez ? demanda-t-elle.

Passant les doigts dans ses cheveux, il l'attira tout contre lui.

— Je disais que je vous veux dans mon lit cette nuit.

— J'aimerais pouvoir vous rejoindre, soupira Beatrice. Mais il y a trop de monde dans le château pour que je puisse me glisser jusqu'à votre chambre sans risque.

— Oh ! je sais. Si l'on nous surprenait, que diraient les gens ? On nous marierait peut-être de force, et vous seriez obligée de vous présenter à la cérémonie !

— Allez-vous me faire ce reproche jusqu'à la fin de mes jours ?

— Non ; seulement jusqu'à ce que vous m'épousiez.

Gregor sentit un sourire se dessiner sur les lèvres de Beatrice tandis qu'elle les collait contre les siennes.

— C'est avec mon père qu'il vous faut prendre les dispositions nécessaires, maintenant qu'il est de retour.

Elle se trompait. FitzHenry était peut-être libre d'aller et venir, mais il n'avait plus aucun pouvoir.

— Je suis le seigneur de Warehaven, à présent. La décision me revient entièrement.

— Gregor.

— Ne commencez pas, Beatrice. Rien n'a changé, si ce n'est que toutes les parties concernées, ou presque, sont désormais présentes.

La jeune femme essaya de se dégager, mais il la retint.

— Allons-nous continuer à nous disputer constamment à ce sujet ? Pourquoi ne pas vous contenter de profiter de cet instant ? Cessez donc de vous soucier du lendemain !

— Est-ce là ce que vous souhaitez ? Que je ne me préoccupe pas de l'avenir ? De mon avenir, ou de ce qui sera peut-être le nôtre ?

— Peut-être ? J'ai l'impression que vous n'avez pas très bien compris la situation. Vous parlez comme si vous aviez le choix.

— On a toujours le choix.

— Vraiment ? demanda-t-il en la relâchant. Dans ce cas, dites-moi : que pouvez-vous faire d'autre que m'épouser ?

Beatrice se tut. De toute évidence, elle n'avait pas de réponse à lui donner. Mais alors, pourquoi cherchait-elle à le provoquer ?

— Rejoignez-moi ou restez dans votre chambre, lui lança-t-il en sortant de l'ombre. C'est le seul choix qui s'offre à vous. Car écoutez-moi bien, Beatrice : vous allez devenir ma femme. Cette décision-là est déjà prise.

La laissant là, il descendit l'escalier et traversa la grande salle en naviguant entre les corps endormis pour rejoindre sa chambre.

Quelques instants plus tard, il entendit quelques coups discrets contre la porte. Surpris, il ouvrit et fit signe à Beatrice de pénétrer dans la pièce. Après avoir refermé la porte derrière elle, il jeta la clé sur le bureau.

— Vous avez changé d'avis ? Encore une fois ?

— Gregor, je suis fatiguée. Cette journée a été bien trop longue. Je suis désolée de vous avoir cherché querelle.

Mais elle n'allait pas s'en tirer aussi facilement.

— Je ne veux pas de vos excuses. Ce que je veux, c'est une explication. Quel choix pensez-vous avoir ?

— Je pourrais toujours m'enfuir.

— Oh ! oui ! Vous avez déjà prouvé que vous étiez très douée pour cela !

— Je pourrais me dévouer à Dieu.

— J'en doute fort. La chasteté ne conviendrait pas à votre tempérament : vous avez besoin d'un homme, Beatrice.

— Je pourrais en trouver un autre.

— Bien entendu. Mais vous savez que j'aurais tôt fait de m'en débarrasser.

— Je pourrais me donner la mort.

Gregor la dévisagea en silence. Il devait avoir perdu ses facultés de compréhension, car elle ne pouvait pas avoir dit une chose pareille. Non, elle ne pouvait pas avoir dit qu'elle préférerait se tuer plutôt que de l'épouser.

Il prit la clé sur le bureau, l'introduisit dans la serrure et ouvrit la porte.

— Sortez.

Beatrice le considéra d'un air épouvanté avant de se précipiter vers lui.

— Oh ! Gregor, ce n'est pas ce que je voulais dire ! Je suis désolée ! Il faut me croire, je vous en prie !

— Partez d'ici, dit-il sans la regarder.

— Gregor !

— Allez-vous-en.

Dès qu'elle eut franchi le seuil, il claqua la porte, la referma à clé et se jeta sur sa paillasse pour contempler le plafond.

Cela n'était pas prévu dans son plan. À un moment ou à un autre, il avait perdu de vue le fait que, lorsqu'il aurait tué le père de Beatrice, celle-ci n'aurait plus que haine pour lui.

Il le savait pourtant depuis le début et il s'était interdit de s'attacher à elle, de devenir trop proche.

À présent, il lui fallait trouver un moyen de remédier à ce problème, et vite. Avant qu'il ne soit trop tard. Avant qu'il ne soit pris à son propre piège.

— Mon enfant, réveille-toi. Tu dois te préparer.

Doucement, Beatrice ouvrit les paupières. Sa mère se tenait devant elle.

— Le soleil ne s'est pas encore levé !

— Je le sais, mais ton mariage doit être célébré à l'aube.

D'un bond, elle s'assit dans son lit.

— Mon quoi ? demanda-t-elle en protégeant ses yeux brûlants de la lumière de la torche accrochée au mur.

— Personne ne t'a prévenue ?

— Je vous en prie, mère : j'ai à peine fermé l'œil de la nuit. Prévenue de quoi ?

Beatrice savait que si elle avait mal dormi, ce n'était la faute de personne… Sauf d'elle-même. Encore une fois, ses paroles lui avaient causé davantage de tort que la personne contre laquelle elles étaient dirigées.

— Gregor a parlé à ton père et à Lady Mathilde hier. Il a demandé que le mariage ait lieu aujourd'hui.

En effet, Beatrice les avait vus tous les trois en grande conversation dans l'alcôve, la veille, après le repas. Mais elle avait supposé que le sujet de leur entretien était Warehaven, et non elle. Elle comprenait maintenant pourquoi Gregor s'était emporté quand elle lui avait parlé de choix. Avec un gémissement, elle se laissa retomber sur sa paillasse.

— Je ne suis qu'une pauvre idiote !

— Que s'est-il passé ? demanda sa mère en soupirant.

— Nous nous sommes disputés.

— À quel propos ?

— À propos de la nécessité de consulter père avant d'organiser notre mariage. J'ignorais qu'il l'avait déjà fait ! Et ensuite je lui ai soutenu que j'avais encore le choix.

— De quel choix parlais-tu ?

— Il m'a posé la même question.

— Et qu'as-tu répondu ? interrogea sa mère sans dissimuler son irritation.

Beatrice se cacha les yeux.

— Je lui ai dit que je pourrais me donner la mort au lieu de l'épouser.

— Savais-tu que c'était exactement ce que sa première femme avait fait ?

— Oui, reconnut-elle.

— Tu mériterais une bonne fessée, Beatrice ! À ton âge, tu dois être capable de réfléchir avant de parler. Apprends que les mots peuvent blesser plus que des coups. Ton comportement est inexcusable !

— Je le sais.

— Il semble que non.

— Cela n'a pas d'importance, puisque le mariage n'aura probablement pas lieu.

— Oh ! je suis certaine du contraire ! Je suis également prête à parier que la cérémonie n'aura rien de plaisant. Et crois-moi quand je te dis que ta nuit de noces va être un véritable cauchemar ! Ce n'est pas une bonne manière de commencer ce mariage.

— Je pourrais dire que je suis malade.

À dire vrai, elle ne se sentait pas très bien.

— Certainement pas ! Lève-toi. Tu t'es mise toi-même dans cette situation et tu vas devoir l'affronter !

À contrecœur, elle finit par sortir du lit pour la laisser procéder à sa toilette, aidée d'Almedha. Elle s'asseyait quand on lui disait de s'asseoir et se levait quand on lui ordonnait de se lever. À aucun moment sa mère ne se départit de sa moue réprobatrice. Sous son regard sévère, Beatrice sentait sa nervosité grandir peu à peu.

Une servante entra, sa robe verte entre les mains. Le vêtement avait été lavé et ses manches recousues. De menues modifications avaient été apportées : l'encolure était désormais plus large et le dos lacé. Ainsi il serait plus facile de faire glisser le corsage sur ses épaules et le long de ses bras. Il faudrait encore tirer fort sur les manches pour l'ôter, mais au moins le recours à un couteau ne serait pas nécessaire.

On avait également nettoyé les chausses assorties. Quant à la ceinture, Beatrice savait qu'elle était irrécupérable.

Sa mère attrapa de sous le lit un paquet enveloppé dans du papier. Dénouant la ficelle qui le fermait, elle en tira la plus belle chemise que Beatrice eût jamais vue. Elle était d'un blanc si éclatant et d'une finesse si remarquable que, placée devant la lumière, elle semblait presque transparente. Et la douceur de l'étoffe était telle qu'on eût dit de la fourrure contre sa peau.

Lorsqu'elle fut habillée, sa mère tourna autour d'elle, tirant ici et là sur la robe, ajustant le décolleté.

— Il faut la serrer à la taille.

Dans un coin de la chambre, elle alla chercher un coffret à bijoux dont elle sortit une ceinture tissée de fils d'or.

— Essaie ceci.

Almedha s'en saisit pour lui en envelopper les reins avant d'attacher la boucle dans le dos.

— Voilà qui semble parfait !

Sa mère reprit son inspection. Cette fois, elle examina également la chevelure de Beatrice, qui avait été tirée en arrière et nouée en une seule tresse, comme à l'accoutumée. Elle défit la natte et, en les coiffant de ses doigts, laissa les boucles souples tomber librement sur ses épaules.

— Mère, je déteste porter mes cheveux détachés, se plaignit Beatrice en balayant de la main des mèches éparses sur sa robe. Ils se coincent partout.

— Ce n'est que pour une journée. Cela ne te tuera pas.

Reprenant son coffret à bijoux, elle y trouva un diadème en or qu'elle ajusta sur sa tête.

— Ceci les maintiendra en place.

Puis elle entreprit de fouiller à nouveau dans la petite boîte.

— Assez ! s'écria Beatrice. Je me sens déjà trop habillée. Je vous en prie, cela suffit !

À son grand soulagement, sa mère rangea l'épais collier

d'or qu'elle venait de choisir. Beatrice n'avait aucune envie de porter ce lourd bijou autour du cou. Cela lui donnerait l'impression que quelqu'un cherchait à l'étrangler, ce qui, étant donné son comportement de la veille, pourrait fort bien lui arriver.

On frappa un coup à la porte. Sans attendre de réponse, son père pénétra dans la chambre.

— Est-elle prête ?

— Fin prête !

— Fort bien.

— Je dois te prévenir, confia-t-il à Beatrice en prenant ses mains dans les siennes. Ton futur mari est de méchante humeur.

— Je me demande bien pourquoi ! lâcha sa mère sur un ton ironique.

— Moi aussi, puisque cette cérémonie a été organisée sur son ordre.

— Il est grincheux parce que j'ai eu des paroles malheureuses hier soir, expliqua Beatrice

— Et puis-je supposer sans craindre de me tromper que tu as déjà été suffisamment réprimandée pour ta conduite ?

— Oui.

— Non ! déclara sa mère en même temps.

— Mon enfant, dit son père en posant les yeux sur elle, prends-tu plaisir à te créer des ennuis ?

La question n'appelant pas de réponse, elle resta silencieuse.

— Eh bien, ce qui est fait est fait ! conclut-il. Nous vous rejoindrons en bas dans un petit moment, ajouta-t-il en adressant un petit signe de tête aux deux autres femmes.

— Tout s'arrangera, souffla sa mère en déposant un baiser rapide sur sa joue. Aie confiance.

Lorsque Almedha et elle furent sorties, son père se tourna à nouveau vers Beatrice.

— Es-tu certaine qu'il est celui que tu veux épouser ?

— Il est un peu tard pour changer d'avis, observa-t-elle avec un petit rire.

— Non, il n'est pas trop tard. Je peux te faire quitter l'île sur-le-champ. On te conduira en toute sécurité à Dunstan, Montreau ou encore au pays de Galles, chez l'une de tes tantes. Tu seras déjà loin lorsque l'on s'apercevra de ton absence.

— Non, père. Je ne m'enfuirai pas. Ce n'est qu'une dispute. J'ai provoqué sa colère, voilà tout.

— La colère de cet homme est dangereuse, mon enfant. Et lorsque vous serez mariés je ne pourrai rien faire pour arrêter sa main, sinon le tuer.

— J'aimerais mieux que vous vous en absteniez, répondit-elle en levant les yeux vers lui. Du reste, combien de fois avez-vous frappé ma mère, ou même l'un de vos enfants, dans un accès de colère ?

— Jamais ! Comment peux-tu me poser une question pareille ?

— Gregor non plus ne me fera aucun mal. Il me battra froid, me témoignera la plus profonde indifférence jusqu'à ce que j'aie envie de crier pour attirer son attention. Peut-être même hurlera-t-il de fureur. Mais, père, il ne lèvera jamais la main sur moi.

— Essaies-tu de me faire croire que le Loup de David Ier est un homme bon ?

— L'exécuteur des hautes œuvres de Henri Ier était-il bon envers les siens ?

— Tu as toujours su me convaincre, conclut son père en souriant avant de lui embrasser le front. Pour ton époux, ajouta-t-il en déposant un anneau d'or dans la paume de sa main.

— Merci, père, dit-elle en refermant les doigts sur l'alliance.

— À ta place, j'éviterais de lui dire d'où vient ce bijou. Du moins avant plusieurs années.

Beatrice éclata de rire.

— Il se doutera bien qu'il ne tombe pas du ciel. Mais je serais surprise qu'il me demande quoi que ce soit.

— Ma petite fille..., soupira tristement son père en secouant la tête.

— Ne commencez pas ! lui ordonna-t-elle en agitant un index réprobateur dans sa direction. Si vous pleurez, je suis perdue.

Il renifla avant de lui offrir le bras.

— Prête ?

— Oui, répondit-elle en posant la main au creux de son coude.

Ensemble, ils descendirent l'escalier et traversèrent la grande salle pour gagner la petite chapelle familiale. Gregor attendait Beatrice à l'entrée.

L'échange de vœux fut bref et sans préambule. Il la prit pour femme. Elle l'accepta pour époux. Il lui passa l'anneau au doigt, puis elle lui remit son alliance. Ce fut le seul contact physique entre eux.

Ensuite, ils pénétrèrent dans la chapelle côte à côte, mais toujours sans se toucher, et s'agenouillèrent devant l'autel pour recevoir la bénédiction du prêtre de Warehaven et de celui de Roul.

Lorsque Gregor l'embrassa, ce ne fut qu'un rapide baiser sur la joue.

Tout au long de la cérémonie, Beatrice s'efforça d'endurcir son cœur pour supporter le courroux évident de celui qui était désormais son époux. Ce n'était pas le mariage dont elle avait rêvé lorsqu'elle était enfant. Aujourd'hui, un mot ou un geste tendre eût été bienvenu. Elle serra les dents. Non, elle ne laisserait pas ses larmes couler ! Et elle se refusait à implorer le pardon de Gregor. Certes, elle avait eu des paroles terribles, mais elle lui avait présenté des excuses. Tout ce qu'elle pouvait faire à présent, c'était attendre que sa fureur se dissipe, en se gardant de dire quoi que ce soit qui risquât de la raviver.

Après avoir quitté la chapelle, l'assemblée se réunit dans la grande salle pour un banquet. Gregor la conduisit vers le centre de la table d'honneur, où il tira une chaise avant de se pencher vers elle.

— Si vous pleurez, je pars, chuchota-t-il.

Jamais repas ne lui avait paru aussi triste. Elle fut donc fort soulagée lorsqu'il s'acheva et qu'elle put enfin quitter le siège qu'elle occupait à côté de lui pour aller et venir dans la pièce. Grande était la tentation de se réfugier en haut des remparts, mais elle savait qu'on ne lui pardonnerait pas un tel manque de politesse et de respect.

Résignée, elle accepta donc les félicitations et les vœux de personnes dont elle ne reconnaissait pas le visage, tout occupée qu'elle était à s'apitoyer sur elle-même. Puis elle passa quelques instants à s'entretenir avec sa tante de sujets qu'elle oublia complètement dès que celle-ci l'eut quittée pour converser avec d'autres.

Enfin, elle prit place sur un banc disposé contre le mur, loin de la foule des invités qui riaient et buvaient comme si c'était là une fête.

Une pensée ne cessait de la tourmenter : elle seule était responsable de ce désastre, elle n'avait pas le droit d'être en colère contre Gregor. Pourtant, elle éprouvait un violent ressentiment ; c'était plus fort qu'elle. Et, chaque fois qu'il souriait à Lady Emelina ou s'esclaffait avec elle, sa fureur redoublait, à tel point qu'elle dut joindre les mains pour les empêcher de trembler.

— Tu es encore en train de te lamenter sur ton sort ? demanda sa mère en s'asseyant à ses côtés. Arrête, veux-tu ?

— Arrêter quoi ? répliqua Beatrice, surprise par l'agressivité de sa propre voix.

— De me parler sur ce ton, pour commencer.

— Arrêter quoi ? répéta-t-elle plus doucement.

— Voilà qui est mieux. À présent, souris.

— Je ne crois pas en être capable.

— C'est pourtant facile. Détends ta mâchoire et plisse les coins de ta bouche vers le plafond au lieu de les tirer vers le sol.

Beatrice se tourna vers sa mère en lui adressant son sourire le plus idiot.

— C'est tout à fait hideux. Essaie encore.

— Mère, vous avez perdu la raison ! dit-elle en éclatant de rire.

— Eh bien voilà ! Ce n'est pas si compliqué, n'est-ce pas ?

— Non.

— Bien. Passons maintenant au plus difficile.

Sachant que rien ne détournerait sa mère de l'idée qu'elle

avait en tête, Beatrice se résolut à poser une question dont elle redoutait la réponse.

— C'est-à-dire ?

— Prends ta voix douce, un visage avenant et ce rire désinvolte, et va rejoindre ton époux.

— Il ne veut pas me voir.

— Je ne t'ai pas demandé ce qu'il voulait. Je t'ai dit d'aller le rejoindre.

Avant de poursuivre, elle appuya son épaule contre celle de Beatrice.

— Il ne va pas t'attaquer au vu de tous, pas le jour de votre mariage ! Il fera comme si tout allait pour le mieux. Fais-moi confiance : il est suffisamment rompu aux manières de la cour du roi David et de Lady Mathilde pour savoir quand il faut sauver les apparences.

Beatrice était loin d'être convaincue par ce raisonnement. Mais à quoi bon rester assise à bouder ? Cela n'apaiserait pas son humeur, bien au contraire. Elle se leva donc, secoua ses jupes, regarda sa mère et sourit. Comme celle-ci hochait la tête en signe d'approbation, elle se retourna pour se diriger vers son mari et Lady Emelina.

Dès que Gregor l'aperçut, il fronça les sourcils.

Sans se décontenancer, Beatrice continua à sourire comme si son visage était taillé dans le marbre. Peut-être avait-elle peu d'expérience des usages de la Cour, mais elle était déterminée à jouer son rôle jusqu'au bout aussi bien que lui. Tout en traversant la pièce, elle salua ici et là des invités. Il fallait davantage qu'un froncement de sourcils pour la faire fuir.

Lorsqu'elle fut tout près, il tendit la main pour l'attirer contre lui. Sa mère avait vu juste : il entendait faire montre de la plus grande galanterie.

Pourtant, elle devinait, à ses yeux sombres et à la froideur avec laquelle il la touchait, qu'il ne se réjouissait aucunement de la voir.

Le rejoindre avait été une erreur. Sa courtoisie de façade ne faisait qu'exacerber la rancœur de Beatrice. Son amabilité feinte, dénuée de tout sentiment, lui donnait envie de fuir le château à toutes jambes. Mais il serrait fort la main qu'elle avait posée sur son bras. Il savait qu'elle n'était pas mieux disposée envers lui qu'il ne l'était envers elle, et il était résolu à la punir pour ses paroles cruelles de la veille.

Au bout de quelques instants, Lady Mathilde se joignit à leur petit groupe pour évoquer un incident survenu à la Cour. Avant de s'éloigner, elle se pencha à l'oreille de Beatrice.

— Soyez forte, jeune fille, murmura-t-elle.

À ce moment-là, Gregor posa les yeux sur elle, et il lui sembla que la flamme furieuse qui luisait dans son regard depuis le matin avait commencé à vaciller. Quelque peu rassérénée, elle lui sourit en serrant légèrement son bras.

Mais, lorsqu'elle se tourna à nouveau vers Lady Emelina, elle perçut sur son visage une expression calculatrice qui la laissa sans voix. Elle comprit subitement que tout le monde s'était trompé sur le compte de cette femme. Peut-être était-elle fiancée à un autre, mais c'était Gregor qu'elle voulait.

Beatrice redressa les épaules. Cette sournoise pouvait toujours le convoiter : jamais il ne serait à elle.

Gregor avait dû remarquer un changement dans son attitude car il la regarda à nouveau en haussant un sourcil avec cet air étonné qu'elle lui avait vu si souvent.

Sans y prêter attention, elle lui caressa la joue de sa main libre, l'invitant à se pencher pour lui donner un baiser. Juste avant que leurs bouches ne se séparent, elle laissa échapper un petit gémissement de regret.

Lorsqu'il haussa les deux sourcils, elle comprit qu'elle avait poussé la comédie trop loin. À présent, il savait qu'elle manigançait quelque chose. Après lui avoir lancé un regard soupçonneux, il se tourna vers Lady Emelina.

Aussitôt, celle-ci prit congé d'eux et les quitta.

Une nouvelle fois, Gregor serra la main de Beatrice dans la sienne.

— Pourquoi cette soudaine démonstration d'affection ?

— Que voulez-vous dire ? demanda-t-elle en battant des cils.

— Lady Emelina n'est rien pour moi. Elle n'est que la dame de compagnie de Lady Mathilde.

— Vraiment ?

— Oui. Je l'ai surprise un jour dans le jardin en compagnie de son ancien fiancé. Celui-ci avait cru bon de la violenter pour lui donner une leçon, et elle sanglotait en le suppliant d'arrêter.

— Et vous êtes venu à son secours ? suggéra Beatrice, qui connaissait déjà la réponse.

— Bien sûr.

Décidément, il ne pouvait pas s'empêcher de défendre les plus faibles ! C'était un trait de caractère aussi noble que louable, mais qui pourrait finir par lui valoir un coup de couteau dans le dos. Lui qui avait la réputation d'un guerrier dangereux et impitoyable, il semblait bien prompt à venir au secours des dames en détresse !

— Pour qui la prenez-vous ?

— Pour une femme qui n'a qu'une envie : partager votre couche.

— Vous avez perdu la tête ! s'écria-t-il en lâchant sa main. Elle est fiancée à un autre !

— Elle pourrait bien être mariée que cela ne changerait rien ! Elle vous veut, et je vous jure que tant que je vivrai elle ne vous aura pas !

Beatrice fit un effort pour se dominer avant de poursuivre.

— Si vous pensez que je me trompe, rattrapez-la. Vous verrez sa réaction.

— Peut-être vais-je le faire.

— Allez-y, dit-elle en le chassant d'un geste de la main.

— Vous devez être bien sûre de vous pour me jeter ainsi dans ses bras.

— Gregor, vous êtes bien trop honnête pour coucher une autre femme dans votre lit à un moment tel que celui-ci. Mais cela ne veut pas dire qu'elle ne tentera pas sa chance.

Sans lui répondre, il s'éloigna à grands pas.

— Tu prends un bien grand risque, dit la voix de sa mère derrière elle.

— S'il y a une chose que je sais au sujet de Gregor, c'est

que s'il avait éprouvé le moindre désir pour cette femme il me l'aurait dit.

— Tu ne peux pas en être certaine.

— Il m'a prévenue que si je ne voulais pas de réponse sincère à une question, je devais m'abstenir de la poser.

— Cela vous promet d'intéressantes conversations.

— Il y en a déjà eu.

Après le départ de sa mère, Beatrice fit quelques pas dans la grande salle en attendant Gregor. Quand enfin il reparut, son regard était plus sombre que jamais.

Arrivé auprès d'elle, il lui prit la main pour la poser au creux de son coude. Mais elle comprit vite qu'il n'agissait ainsi que pour ménager les apparences. Il n'y avait aucune tendresse dans ses gestes.

— Eh bien ?

— Vous n'avez fait que déplacer la méfiance que vous éprouvez à mon égard vers une tierce personne. Cette dame est irréprochable et elle l'a toujours été. Je ne comprends pas cette soudaine cruauté de votre part, Beatrice. C'est inacceptable !

Mais Beatrice savait qu'elle ne s'était pas méprise sur les intentions de Lady Emelina. Soit il mentait, soit il était incapable de voir qu'une femme tentait de le séduire, dût-elle l'assommer à coups de bouclier pour le traîner jusqu'à son lit.

Qu'un homme à la beauté si ténébreuse ne soit pas plus habitué à repousser de telles avances la stupéfiait. Pensait-il réellement que sa réputation faisait fuir la gent féminine ? Peut-être effrayait-il les jeunes filles. Quant aux femmes, elles ne se bousculaient pas pour épouser le Loup de David Ier, certes. Mais nombreuses devaient être celles qui mouraient d'envie de goûter au danger qu'il représentait. Et dire qu'il la traitait d'innocente !

Cherchant des yeux Lady Emelina, elle rencontra son regard glacial et suffisant. Sa première impression avait été la bonne, elle en était convaincue. Mais de toute évidence la dame entendait lui faire jouer le rôle de la harpie.

— Si je me suis trompée, je vous prie de m'en excuser, dit-elle en tournant son attention vers Gregor.

— Il va falloir travailler votre attitude, madame, répondit-il à voix basse en se penchant vers elle : vous n'avez aucun talent pour feindre. Vous ne regrettez pas le moins du monde vos accusations. J'ignore ce que vous pensez ou ce que vous manigancez, mais cela doit cesser immédiatement.

Beatrice acquiesça d'un signe de tête. Il avait raison : cela devait cesser. Immédiatement. Et, puisqu'il ne voulait pas mettre fin aux manœuvres de cette intrigante, c'était elle qui allait s'en charger.

— Beatrice !

L'avertissement lui aurait sans doute semblé plus menaçant si son souffle n'avait pas été aussi chaud à son oreille.

— De toutes les craintes que vous pourriez avoir, j'aurais cru que les assiduités des femmes à mon égard seraient la dernière. Après tout, nous savons vous et moi qu'elles me préfèrent la mort.

Une gifle de sa main n'eût pas été plus cinglante.

— Gregor…

Sa voix lui était revenue trop tard. Il était déjà parti.

Beatrice se mordit la lèvre inférieure. Il fallait qu'elle trouve le moyen d'arranger les choses. Lorsqu'elle avait parlé de se donner la mort plutôt que de l'épouser, elle n'en pensait pas un mot. Comment le lui faire comprendre ? Si elle avait prononcé ces paroles ô combien cruelles, c'était uniquement parce qu'elle voulait lui tenir tête. Simplement, elle était allée trop loin. Elle s'était montrée stupide et méchante, et à présent elle se sentait plus coupable et honteuse que jamais.

Désormais elle était mariée et elle devait cesser d'agir comme une enfant pour se comporter enfin comme une femme.

Soudain, elle fut arrachée à ses pensées par une curieuse sensation. Un frisson glacé lui parcourait le dos, hérissant ses cheveux sur la nuque. Levant les yeux, elle rencontra le regard perfide de Lady Emelina tandis que celle-ci s'accrochait au bras de Gregor avec un sourire satisfait.

Chapitre 16

Appuyé contre le mur de l'écurie, Gregor humait l'air à pleins poumons, savourant le calme et la sérénité des lieux. C'était une chance que l'impératrice ait détourné l'attention de Lady Emelina, lui permettant ainsi de s'échapper.

Il savait que Beatrice regrettait sincèrement ses paroles de la veille. Mais pourquoi s'obstinait-elle à le provoquer sans raison ? C'était pour lui un mystère.

Toutefois, cette situation avait assez duré. Le moment était venu d'étouffer la fureur sourde à laquelle il s'était volontairement abandonné. Pendant le peu de temps que la jeune femme et lui avaient passé ensemble, ils avaient élevé au rang d'art leur faculté à se pousser mutuellement à bout pour quelques mots irréfléchis.

Avant de la rencontrer, il savait parfaitement se dominer. Il était seul maître de ses humeurs comme de ses émotions. Jamais il n'aurait laissé les remarques ou les actes d'une autre personne l'affecter.

Tandis que maintenant… Il ferma les yeux en poussant un profond soupir. Maintenant, il devait lutter en permanence pour conserver son sang-froid. Malheureusement, le combat était inégal : à peine avait-il réussi à dompter ses élans que ceux-ci l'assaillaient à nouveau. Un instant, il ne voulait rien d'autre qu'entendre Beatrice gémir son nom dans le feu du désir, et le moment suivant elle lui donnait envie de hurler de rage.

Moins d'une journée avait passé depuis leur mariage, et

déjà tout allait mal. Bien sûr, il était en partie responsable de la situation : il s'était conduit comme un parfait imbécile pendant l'échange des vœux et la bénédiction.

Tout en s'éloignant de l'écurie, Gregor repensa avec une grimace à son comportement. Un enfant n'eût pas été plus capricieux. Y avait-il seulement une chance que Beatrice et lui parviennent à se réconcilier avant la fin de la journée ? Cela semblait peu probable. Au contraire, sans doute y aurait-il encore bien des paroles acerbes et des accusations. Mais, à force de discussions, peut-être réussiraient-ils à dissiper leurs malentendus à temps pour vivre une vraie nuit de noces dans les bras l'un de l'autre. Et se créer des souvenirs qu'ils se remémoreraient plus tard avec tendresse. Gregor songea soudain qu'il ne leur restait que peu de moments à partager avant qu'il ne se charge de son père. Une évidence s'imposa alors à lui : ils ne pouvaient pas se permettre de gâcher cette nuit.

Il leva les yeux vers le donjon : jamais ils ne trouveraient là l'intimité dont ils avaient besoin. Peut-être pourraient-ils dormir dans la cabane du chasseur, près de la crique ? Non, elle était située trop loin du fort. Quant aux navires, c'était hors de question : depuis l'incendie, ils étaient tous gardés par des hommes en nombre.

Soudain, un sourire se dessina sur son visage : il connaissait l'endroit idéal. La sage-femme était partie à Londres pour rendre visite à sa sœur. Le cottage était donc inoccupé et il se trouvait à une distance suffisante des autres maisons du village pour leur garantir la tranquillité qu'il recherchait.

Sa décision prise, il se hâta de regagner le château. Pensant devoir renoncer à leur nuit de noces, il n'avait rien prévu. Il lui fallait réunir le nécessaire : de quoi manger, car Beatrice avait à peine touché au repas du matin, et il ne l'avait rien vue avaler depuis. Pas de vin : tous deux devaient être en pleine possession de leurs sens, sinon de leurs humeurs. Pas de torches, mais des bougies. Ainsi la lumière serait douce, mais suffisante pour qu'il puisse distinguer les moindres nuances de l'expression de son visage, lorsque le soleil serait couché.

Une fois ces provisions prêtes, il n'aurait qu'à charger

quelques-uns de ses hommes de les porter au cottage. Gregor espérait seulement qu'ils seraient capables de tenir leur langue : personne ne devait savoir où il se trouvait, du moins jusqu'au lendemain.

Il lui faudrait ensuite transmettre à Simon ses ordres pour la fin de la journée et la nuit : il était hors de question de donner l'impression que FitzHenry dirigeait le fort.

Alors, enfin, il pourrait enlever son épouse, de gré ou de force.

— Lady Beatrice, puis-je vous parler ?

S'arrêtant pour regarder par-dessus son épaule, Beatrice eut la surprise de découvrir Lady Emelina.

— Oui ? répondit-elle avant de se retourner complètement.

Que pouvait bien lui vouloir cette femme ?

Les joues d'Emelina se teintèrent de rose tandis qu'elle balayait des yeux la grande salle.

— Pourrais-je vous voir en privé ?

À la vérité, Beatrice n'avait pas la moindre envie de parler avec elle. Mais le besoin de discrétion de la dame ainsi que son visage empourpré attisèrent sa curiosité et eurent raison de ses réticences. Du menton, elle désigna le couloir situé près de l'escalier qui menait à l'armurerie et aux geôles.

Lorsqu'elles furent seules, Lady Emelina joignit les mains avant de prendre la parole.

— Je crois que nous sommes parties d'un mauvais pied, vous et moi.

Quelle importance ? Elles n'étaient pas appelées à résider sous le même toit !

— J'ai peine à comprendre en quoi cela peut vous contrarier.

— Lord Gregor est un ami, un ami cher, et je crois que cette situation l'attriste.

Un ami cher ? Que voulait-elle dire par là ?

— Il a risqué sa vie pour me protéger de mon fiancé.

— Vraiment, vous aviez besoin d'être protégée ?

— Oui, tout comme vous, chuchota Lady Emelina en se penchant près d'elle.

Tout comme elle ? Que pouvait savoir cette femme sur ce qui lui était arrivé ?

— Je ne vois pas de quoi vous parlez.

— Allons, Lady Beatrice ! Gregor m'a raconté que votre ancien promis avait tenté d'abuser de vous !

Cette conversation prenait un tour très étrange. Tout d'abord, Charles et elle n'avaient jamais été fiancés. Ensuite, Gregor n'avait pas pu lui révéler les circonstances de leur rencontre. Il avait juré de se taire, et il était bien trop discret pour partager ce secret, même avec une personne qui prétendait être son amie.

— Il vous a parlé de mon ancien promis ? demanda-t-elle sur un ton incrédule.

— Oui, absolument ! Il a cru devoir le tuer pour qu'il cesse de vous poursuivre, m'a-t-il expliqué. Cet homme devait vous aimer passionnément.

Tout en l'écoutant, Beatrice l'observait attentivement. Elle n'avait jamais vu Lady Emelina avant cette visite, et pourtant quelque chose en elle lui semblait… familier. Ce sourire forcé, cette façon de ponctuer certains mots d'un geste de la main… Elle ne connaissait qu'une personne qui faisait cela, et c'était…

Beatrice retint un cri.

C'est alors qu'elle entendit un bruit derrière elle. Aussitôt après, elle sentit un objet s'abattre sur son crâne.

— Charles, eut-elle le temps de murmurer avant que tout ne devienne noir autour d'elle.

Gregor inspecta une dernière fois le cottage. Tout était prêt. Ses hommes et lui avaient réussi à subtiliser tout ce qu'il voulait, et même davantage : la table était chargée de victuailles. Il y avait de quoi les nourrir tous les deux pendant un mois.

Dans un panier près du lit était rangée une provision de bougies suffisante pour incendier le village entier. Il avait failli oublier de se procurer un chandelier, mais par chance il en avait trouvé deux dans la chambre où il était allé chercher des draps et une couverture.

— Gregor ! appela Simon en faisant irruption dans le cottage. On a besoin de toi au fort.

Non, pas maintenant !

— Qu'y a-t-il ?

— Lady Beatrice a disparu.

— Comment cela, disparu ?

Il suivit son capitaine dehors tout en écoutant ses explications.

— Sa mère l'a cherchée partout. Ne la trouvant pas, elle a sollicité l'aide de l'impératrice. Ses hommes ont passé le donjon et les bâtiments bordant la cour au peigne fin.

— Quelqu'un a-t-il pensé à inspecter le chemin de ronde ?

— Oui, je m'en suis chargé après m'être souvenu qu'elle aimait se promener dans la fraîcheur de la brise.

Plus que la brise, c'était la tranquillité qu'elle allait chercher en haut des remparts.

— Quelqu'un d'autre a-t-il disparu ? demanda-t-il en sautant en selle.

Sa gorge se noua devant le visage tendu de Simon.

— Je suis navré. Nos gardes ont été pris au dépourvu.

Mais Gregor n'était pas d'humeur à jouer aux devinettes.

— Parle, bon sang ! Qui a disparu ?

Simon éperonna son cheval.

— Le prisonnier et Lady Emelina, lâcha-t-il en passant devant lui.

— S'il arrive quoi que ce soit à Beatrice, cria Gregor en prenant l'officier de vitesse, vous le paierez tous très cher !

— Oui, Lord Gregor.

Gregor pénétra dans la cour au galop et sauta à terre sans même attendre que sa monture ne soit à l'arrêt.

— Fais seller les autres chevaux, ordonna-t-il au garçon d'écurie en lui jetant les reines.

Lorsqu'il entra en trombe dans le donjon, il vit la famille de Beatrice réunie autour de la table d'honneur.

— Y a-t-il du nouveau ? demanda-t-il en s'approchant.

— Non, répondit l'impératrice.

— Comment est-ce arrivé ?

— D'après ce que nous avons pu établir, Lady Emelina a détourné l'attention de l'un des gardes, qui s'est adossé contre les grilles de la geôle. Le prisonnier lui a brisé le cou. Personne ne sait ce qui s'est passé ensuite.

Gregor comprenait sans peine que la dame eût réussi à distraire un de ses hommes. Mais comment avait-elle pu à elle seule tromper la vigilance de deux gardes ?

— Allez-vous partir à sa recherche ? demandait cependant la mère de Beatrice en lui touchant le bras.

Comment pouvait-elle lui poser une question pareille ?

— Mais bien sûr ! Sait-on depuis combien de temps ils ont quitté le fort ?

Lady Mathilde secoua la tête.

— Non. Mais cela ne doit pas faire plus de deux heures.

Après être allé vérifier que Simon était en train de rassembler ses hommes, il se dirigea vers sa chambre pour revêtir son armure.

— Lord Gregor.

Surpris d'entendre ce titre dans la bouche de FitzHenry, il s'arrêta et se tourna vers lui.

— Ni Charles ni sa complice ne sont capables de commander un navire, mais peut-être en ont-ils loué un. En deux heures, ils ont pu prendre une bonne avance. Inspectez d'abord la crique, puis les grottes.

L'espace d'un instant, Gregor le dévisagea. Naturellement, l'homme paraissait furieux, mais il était également en proie à une grande agitation, une énergie nerveuse que Gregor comprenait fort bien. De plus, sa connaissance de l'île pouvait se révéler précieuse.

— Vous avez dix minutes, lui dit-il. Préparez-vous à monter en selle.

Le père de Beatrice sembla aussitôt rajeunir de vingt ans. Sans répondre, il se rua vers l'escalier.

— Je vous conseille de surveiller vos arrières, intervint Lady Mathilde en secouant la tête. Mon frère manie fort bien l'épée.

— Mon époux est un homme d'honneur ! s'écria la mère de Beatrice, visiblement offensée. C'est lui faire une grave injustice que de laisser entendre le contraire.

N'ayant pas de temps à perdre, Gregor abandonna les deux femmes à leur dispute. Arrivé dans sa chambre, il fut soulagé de constater que son écuyer et un page étaient déjà en train de préparer sa cotte de mailles et ses armes.

Après s'être rapidement habillé, il regagna la grande salle. Ses hommes, réunis par Simon, étaient lourdement armés et prêts à partir.

Gregor se dirigea vers la pile d'épées disposée à côté d'un pilier et en saisit quatre. Puis il chercha dans l'assemblée quatre gardes de Warehaven qu'il considérait comme dignes de confiance.

— Protégez les femmes, dussiez-vous en perdre la vie, dit-il en remettant une arme à chacun d'entre eux.

À ces mots, Colin, Harold, Daniel et James s'avancèrent. Ce dernier s'éclaircit la voix.

— Monsieur…, commença-t-il.

Gregor le coupa d'un regard furieux. S'imaginaient-ils qu'ils allaient rester au château ? Il n'avait pas l'intention de laisser un inconnu retrouver Beatrice. D'eux, elle n'aurait pas peur.

— Vous venez avec moi, ordonna-t-il.

Enfin, il prit à part son écuyer ainsi que huit de ses soldats.

— Gardez le fort. Surveillez tous les accès : personne ne doit entrer ni sortir.

Aux yeux baissés de son écuyer, il devina que cette tâche était loin de lui plaire. Mais au lieu de se plaindre le jeune homme hocha la tête et dégaina son arme, ce qui était tout à son honneur.

FitzHenry, suivi de ses deux gardes, pénétra alors dans la grande salle. Gregor lança un regard vers son épée.

— Veillez à n'utiliser cette lame que sur les scélérats qui ont enlevé ma femme.

La mère de Beatrice les rejoignit.

— J'avais presque oublié le guerrier bâtard dont je suis

tombée si follement amoureuse, dit-elle en posant une main sur le torse de son mari.

Puis elle se dressa sur la pointe des pieds pour embrasser sa joue.

— Ramenez notre enfant, mon cher époux, ajouta-t-elle avant de lui tendre son heaume à nasal.

— Réveillez-vous !

Le cri fut suivi d'une gifle qui résonna bruyamment à l'oreille de Beatrice.

Elle ouvrit les yeux. On lui avait lié les mains dans le dos, mais elle sentait sous elle la froideur du sol. Ils se trouvaient toujours sur l'île, ce qui signifiait qu'elle avait encore des chances d'être retrouvée. Si ses ravisseurs l'avaient emmenée sur un bateau, elle aurait eu peu d'espoir d'être secourue avant longtemps.

— Elle revient à elle. Dieu merci, vous ne l'avez pas tuée !

Beatrice plissa les yeux. C'était comme si la voix stridente de Lady Emelina avait rebondi contre les parois avant de venir transpercer, telle une flèche, son crâne douloureux.

Quand elle se rendit compte qu'ils l'avaient conduite dans les grottes, elle retint un sourire. C'était là qu'Isabella, Jared et elle passaient le plus clair de leur temps à jouer lorsqu'ils étaient enfants. Qui ne connaissait pas les méandres de ces galeries souterraines pouvait s'y perdre pour toujours. Pire, en choisissant la mauvaise issue, on risquait, au sortir des ténèbres, de tomber dans le vide pour s'écraser sur les rochers tranchants, au bas de la falaise.

Pour Beatrice, ces cavernes n'avaient pas de secrets. Mais, si elle voulait tirer profit de cet avantage, encore fallait-il qu'elle reste en vie et parvienne à se libérer de ses liens.

— Dites-moi, Lady Emelina, êtes-vous sa sœur ?

— La sœur de Charles ? Non, je suis sa cousine.

Voilà qui expliquait pourquoi ils ne possédaient pas suffisamment de traits communs pour que la ressemblance fût frappante. Mais un mystère demeurait.

— Pourquoi ne vous avais-je jamais rencontrée ? J'ignorais jusqu'à votre existence !

— Contrairement à vous, nous ne sommes apparentés que de loin à la royauté. Entre Lady Mathilde et Étienne de Blois, nous avons donc été forcés de prendre parti. Pour garantir la survie d'une partie au moins de la famille, nous nous sommes séparés : mes parents ont choisi la Normandie, tandis que ceux de Charles sont venus en Angleterre. Depuis, nos échanges n'ont été que peu fréquents, ne serait-ce que par prudence.

Beatrice ne fut pas surprise par ce récit : de nombreuses familles avaient effectué le même choix. Toutes espéraient qu'un jour ce conflit prendrait fin, et qu'elles pourraient être à nouveau réunies.

— Pourquoi suis-je ici ? demanda-t-elle pour les faire parler.

Son but était d'occuper suffisamment leur attention pour qu'ils ne remarquent pas à quoi ses mains s'affairaient dans son dos. Le sol de la grotte était jonché de tessons de poteries et de fragments de pierre. Grattant la terre derrière elle, elle en chercha un qui pût servir à trancher les liens qui entravaient ses poignets.

— Pour que vous regardiez votre mari mourir ! répondit Charles en apparaissant dans la lumière que projetait la torche, accompagné d'un deuxième homme.

Beatrice n'était aucunement surprise de le voir. En effet, qui d'autre que lui pouvait l'avoir assommée ?

— Je croyais pourtant que Gregor était votre ami, observa-t-elle en se tournant vers Lady Emelina.

Et même un ami cher, d'après son souvenir.

Ses mains se refermèrent alors sur un caillou coupant qu'elle retourna entre ses doigts pour le frotter lentement contre la corde.

La femme éclata de rire.

— Ce chien galeux ? dit-elle avec un frisson. En aucun cas ! Il n'a été pour nous qu'un instrument. Et il a fort bien rempli son rôle.

Un chien galeux ? Son époux n'avait rien d'un chien et il n'était certainement pas galeux. Prise d'un vertige, Beatrice inspira profondément. Son couteau de fortune glissa entre ses doigts, entaillant sa paume. *Ne l'écoute pas.* Elle devait garder la tête froide, et ne pas se laisser distraire par des détails sans importance.

— Un instrument ? Pour obtenir quoi ?

— Des navires. Des hommes, répondit Charles.

— Pourquoi avez-vous besoin de navires et d'hommes ?

— Pour quelle raison votre famille serait-elle la seule à bénéficier de richesses que mon père a contribué à créer ? répliqua-t-il en s'accroupissant devant elle.

À sa connaissance, le père de Charles, Lord Wardham, n'avait rien fait d'autre que de prêter au sien de quoi acheter les matériaux pour bâtir son premier vaisseau. Après cela, il n'avait voulu prendre aucune part aux travaux de préparation et de construction. Mais à ce moment précis Beatrice n'était guère en position de contredire Charles.

— Vous avez donc fait tout ceci pour des bateaux et des hommes ? Vous avez pourtant brûlé trois navires dont vous auriez pu vous emparer !

— L'incendie n'a pas été déclenché dans le but de les détruire. On m'avait informé que Lord Gregor se trouvait à bord de l'un des deux plus gros bâtiments. Il était censé périr dans les flammes. Nous ne nous doutions pas le moins du monde qu'il était en train de se donner du bon temps avec sa putain, bien à l'abri dans un cottage !

Ne l'écoute pas. Ne l'écoute pas ! se répétait-elle en silence. Elle ne pouvait pas se permettre de laisser ses ennemis la détourner de sa tâche, ni d'éveiller chez eux le moindre soupçon.

— Voilà pourquoi il doit mourir, poursuivit Charles en lui caressant la joue. Il s'est suffisamment interposé entre nous. Aussi, lorsqu'il viendra à votre secours — car nous savons tous deux qu'il le fera —, nous le prendrons par surprise, et nous l'abattrons sous vos yeux comme un chien, ainsi qu'il le mérite. Mais n'ayez crainte, Beatrice : vous ne tarderez pas à le rejoindre dans la mort.

L'homme semblait avoir, en partie du moins, recouvré ses

facultés mentales. Voilà qui était rassurant : il ne tenterait certainement rien contre elle avant l'arrivée de Gregor.

Malgré tout, il se trompait : si quelqu'un devait être abattu comme un chien enragé, c'était à n'en pas douter lui, et non son mari.

Gregor lui avait donné à maintes reprises l'occasion de disparaître, mais chaque fois il était revenu pour s'attirer de nouveaux ennuis. Comment Beatrice avait-elle pu songer à épouser cet homme ? Elle ne comprenait toujours pas comment elle avait pu se tromper à ce point sur son compte.

— C'est bien simple, reprit Lady Emelina. Nous cherchons tous deux à nous venger. Une fois Roul mort, il ne pourra plus jamais s'immiscer dans notre vie, ni dans celle de personne d'autre.

— S'immiscer dans votre vie ? Je croyais qu'il était venu à votre secours.

— Je n'avais aucunement besoin d'être secourue, répliqua la femme avec une moue dédaigneuse. Cet idiot a pris pour une attaque ce qui n'était qu'un jeu amoureux. Après cela, j'ai eu beau supplier le comte Souhomme, il n'a plus jamais consenti à revenir dans mon lit. Me voilà aujourd'hui fiancée à un homme sans titre et sans fortune. Roul a détruit ma vie, et j'ai bien l'intention de lui rendre la monnaie de sa pièce. Ce n'est que justice !

C'est alors que le dernier brin de corde céda. Beatrice joignit aussitôt les mains dans le dos pour empêcher ses bras de glisser le long de son corps. Elle n'était pas de taille à lutter contre trois personnes, mais elle pouvait attendre. Et avertir son époux avant qu'il ne tombe dans ce guet-apens.

Toutefois, elle espérait qu'il ne tarderait pas trop à arriver : le sang chaud qui coulait sur ses mains semblait indiquer que sa coupure était plus profonde qu'elle ne l'avait soupçonné. La blessure lui causait à présent une douleur lancinante.

Beatrice n'avait pas l'intention de mourir prisonnière de Charles, en se vidant de son sang au fond d'une grotte. Surtout pas maintenant. Car elle en était convaincue désormais : elle avait trouvé celui qu'elle voulait pour époux. Et peu lui importait que leur mariage ait été arrangé. Aujourd'hui, elle avait la vie devant elle.

Un mince rayon de soleil filtrait encore par l'entrée de la caverne lorsqu'elle entendit un bruit. Malheureusement, ses trois ravisseurs l'entendirent également.

Charles tendit un poignard à Lady Emelina et lui fit signe de surveiller Beatrice tandis que le deuxième homme et lui se postaient de chaque côté de la galerie.

Sans doute la femme n'était-elle guère habituée aux armes car, lorsqu'elle se campa devant Beatrice, celle-ci remarqua qu'elle tenait le couteau à l'envers. Si Lady Emelina voulait réellement la blesser, ce n'était pas ainsi qu'elle y parviendrait. Cette erreur était une chance inespérée : il serait ainsi bien plus facile de la surprendre et de lui arracher le poignard, le moment venu.

Un cliquetis d'éperons et de cottes de mailles accompagné de bruits de bottes annonça l'arrivée d'hommes armés. Beatrice gardait les yeux fixés sur Charles. Il serait le premier à réagir, le premier à passer à l'acte.

Dans la lumière vacillante de la torche, elle le vit se pencher en avant, la tête rentrée dans les épaules, prêt à se précipiter sur les arrivants.

— Un à gauche, un à droite ! cria-t-elle aussitôt en se jetant sur Lady Emelina.

Celle-ci se débattit comme un animal sauvage, agitant aveuglément son poignard, donnant des coups d'ongle de sa main libre. Elle la força à reculer le long d'une des galeries.

Dans l'obscurité de plus en plus épaisse, Beatrice marmonna rapidement une prière pour ce qu'elle s'apprêtait à faire. Dès qu'elle sentit sous ses pieds l'amorce d'une pente, elle commença à compter ses pas tout en se protégeant contre les coups d'Emelina. Au bout de trente, elle accéléra l'allure, se retourna et se mit à courir vers le son du vent. Elle en compta encore vingt avant de se jeter contre la paroi de la grotte.

Lady Emelina fut prise au dépourvu. Emportée par son élan, elle esquissa un pas de trop… et disparut à tout jamais.

L'écho de ses hurlements résonna dans le tunnel, de plus en plus faible.

— Beatrice ! cria Gregor.

— Je suis là ! Attendez-moi, je viens vers vous !

Toujours plaquée contre la paroi, Beatrice ne songeait qu'à une chose : il ne devait à aucun prix tenter de la rejoindre. En empruntant à son tour le passage, il risquait de subir le même sort qu'Emelina et de tomber dans le vide. Si l'on n'était pas aspiré par la force du vent qui soufflait furieusement à l'entrée de la grotte, le surplomb, trompeur, risquait fort de se révéler fatal. Le temps de comprendre que le sol ne s'étendait pas aussi loin que les parois, il était déjà trop tard.

— Je suis ici !

Guidée par le son de sa voix, elle avança à tâtons. Dès que leurs mains se touchèrent, il l'empoigna pour l'attirer contre sa poitrine.

— Êtes-vous indemne ?

À présent qu'elle était hors de danger, elle tremblait comme une feuille.

— Non. Je me suis entaillé la paume avec une pierre.

— Nous devons vous faire sortir d'ici au plus vite.

— Marchez dos au vent, lui suggéra-t-elle comme il hésitait.

Gregor se tourna pour emprunter le passage qui menait à la grotte principale.

Là, elle découvrit Charles et son compagnon gisant à terre, tous deux blessés mortellement à la poitrine. Son père et Sir Simon se tenaient près de leurs corps, l'arme encore à la main.

Sous les pieds de Beatrice, le sol de terre battue se mit à onduler comme une mer agitée par des vagues tempétueuses. Bientôt, elle trébucha, incapable de rester debout sur cette surface mouvante.

— Gregor, je… Gregor…

Un cri retentit vaguement à son oreille en même temps qu'elle sentait un bras retenir son dos et l'autre ses jambes vacillantes. Blottie contre son torse, elle se laissa emporter.

*
* *

Lorsqu'elle revint à elle, Beatrice était étendue sur un lit.

— Lady Roul, m'entendez-vous ?

Elle fronça les sourcils. À qui cet inconnu s'adressait-il ?

— Beatrice, m'entendez-vous ? demanda Gregor.

— Oui, je vous entends, répondit-elle en ouvrant les paupières.

Tout était noir autour d'elle. Les battements de son cœur s'accélérèrent, et elle suffoqua.

— Je ne vous vois pas !

Affolée, elle voulut lever le bras, mais quelque chose le retenait et elle eut la sensation qu'on lui plantait une lame dans la paume. Elle tenta de se débattre pour se redresser, mais des mains puissantes lui plaquèrent les épaules contre le matelas.

— Arrêtez. Vous êtes en sécurité.

Le lit tangua tandis que quelqu'un s'asseyait à ses côtés.

— Tout va bien, affirma Gregor. Attendez, je vais enlever le linge.

Le tissu humide qui pesait sur son visage se souleva, et elle dut cligner des yeux pour ne pas être aveuglée par la vive lumière de la torche. Elle reconnut le cottage de la sage-femme, mais pas l'homme qui était assis à côté du lit. Un pied bandé posé sur le bord du matelas, il était en train de suturer une vilaine plaie sur la paume de sa main.

— Je vous présente Sir Matthew, lui dit Gregor en esquissant un signe de tête en direction de l'inconnu. C'est le chirurgien de Lady Mathilde. J'ai pensé qu'il valait mieux faire appel à lui pour recoudre votre plaie. Votre père ou moi n'aurions guère été doués pour cette tâche.

Comme elle regardait le pied de l'homme, celui-ci éclata de rire.

— Je me le suis cassé en tombant du pont supérieur du navire, expliqua-t-il avant de se pencher près d'elle pour ajouter à mi-voix : j'ai dû réparer l'os moi-même. Et je dois avouer que j'ai souffert !

Beatrice s'esclaffa à son tour jusqu'à ce qu'une vive douleur à la tête lui arrache une grimace.

— Je vous conseille d'éviter ce genre de manifestation de bonne humeur pendant un jour ou deux, dit Sir Matthew. Avec le coup qu'ils vous ont asséné, vous auriez pu avoir le crâne brisé !

Un rire tonitruant qu'elle connaissait bien résonna alors dans le cottage.

— Nous avons toujours su qu'elle avait la tête dure, déclara son père. Nous en avons maintenant la preuve !

— Randall, cesse de la tourmenter !

— Mère ?

— C'est moi, ma chérie.

Sa mère s'approcha pour s'asseoir de l'autre côté du lit. Penchée au-dessus d'elle, elle écarta une mèche de cheveux de son visage.

— Et je te rappelle que Lady Roul, c'est toi.

— Oh ! c'est vrai !

Après avoir cousu le dernier point, le chirurgien coupa le fil.

— Cela risque d'être douloureux pendant un certain temps, prévint-il en enveloppant sa main d'une bande de tissu. Je vous suggère de patienter avant de manier à nouveau l'épée. Il faut attendre que la plaie ait cicatrisé.

— Cela ne me contrariera aucunement : je n'ai pas pour habitude de croiser le fer !

— J'ai du mal à le croire, madame. Je sais que ce n'est pas pendant une séance de couture que vous vous êtes blessée de la sorte. Et l'on m'a rapporté que vous vous étiez tirée d'affaire admirablement, sans avoir besoin d'aucun secours. Est-il vrai que vous vous êtes servie d'une pierre ?

— Je n'avais rien d'autre à ma disposition.

— Hum. Reposez-vous, à présent.

L'homme se tourna ensuite vers son père.

— Si vous voulez bien faire venir mes assistants pour qu'ils m'aident, je vais regagner le bateau. Je reviendrai voir votre fille demain.

La mère de Beatrice tendit le bras au-dessus du lit pour toucher l'épaule de Gregor.

— Rentrez au fort. Ôtez votre armure et occupez-vous de vos hommes. Je resterai auprès d'elle jusqu'à votre retour.

— Je ne serai pas absent longtemps, promit-il à Beatrice en déposant un baiser sur son front. Voulez-vous que je vous rapporte quelque chose ?

Beatrice tira sur l'étoffe de sa robe.

— D'autres vêtements, répondit-elle avant de porter une main à ses cheveux. Oh non, le diadème !

— Il n'est pas perdu, dit-il en lui caressant la joue. Je l'ai trouvé sur une marche de l'escalier qui mène aux geôles.

Une fois les hommes partis, Beatrice poussa un soupir. Elle chercha une position confortable, mais en vain : quoi qu'elle fasse, son corps courbaturé la faisait souffrir.

Mais sa mère eut tôt fait de la distraire de ses douleurs.

— Je crois que nous avons un problème, lui souffla-t-elle.

— Ne dites pas cela !

— Ton père et Gregor manigancent quelque chose, et cela ne me plaît pas.

— Que pourraient-ils bien manigancer ? demanda-t-elle, perplexe.

— Je ne sais pas. C'est bien ce qui m'inquiète. Je les ai vus se parler à voix basse comme deux jeunes garçons qui préparent un mauvais coup.

Beatrice s'assombrit. Si l'exécuteur des hautes œuvres de Henri Ier et le Loup du roi David complotaient ensemble, cela n'augurait rien de bon.

Chapitre 17

Réveillé par le cri strident de Beatrice, Gregor se redressa brusquement dans le lit. Dans son sommeil, elle luttait contre un ennemi imaginaire. Une fois de plus. Il avait laissé une lampe à huile brûler dans la chambre dans l'espoir que cela atténuerait ses cauchemars, mais cette précaution n'avait servi à rien.

— Beatrice, dit-il en la secouant doucement pour l'arracher à ses visions terrifiantes. Réveillez-vous !

Aussitôt, elle se jeta contre sa poitrine.

— Je l'ai tuée ! s'écria-t-elle en sanglotant.

C'était la même plainte que la veille et la nuit d'avant. Comment lui faire comprendre que la mort de Lady Emelina avait été inévitable ?

— Arrêtez ! Beatrice, c'était elle ou vous. Vous étiez blessée, votre main était en sang : vous n'aviez aucun moyen de vous défendre. Que pouviez-vous faire d'autre ?

Depuis cette scène funeste dans la grotte, elle avait à peine trouvé le sommeil. La première nuit dans le cottage avait été atroce. Ses parents avaient donc consenti sans peine à occuper la petite maison pour la laisser regagner sa chambre. Peut-être ce lieu familier apaiserait-il quelque peu ses angoisses, avaient-ils espéré. Mais il n'en avait rien été.

Gregor avait le cœur serré devant son regard cerclé de noir que la peur ne quittait plus. Il ne savait comment l'aider et détestait la voir trembler, horrifiée par le souvenir qui la hantait sans répit, même la nuit.

— Je l'ai conduite à la mort. Sciemment.

— Elle vous poursuivait, un poignard à la main. Pensez-vous qu'elle aurait hésité à s'en servir contre vous ?

— J'aurais dû rester dans la grotte au lieu de l'entraîner dans la galerie.

— Vous avez suivi votre instinct, ce qui vous a probablement sauvé la vie, répondit-il en la berçant dans ses bras tout en lui caressant les cheveux. Ce qui est fait est fait, Beatrice.

— J'ai commis un grave péché, murmura-t-elle, si bas qu'il l'entendit à peine.

— Avez-vous parlé à votre prêtre ?

— Oui.

Lui-même s'était déjà entretenu avec le père Peter. Il savait donc que celui-ci s'était efforcé de lui expliquer qu'elle n'avait agi que pour se défendre. Par conséquent, il ne s'agissait pas d'un crime. En désespoir de cause, le prêtre lui avait imposé une pénitence avant de lui donner l'absolution.

— Et que pense-t-il ?

— Il a affirmé que ce n'était pas un meurtre.

— Mais vous ne l'avez pas cru. Même s'il vous a accordé le pardon pour ce péché imaginaire.

Elle secoua la tête.

— Oh ! Beatrice, qu'allons-nous faire de vous ? Je vous en prie, dites-moi comment je peux vous aider.

Il parlait sérieusement. À cet instant, il était capable de tout pour venir à bout de la peur qui la rongeait et lui permettre de retrouver la paix.

Comme elle gardait le silence, il tenta autre chose.

— Dommage que vous ne fassiez pas partie de mes troupes, observa-t-il comme s'il songeait à voix haute. J'aurais alors pu vous réserver le même sort qu'au garde responsable de la fuite de Charles. À l'heure qu'il est, tout serait terminé.

Beatrice s'écarta de lui pour le regarder.

— Le garde n'y était pour rien !

— Je ne suis pas de cet avis. Si son compagnon et lui ne

s'étaient pas laissé distraire par Lady Emelina, tous deux seraient encore en vie à l'heure qu'il est, et vous n'auriez pas été blessée.

— Encore en vie ? Vous voulez dire que vous l'avez exécuté ?

— Qu'allez-vous imaginer ? demanda-t-il, indigné par cette question. Bien sûr que non ! Mais désormais il a moins de responsabilités que mon écuyer.

— Ce n'est pas juste !

— Juste ? Pourquoi devrais-je être juste ? C'est un garde, et je suis son seigneur. Je lui ai donné un ordre, ordre qu'il s'est montré incapable de suivre. Par sa faute, plusieurs personnes sont mortes ou ont été blessées. On ne se fait pas pardonner une telle erreur avec de simples excuses. Qu'il s'estime heureux d'avoir conservé sa place !

Beatrice s'étendit à nouveau dans le lit. À sa façon de renifler, Gregor devina qu'elle retenait ses larmes. Il la regarda : la tristesse et la peur se lisaient sur son visage. Quant à lui, il était à bout de patience.

— Je vais chercher à boire. Puis-je vous rapporter quelque chose ?

Pour toute réponse, elle secoua la tête.

Gregor soupira. Jamais il ne s'était senti aussi désarmé.

— Je serai de retour bientôt, promit-il en lui tapotant l'épaule.

Lorsqu'il quitta la chambre, il savait fort bien qu'elle ne se rendormirait pas tant qu'elle resterait seule. Par chance, il aperçut Almedha dans la grande salle et il lui demanda d'aller lui tenir compagnie. Il avait besoin d'un moment de solitude pour réfléchir, tenter d'y voir clair et calmer la colère qui le rongeait. Car cette situation le rendait furieux. Et, il devait bien l'admettre, l'attitude de Beatrice ne faisait qu'ajouter à son courroux.

Comment faire pour qu'elle comprenne son erreur, comment la raisonner ?

Comme Simon inclinait la tête en le voyant, il s'approcha de lui.

— Ses cauchemars continuent à la tourmenter ? demanda-t-il en lui tendant un pot rempli de vin.

— Oui.

— Et naturellement tu lui as expliqué qu'elle n'était pas responsable de la mort de cette femme.

— Oui, répondit encore Gregor.

— Lady Roul réagit donc exactement de la même manière que son époux.

— Quoi ? rugit Gregor en passant une main sur son front brûlant.

— Elle n'est pas plus coupable de la mort de Lady Emelina que tu ne l'es de celle de Sarah.

Même si la plupart des hommes qui les entouraient étaient endormis, Gregor n'avait guère envie d'évoquer sa première femme ni sa propre personne au milieu de la salle bondée. D'un signe, il invita son capitaine à le suivre dans sa chambre.

Mais une fois la porte refermée derrière lui, Simon aborda un autre sujet.

— Lui as-tu parlé de ce qui va arriver demain ?

— Non. Il m'a semblé plus prudent de ne rien lui dire.

— Et quand elle découvrira ce qui se passe ?

— Je crois que c'est à toi qu'il revient d'éloigner les femmes du champ de bataille, répondit Gregor avec un sourire.

— Tu es donc certain que les choses en arriveront là ?

— Serais-tu prêt à renoncer à tout cela sans lutter ?

— Non, reconnut l'officier en secouant la tête.

— Moi non plus.

Après avoir avalé une gorgée de vin, il rendit le pot à Simon.

— Va te coucher. Je crois que je vais passer la nuit ici.

Une fois son compagnon parti, Gregor posa lourdement les pieds sur la table de travail. Demain aurait lieu l'affrontement tant redouté entre FitzHenry et lui. Alors enfin, il découvrirait à quel point Beatrice tenait à son mariage avec le Loup de David Ier.

Ils auraient dû passer cette nuit ensemble, car ce serait sans doute la dernière qui leur serait donnée avant longtemps. Mais ses caresses ne parviendraient pas à distraire son épouse des affres dans lesquelles elle se débattait, et il savait qu'ensuite elle dormirait d'un sommeil agité. Non, cette nuit ne serait pas différente des deux précédentes. En outre, il devait prendre du repos avant le lever du soleil. Pour se mesurer au père de Beatrice, il aurait besoin de toutes ses facultés.

Mais au lieu de gagner son lit Gregor resta assis en silence. Au bout d'un long moment, il laissa échapper un juron et se leva en repoussant la table. Non, il ne passerait pas cette nuit sans elle.

Lorsqu'il pénétra dans leur chambre, Almedha posa un index sur ses lèvres avant de quitter la pièce. Beatrice s'était endormie.

Après avoir ôté ses vêtements, Gregor resta debout à côté du lit à la contempler. Les sourcils froncés, elle marmonnait dans son sommeil. Il aurait voulu caresser son front pour apaiser ses tourments, mais il craignait de la réveiller.

À sa grande surprise, elle ouvrit les yeux.

— Que faites-vous ?

— Je vous regarde dormir.

— Couchez-vous auprès de moi, dit-elle en rabattant les couvertures.

Comme il se glissait sous les draps, elle se tourna sur le côté pour se lover contre lui, le dos contre son torse.

Elle venait à lui si facilement ! Que ne pouvait-elle lui accorder la même confiance lorsqu'il s'efforçait de la convaincre de son innocence ? Son esprit s'obstinait à lui résister quand son corps s'abandonnait à son étreinte sans la moindre hésitation.

L'enveloppant d'un bras, il la serra contre lui. Aussitôt, elle entrelaça ses doigts avec les siens avant de les porter à ses lèvres.

— Merci.

— Pourquoi donc ? demanda Gregor en approchant sa tête pour murmurer à son oreille. Je n'ai rien fait.

— Pour votre patience.

Si elle avait su à quel point il enrageait de se sentir aussi impuissant !

— Comment avez-vous fait pour le supporter ? l'interrogea-t-elle.

— Supporter quoi ?

Beatrice était si douce et chaude contre lui que son désir se faisait de plus en plus impérieux. Il lui était difficile de rester attentif à ses paroles.

— De tuer un homme pour la première fois.

— Beatrice !

Jamais il n'aurait dû avoir une telle conversation avcc son épouse. Il était censé la protéger. Au lieu de cela, il l'avait laissée en proie à un danger si grand qu'elle avait été contrainte de verser le sang pour se défendre.

Ce qui l'agaçait le plus, c'était qu'elle avait vu juste, du moins dans une certaine mesure. Lui aussi avait compris que Lady Emelina manigançait quelque chose. Mais, comme son épouse, il avait cru qu'elle le voulait dans son lit. Aucun indice ne lui avait permis de deviner que la véritable intention de l'intrigante était de le tuer, lui ou quiconque se mettrait en travers de son chemin.

Gregor s'écarta légèrement de manière à faire basculer sa femme sur le dos.

— Beatrice, je suis désolé. Cela n'aurait jamais dû arriver.

— Ce n'est pas votre faute.

— Si. Je savais que vos soupçons étaient fondés. Mais, moi aussi, je m'imaginais que Lady Emelina voulait tout autre chose.

Son épouse leva les yeux vers lui, un léger sourire aux lèvres.

— Et moi qui pensais que vous étiez trop naïf pour comprendre qu'une femme essayait de vous séduire !

Gregor éclata de rire.

— Oui, c'est tout moi. L'innocence et la naïveté incarnées !

D'un doigt, elle suivit la ligne qui courait de son épaule à la naissance de son cou.

— Vous n'avez toujours pas répondu à ma question.

— La première fois que j'ai tué un homme ? Cela s'est passé au cours d'une bataille. C'était lui ou moi.

— C'est aussi simple que cela ? demanda-t-elle tandis que son doigt descendait jusqu'au milieu de son torse.

— Oui. Il s'agit de choisir entre la vie et la mort, rien de plus. Et je préfère de loin la vie.

— Moi de même, mais je ferais une piètre guerrière.

— Bien au contraire. Le choix est simple, certes. Mais donner la mort n'a rien de facile. Ce n'est pas censé être facile, Beatrice. Fort heureusement ! Si l'on cesse d'éprouver du remords ou de la culpabilité après avoir pris une vie, c'est que l'on est devenu un monstre. Je ne voudrais pas d'un soldat qui tuerait sans états d'âme.

Beatrice l'écoutait, le front plissé. Et lorsque enfin il vit son visage se détendre il en éprouva un immense soulagement.

— Gregor ?

— Oui ?

— Vous m'avez dit un jour que je pouvais vous demander tout ce que je voulais. Est-ce encore le cas ?

— Cela n'a pas changé.

— Si la mort de Lady Emelina ne doit pas peser sur ma conscience, pourquoi celle de Sarah pèse-t-elle toujours sur la vôtre ?

C'était une question délicate. Simon lui-même la lui avait posée à demi-mot, ce qui n'avait pas manqué de l'agacer. Pourtant, venant de Beatrice, cette demande ne l'importunait pas. C'était même la première fois qu'il n'avait pas le cœur serré en abordant ce sujet.

— Je ne sais pas, Beatrice. J'étais jeune et j'avais de grands espoirs pour elle et moi, pour l'avenir que nous devions avoir ensemble. J'étais bien loin de m'imaginer qu'elle pourrait commettre un acte aussi fou, aussi terrible, en découvrant qui j'étais.

— Peut-être était-elle trop fragile et craintive pour agir de manière rationnelle ?

— C'est possible.

C'était plus que possible : c'était probablement vrai.

— Je crois que Charles était comme cela, lui aussi. Il semblait tout faire pour attirer la mort, ces derniers temps. C'était comme s'il voulait périr sous votre épée.

— En effet. Il paraissait incapable de se conduire de manière sensée.

— Pensez-vous que Lady Emelina m'aurait tuée si elle en avait eu l'occasion ?

Gregor était heureux qu'elle ait ramené la conversation sur ce sujet, cessant ainsi de l'interroger sur sa première femme. D'une certaine manière, la simplicité de son raisonnement avait commencé à alléger la souffrance qui couvait en lui depuis tant d'années. Mais il lui faudrait encore du temps pour accepter l'idée que, peut-être, Sarah avait commis l'irréparable par faiblesse, et qu'il n'était pas responsable de sa mort.

— Dès lors qu'elle savait que tout était perdu, oui, je suis certain qu'elle n'aurait pas hésité à le faire.

Mais à cet instant il était surtout convaincu que c'était elle qui allait le tuer si elle continuait à effleurer ainsi son ventre du bout des doigts.

— Gregor ?

— Oui ?

Se tournant sur le côté, elle posa la main sur son sexe tendu et le caressa.

— Pensez-vous que nous pourrions… ?

Sans lui laisser le temps d'achever sa question, il la poussa doucement pour l'allonger sur le dos et vint se nicher entre ses cuisses. Lorsqu'elle enroula les jambes autour des siennes pour l'attirer vers elle, il sut, sans l'ombre d'un doute, qu'il avait bien compris ce qu'elle voulait.

Ce qu'il n'avait pas soupçonné, en revanche, c'était l'urgence de son désir. À la façon dont elle serrait son poignet de sa main indemne, enfonçant ses ongles dans sa peau, il sut qu'elle n'avait aucune envie de faire durer l'attente. Non, elle le voulait tout de suite.

Gregor la cueillit dans ses bras avant de se coucher sur le dos. Lorsque Beatrice s'assit sur lui, il faillit éclater de rire devant ses yeux étonnés. Mais sa surprise eut tôt fait de s'estomper tandis qu'elle apprenait peu à peu à maîtriser cette nouvelle position. D'abord maladroite, elle trouva rapidement le rythme qui lui convenait.

Mais Gregor ne voulait pas perdre une occasion de l'exciter davantage. Il commença à caresser ses jambes, traçant du bout des doigts un chemin imaginaire en haut de ses cuisses, effleurant sa peau douce du genou jusqu'au flanc.

Pas un instant il ne cessa de contempler son visage. Il scrutait la moindre de ses expressions, de l'étonnement à la détermination, puis à la malice, lorsqu'elle se mit à le tourmenter en adoptant la cadence qui redoublait son plaisir. La main entre ses cuisses, il guetta son regard ardent sous les paupières soudain lourdes.

Quand le désir se mua en un besoin irrésistible, il agrippa ses hanches pour l'immobiliser tandis qu'ensemble ils se laissaient emporter par un torrent de volupté. Beatrice retomba contre son torse en gémissant, mêlant son souffle haletant au sien.

Le corps détendu, tout juste agité par les derniers frissons du plaisir, ils s'abandonnèrent à un demi-sommeil. Gregor tira la couverture sur eux. Beatrice reposait toujours, chaude, contre sa poitrine. Alors qu'il la croyait endormie, elle leva la tête pour approcher la bouche de son oreille.

— Je vous aime, Gregor, murmura-t-elle, son souffle tiède contre son cou.

Pour toute réponse, il lui caressa les cheveux en la serrant fort dans ses bras. Si seulement il avait pu prononcer les mots qu'elle attendait !

Mais il en était incapable. Une fois le soleil levé, il allait prendre un risque immense. Il n'était pas prêt à mettre son cœur en jeu également.

Beatrice quitta son étreinte, mais, à son grand soulagement, ce ne fut que pour s'allonger contre lui en pressant ses hanches rondes et pleines contre son bas-ventre, le dos contre sa poitrine, la tête sous son menton.

Comme elle l'avait fait toutes les nuits où ils avaient dormi ensemble, elle glissa un pied entre ses chevilles et prit son bras en guise d'oreiller. Il entoura sa taille de l'autre bras, qu'elle enlaça tendrement.

Gregor se sentait si bien dans sa chaleur. Il avait l'impression d'être… à sa place. Cette nuit, il dormirait d'un sommeil profond et réparateur. Lorsqu'il ne partageait pas son lit, il se réveillait encore fatigué, comme s'il lui manquait quelque chose.

Était-ce de l'amour ? Il l'ignorait. Mais ce dont il était certain, c'était qu'à cet instant cette femme effrontée et audacieuse n'appartenait qu'à lui.

Beatrice laissa échapper un gémissement. Un bruit agaçant menaçait de la réveiller. Pourtant, elle refusa de céder à l'envie d'ouvrir les yeux. Non : elle se sentait enfin vivante et reposée, et rien ne l'empêcherait de profiter de cette nouvelle sensation. La nuit avait été délicieuse : elle avait dormi tout contre Gregor sans être tirée une seule fois du sommeil par ses cauchemars terrifiants.

Elle tendit le bras pour le toucher. Ne trouvant qu'une place vide et des draps froids, elle se résolut à soulever les paupières et constata avec contrariété que le jour était à peine levé. Pourquoi donc était-il parti si tôt ?

C'est alors qu'elle entendit distinctement le fracas métallique d'épées qui s'entrechoquaient. Brusquement, elle s'assit dans le lit, inquiète.

À nouveau, le cliquetis des lames retentit. Beatrice se tourna dans la direction d'où provenait le son. Cette fois, au bruit des armes s'ajoutèrent les acclamations et les huées d'une foule d'hommes.

— Beatrice ! cria sa mère en faisant irruption dans la chambre. Vous entendez cela ?

L'angoisse au ventre, elle bondit hors du lit et se dirigea vers l'étroite fenêtre. Elle manqua s'effondrer devant le spectacle qui s'offrait à elle.

Ses oreilles ne l'avaient pas trompée : en effet, un combat était en train de se dérouler dans la clairière.

Devant les grilles de la forteresse, deux groupes s'étaient

formés : les hommes de Warehaven d'un côté, ceux de Roul de l'autre. Lady Mathilde était également présente. Entourée de ses gardes, elle se tenait à l'entrée d'une tente érigée un peu plus loin.

Entre les deux attroupements s'affrontaient deux guerriers en armes vêtus de cottes de mailles. Beatrice n'eut besoin de personne pour deviner que l'un était son père, et l'autre son époux.

— Que se passe-t-il ? demanda-t-elle à sa mère en lui agrippant le bras.

— Ce qui devait arriver un jour ou l'autre.

— Mais je croyais…

Beatrice ne se donna pas la peine de terminer sa phrase. De toute évidence, elle s'était trompée. Malgré l'entente qui semblait régner entre les deux hommes, rien n'avait été résolu.

— Sont-ils obligés de régler la chose de cette manière ? Ne pouvons-nous rien faire ?

Ce n'est que quand sa mère tourna son regard vers elle qu'elle remarqua ses yeux rougis. Non, il n'y avait plus rien à faire. Sans doute s'était-elle efforcée, en vain, de dissuader son père de livrer ce combat pour Warehaven.

Quant à Gregor, il s'était habilement arrangé pour ôter à Beatrice toute possibilité d'en faire autant avec lui.

Les yeux fermés, elle maugréa entre ses dents. Il avait si bien réussi à la distraire qu'elle était allée jusqu'à lui avouer ses sentiments. Comment avait-elle pu se montrer aussi sotte ?

Oui, elle s'était rendu compte qu'elle aimait son époux. Mais c'était une révélation qu'elle entendait garder pour elle seule, un secret qu'elle n'avait confié à personne. Une pensée qu'elle pouvait contempler, peser dans son esprit et chérir au plus profond de son cœur. Une idée qui n'existait pas vraiment. Mais le fait de la formuler à voix haute lui avait donné de la force, l'avait rendue réelle. Et cette force ne ferait qu'aviver sa douleur s'il devait arriver malheur à Gregor.

Un nouveau fracas de fers retentit, et sa mère sursauta avant d'enfouir son visage dans ses mains.

Beatrice jura à voix basse. Elle refusait de rester là sans rien faire.

Saisissant sa robe, elle l'enfila en hâte. Sans se préoccuper de vérifier si ses jupes tombaient bien droit, elle enroula une ceinture autour de sa taille et s'assit pour passer ses bas et ses chausses.

— Que fais-tu ?

— À votre avis, mère ? Je ne peux pas rester ici à me ronger les sangs. Je risquerais de perdre la raison !

— Ton père m'a interdit d'assister au combat.

— Personne ne m'a rien dit, à moi, rétorqua Beatrice en haussant les épaules.

Sans plus attendre, elle traversa la pièce en trombe et ouvrit la porte. À son grand étonnement, aucun garde ne surveillait l'entrée de sa chambre. Avant de sortir, elle se tourna vers sa mère.

— Restez ici si vous le souhaitez, déclara-t-elle. Mais moi, je dois aller là-bas. C'est plus fort que moi.

Chapitre 18

Beatrice ne voulut pas prendre le temps de descendre les escaliers et de traverser la grande salle pour se rendre sur le chemin de ronde. Elle gravit les marches du donjon, suivie de près par sa mère, dont les pas résonnaient derrière elle. Arrivée en haut, elle ouvrit la porte qui menait aux remparts. Mais on lui barra le passage.

— Puis-je faire quelque chose pour vous, Lady Beatrice ? lui demanda Sir Simon.

— Oui. Ôtez-vous de mon chemin.

— Je regrette, mais cela m'est impossible.

Après une profonde inspiration, Beatrice se redressa, leva le menton et rejeta les épaules en arrière.

— Écartez-vous, ordonna-t-elle.

L'officier la dévisagea un moment avant de s'adosser au mur pour la laisser passer.

— Restez sur les remparts, c'est bien compris, madame ? J'ai mes instructions.

— J'ai entendu, répondit-elle avec un hochement de tête.

— Ce n'est pas ce que je vous ai demandé. Me promettez-vous de rester sur les remparts ?

Le capitaine de Gregor commençait à bien la connaître. Trop bien.

— Oui, lança-t-elle avant de le dépasser en le frôlant.

Sa mère et elle s'arrêtèrent près de la tour porche. En

tournant la tête, Beatrice vit que Sir Simon les avait suivies et se tenait juste derrière elles.

Le souffle court, la peur au ventre, elle se pencha entre deux créneaux pour observer la scène. Sous ses yeux, deux guerriers exercés étaient en train de se livrer bataille.

Les deux hommes étaient de stature comparable, mais le père de Beatrice était légèrement plus corpulent, plus large de buste. Il avait aussi davantage d'expérience dans le maniement de l'épée, mais Gregor, la jeunesse aidant, était plus alerte.

Ni l'un ni l'autre ne gaspillait son énergie en mouvements superflus. Ici, les fers ne s'agitaient pas en tous sens : le moindre coup était réfléchi. Les deux combattants se tournaient autour, mais ne perdaient pas de temps en poses inutiles.

Soudain, Beatrice retint un cri : Gregor fondait sur son père. Aussitôt, celui-ci leva son bouclier pour se protéger et repoussa son adversaire en lui assénant un coup sur la tempe.

Beatrice plissa les yeux. Il y avait quelque chose d'étrange dans ce combat.

Ce fut alors au tour de son père de charger, et les mêmes mouvements se répétèrent : Gregor leva son bouclier pour parer le coup, repoussa son ennemi et, profitant d'un moment où celui-ci baissait sa garde, le frappa à la tête.

La mère de Beatrice se tourna vers elle, le visage perplexe.

Les deux hommes continuèrent à se battre de la même manière, attaquant et parant les coups tour à tour. Plus Beatrice les observait, et plus son sentiment se confirmait : il y avait quelque chose d'anormal dans ce combat.

Chaque fois que l'un des adversaires avait une occasion de mettre fin à l'affrontement, il s'abstenait de la saisir. Et, si les deux hommes semblaient se battre pour de bon, avec une réelle ardeur, certains détails continuaient à éveiller ses soupçons.

Tout d'abord, combien de fois son père lui avait-il répété que le nasal du heaume constituait le point faible de l'armure ? Il affirmait toujours que pour tuer un opposant, ou le mettre hors d'état de nuire, le meilleur moyen était d'empoigner fermement son épée pour l'abattre de toutes ses forces sur cette partie du casque.

Une fois brisée, l'étroite plaque de métal s'enfonçait irrémédiablement dans le visage de l'ennemi sous la violence du coup. S'il n'en mourait pas, le guerrier était suffisamment blessé pour que l'on puisse facilement l'achever, ou le désarmer afin de le faire prisonnier.

Chacun des adversaires avait eu deux ou trois occasions de porter ce coup fatal, mais aucun n'en avait profité.

La mère de Beatrice lui toucha le coude pour attirer son attention.

— Regarde, dit-elle à mi-voix.

Les deux hommes avaient déposé leur bouclier et luttaient maintenant corps à corps. Malgré la distance qui la séparait d'eux, Beatrice eut l'impression, à son grand étonnement, qu'ils se parlaient chaque fois qu'ils se trouvaient assez près l'un de l'autre.

Peut-être se trompait-elle, mais le juron que laissa échapper Simon dans son dos lui donna lieu de croire que ce n'était pas le cas.

Lorsqu'elle se tourna vers l'officier, elle comprit à sa mine renfrognée qu'il était loin d'approuver l'attitude de son seigneur.

Elle dirigea alors son regard vers sa tante. Si sa mère et elle étaient capables de deviner que le combat ne se déroulait pas normalement, Lady Mathilde le remarquerait aussi. Mais l'impératrice était en train de parler à une personne qui se trouvait à l'intérieur de la tente, et ne prêtait qu'une attention distraite à l'affrontement.

Beatrice se demanda ce que pensaient les hommes qui assistaient au spectacle, en bas dans la clairière. Ils semblaient y prendre un grand plaisir, comme ils l'auraient fait devant n'importe quel autre combat. Il n'y avait donc rien d'inhabituel de ce côté-là.

Pendant ce temps, les deux adversaires continuaient à se repousser mutuellement. Mais soudain Beatrice fut saisie d'horreur en voyant Gregor lever son épée à hauteur d'épaule pour la pointer sur la gorge de son père. Avant qu'elle n'ait le temps de crier, il enfonça profondément la lame dans sa chair.

Ce qu'elle avait pris pour une ruse s'était révélé une lutte mortelle. Son père s'effondra sur le sol tandis qu'une mare de sang s'étendait autour de lui. L'assemblée se tut aussitôt, les clameurs laissant place à un silence funèbre.

Gregor se dirigea vers Lady Mathilde et jeta son épée rougie à ses pieds.

Alors seulement, un hurlement sortit de la poitrine de Beatrice. Se précipitant vers l'échelle, elle dévala les barreaux, franchit les grilles du fort et traversa en courant le champ de bataille. Sans un regard autour d'elle, elle se rua sur Gregor pour lui marteler le torse de ses poings. Avec chaque coup, elle sentait son cœur se briser en éclats. Comme elle avait mal !

— Vous m'avez menti ! brailla-t-elle, indifférente aux curieux qui la dévisageaient. Combien de fois m'avez-vous dit que je devais vous faire confiance ?

Impassible, Gregor restait silencieux devant ses accusations.

— Vous êtes un menteur, Roul ! répéta-t-elle en hurlant à s'en briser la voix. Vous avez juré de me protéger, mais je ne suis pas en sécurité, je ne suis pas indemne ! Je ne vous ferai plus jamais confiance !

Comme il continuait à se taire, elle se mit à parler plus bas.

— Je me suis trompée. Je ne vous aime pas. Je ne pourrais jamais vous aimer.

Accablée de douleur, elle ne put retenir un gémissement.

— Je ne veux plus jamais vous revoir.

Posant les mains sur sa poitrine, elle le repoussa de toutes ses forces.

— Allez donc retrouver votre cher roi et laissez-moi seule ! Je n'ai pas besoin de votre protection et je ne veux plus de vos mensonges, ni des tortures que vous vous plaisez tant à infliger !

Le silence de Gregor la mettait hors d'elle. D'un geste furieux, elle arracha l'alliance à son doigt et la lui jeta au visage.

— Je vous déteste, Roul ! cria-t-elle. Je maudis le jour où

je vous ai rencontré ! J'aurais moins souffert si vous m'aviez laissée entre les griffes de Charles et de ses amis !

Sans se préoccuper des murmures étouffés de la foule, elle baissa la tête, incapable de continuer à regarder l'homme qu'elle avait épousé. Tout juste se rendit-elle compte que sa mère s'approchait pour lui prendre le bras.

— Viens avec moi, Beatrice. J'ai besoin de toi.

Sir Simon, James, Colin et Harold installèrent son père sur son bouclier pour le transporter jusqu'au fort.

Une seule fois, elle se retourna vers l'attroupement, qui était maintenant en train de se disperser. Gregor avait disparu. Où était-il ? Et pourquoi devrait-elle s'en soucier ? Elle lui avait ordonné de partir, et il s'était exécuté. Cela aurait dû la réjouir. Mais rien ne pourrait la réjouir avant longtemps.

Beatrice suivit sa mère dans le château, jusqu'à la chambre où elle avait passé la nuit dans les bras de son mari. La chambre où elle avait eu la bêtise de déclarer son amour à l'homme qui venait de détruire sa vie.

Un sanglot lui étrangla la gorge. Comment pourrait-elle continuer à vivre en sachant que c'était elle qui avait conduit le Loup de David à leurs portes ?

Mais elle devait se reprendre, lutter contre les tremblements qui secouaient son corps. Il lui fallait s'endurcir, devenir aussi froide et insensible que le guerrier qu'elle avait épousé. Sans cela, elle serait incapable d'affronter les jours à venir.

Debout dans l'embrasure de la porte, sa mère attendait que les hommes de Roul quittent la pièce. Dès qu'ils furent sortis, elle se précipita vers le lit où gisait son mari et lui asséna une tape sur l'épaule.

— Quelle mouche vous pique, femme ? Vous me faites mal ! Je suis tout de même blessé.

— Je ne sais pas ce qui me retient de vous blesser davantage ! Levez-vous pour que je puisse vous ôter cette armure.

Figée près de la porte, Beatrice les écoutait, muette de stupéfaction.

— Approche, ma fille, lui dit son père en esquissant un geste de la main. Viens aider ta mère.

Avait-elle rêvé ? Ce qu'elle avait vu de ses yeux n'était-il donc que le fruit de son imagination ? Prise de vertige, elle obéit en silence. Les mots lui manquaient ; trop de pensées se bousculaient dans son esprit.

Sous la cotte de mailles, son père portait une chemise rembourrée gorgée de sang. Le liquide écarlate continuait à s'écouler goutte à goutte de l'épaule. Tirant un poignard du fourreau qui pendait à la ceinture de son époux, sa mère se mit à tailler le vêtement trempé.

— Vous avez pris un risque insensé !

Après avoir découpé au moins trois pouces de l'étoffe, elle sortit du rembourrage un petit sac, qu'elle jeta sur le sol.

— Cochon, chèvre ou mouton ? demanda-t-elle à son mari en appuyant la tête contre son front.

— Poule, répondit-il sur un ton indifférent. C'est tout ce que nous avons pu attraper sans être vus.

Le regard de Beatrice alla de ses parents au curieux objet resté sur le sol. En le ramassant, elle comprit qu'il s'agissait d'une poche que l'on avait confectionnée avec l'intestin d'un animal avant de la remplir de sang.

De rage, elle chancela, mais retrouva aussitôt son aplomb pour jeter le sac à la tête de son père.

— C'était un stratagème ? Un mauvais tour joué à mes dépens ?

Sa mère la saisit par le bras et l'attira vers le lit avant de la forcer à s'asseoir sur le bord du matelas.

— Pas maintenant, Beatrice. Tâche de garder ton calme. Attends.

— Que j'attende ? s'écria-t-elle avant de prendre une profonde inspiration. Que j'attende ? Je viens de chasser mon mari parce que j'étais convaincue qu'il avait assassiné mon père ! J'ai renié Roul pour me ranger du côté des Warehaven, poursuivit-elle en lançant un regard noir à son père. Je ne peux pas revenir sur des paroles aussi graves ; des excuses ne suffiront pas ! Et vous voulez que j'attende ?

Beatrice s'interrompit un instant pour se tourner vers sa mère.

— Vous étiez au fait de leurs manigances ?

Incapable de rester assise plus longtemps, elle se leva d'un bond.

— Suis-je la seule à passer pour une imbécile dans cette affaire ?

Au visage rougi de son père, elle comprit qu'il était en train de perdre patience. Mais elle s'en moquait. Après tout, il venait de contribuer à anéantir toutes ses chances de bonheur. Il pouvait bien bouillir de colère si cela lui plaisait.

— Ma fille, asseyez-vous et écoutez-moi.

Après une hésitation, Beatrice consentit à prendre place sur le petit tabouret qui se trouvait près de l'alcôve.

— David Ier avait ordonné ma mort. Lady Mathilde le savait puisque c'est elle qui, furieuse devant mon refus de lui fournir les navires qu'elle voulait, lui avait demandé de me supprimer. Le roi a donc confié cette tâche à Gregor, l'un de ses Loups, certain qu'il s'en acquitterait sans discuter. Seulement voilà : Mathilde s'est ravisée.

La mère de Beatrice l'interrompit.

— Tu connais le caractère de ta tante : elle est prompte à s'enflammer, mais, quand il s'agit de son demi-frère, elle finit toujours par se radoucir. Lorsque ce moment est venu, il était trop tard pour annuler l'ordre du roi. Elle a alors suggéré à Gregor et à ton père de se concerter pour trouver une solution. Et c'est ce qu'ils ont fait.

— Toutefois, personne ne devait soupçonner ce que nous manigancions, et surtout pas les hommes qui devaient regagner la cour de David Ier. L'illusion devait être parfaite. Lady Mathilde n'a eu qu'une exigence : il fallait que le sang soit versé.

— Mais je n'ai pas précisé quel sang, ajouta l'impératrice en pénétrant dans la pièce.

Baissant les yeux, elle regarda le sac qui se trouvait encore sur le sol.

— Une fois l'affaire réglée, je me suis chargée de transmettre les documents nécessaires pour céder Warehaven à Gregor.

— Toutes les parties ont-elles signé ? s'enquit le père de Beatrice.

— Oui, affirma Lady Mathilde en hochant la tête. Même Étienne de Blois.

— Merci ! répondit-il avec un soupir de soulagement.

Beatrice savait que, depuis le règne de Guillaume Ier, aucun accord ne prévoyait que Warehaven dût revenir aux seuls héritiers de la Couronne. De plus, après s'être emparé de l'île, son père avait pris la précaution, une fois son propre père disparu, de demander à Étienne de Blois et à l'impératrice Mathilde de confirmer et d'honorer son droit de propriété.

Se levant, elle arrêta son regard sur chacune des personnes présentes.

— Tout ceci aurait pu être évité. Gregor a risqué son avenir et celui de ses frères pour rien. Il vous suffisait de me fiancer à lui : cela serait revenu au même, et la méthode aurait été nettement plus simple.

— Non, répondit Lady Mathilde en s'avançant vers elle. Votre cher Gregor a anéanti les projets de mariage entre Lady Emelina et le comte Souhomme en se mêlant de ce qui ne le concernait aucunement. Cela m'a coûté beaucoup d'or, ainsi que de nombreux hommes, dont j'avais, et dont j'ai toujours, cruellement besoin pour mener la guerre qui m'oppose à Étienne de Blois. Furieuse, j'ai demandé vengeance à mon oncle. Gregor n'a eu d'autre choix que d'accepter la mission que celui-ci lui confiait. Mais ce n'est pas moi qui ai décidé que vous deviez l'épouser pour que Warehaven reste dans la famille.

Craignant que ses jambes ne parviennent plus à la porter, Beatrice se laissa retomber sur le tabouret. Jamais elle ne s'était sentie aussi désemparée.

Mais la voix de sa mère l'arracha bientôt à sa torpeur.

— Randall, vous saignez ! s'écria-t-elle avant de se saisir d'un linge propre pour laver la nuque et l'épaule de son mari.

— Dois-je faire quérir le chirurgien ? demanda l'impératrice.

— Non. Dieu merci, ce n'est qu'une coupure peu profonde. Il faudra la nettoyer, et peut-être un point de suture ou deux seront-ils nécessaires, mais je peux m'en charger.

— Il est à peine midi, et la journée a déjà été trop longue !

soupira Lady Mathilde. Je crois que nous devrions tous nous reposer un moment.

Beatrice se leva sur des jambes encore vacillantes.

— Pas moi ! Je dois aller retrouver mon époux.

Devant le visage soudain grave de sa tante, elle ferma les yeux.

— Qu'y a-t-il ? demanda-t-elle, la gorge nouée.

— D'après ce que l'on m'a rapporté, il a embarqué sur un navire aussitôt après avoir quitté le champ de bataille.

Beatrice lui avait ordonné de partir, et il avait obéi. Elle se sentit écrasée de remords et de honte. Ses paroles l'avaient meurtri, terriblement.

Même s'il ne lui avait jamais avoué ses sentiments, elle savait que son mari l'aimait. Elle l'avait deviné à ses mains tremblantes lorsqu'il l'avait retrouvée, blessée, dans la grotte. Et plus encore à la patience qu'il lui avait témoignée ces dernières nuits : il ne l'avait pas abandonnée quand, à peine ses paupières refermées, elle devenait la proie d'effroyables cauchemars.

Un gémissement de douleur s'échappa de sa poitrine. Elle devait se lancer à sa poursuite sans attendre. Il lui fallait le retrouver à tout prix. Elle allait trouver un moyen de lui expliquer, de réparer le mal qu'elle avait fait.

— Père, pouvez-vous me prêter un de vos bateaux ?

— Qu'as-tu en tête ?

Beatrice n'avait aucune envie de parler de ce qu'elle avait fait.

— Je dois partir à sa recherche, annonça-t-elle. Ce devait être sa dernière mission pour le compte de David Ier. Si le roi découvre votre ruse, la vie de Gregor sera menacée, mais aussi celle de ses frères. Je ne veux pas le laisser croire qu'il est seul pour affronter ce danger.

— Je veillerai à ce que ni lui ni ses frères ne soient inquiétés à cause de cette affaire, déclara l'impératrice. J'en ai été l'instigatrice et je suis en partie responsable du stratagème auquel nous avons eu recours. Par conséquent, je parlerai à mon oncle : tout sera arrangé.

Beatrice appréciait l'aide de sa tante, mais pour l'heure

son principal souci était de retrouver son époux. À nouveau, elle se tourna vers son père.

— Pouvez-vous me prêter un de vos bateaux ? répéta-t-elle.

Celui-ci la regarda en riant.

— Décidément, tu as du mal à t'y faire ! Ces bateaux ne sont pas à moi. Ils appartiennent à ton mari : ce sont donc les tiens.

— Si vous allez à Roul, prenez plutôt l'un des miens, proposa Lady Mathilde. On vous posera moins de questions à votre arrivée.

— Je te suggère d'emmener les hommes de Gregor, ainsi que Sir Brent.

— Oui, père, c'est ce que j'avais prévu de faire.

— Nous serons partis quand tu reviendras, lui dit sa mère en posant la main sur son épaule.

— Je l'avais deviné, répondit Beatrice en la serrant dans ses bras. Vous allez me manquer !

— N'en crois rien, répliqua son père en lui tapotant la joue. Tu seras bien trop occupée pour remarquer notre absence, du moins au début. Mais, si vraiment tu viens à te languir de notre compagnie, nous serons…

S'interrompant, il regarda sa femme.

— À Dunstan, Montreau ou au pays de Galles, termina-t-elle à sa place. Si l'hiver est déjà là, nous serons au pays de Galles.

— Je vous trouverai. Et, occupée ou pas, je sais que vous me manquerez.

Après avoir embrassé ses parents l'un après l'autre, elle se tourna vers sa tante.

— Je vous sais gré de votre aide. J'ai été heureuse de vous revoir.

— Vous pourriez venir à la Cour, lui dit Lady Mathilde en la serrant dans ses bras.

— Oui, bien sûr.

Tout le monde savait que c'était le dernier endroit où elle avait envie de se rendre, mais heureusement personne ne songea à mettre sa réponse en doute.

Quittant la chambre, elle alla trouver Sir Simon. Le vieil homme était assis sur un banc, dans un coin de la grande salle. Beatrice s'installa à côté de lui.

— Saviez-vous qu'ils avaient l'intention de recourir à ce stratagème ?

— Non, dit-il en secouant la tête. Du moins, pas avant que le combat ne commence. Ensuite, c'est rapidement devenu évident. Je croyais que vous l'aviez compris, vous aussi, ajouta-t-il en lui jetant un regard accusateur.

— Oui. J'en ai eu le pressentiment, dès le début. J'étais persuadée qu'ils faisaient semblant de se battre. Mais à la fin, lorsque j'ai vu Gregor lever son épée pour l'enfoncer dans la gorge de mon père, j'ai cru que mon instinct m'avait une nouvelle fois trompée.

— Vous rendez-vous compte de ce que vous avez fait, jeune fille ?

— Oui, dit-elle en baissant la tête. Je l'ai profondément blessé. J'ignore si je pourrai jamais me faire pardonner, mais je me dois d'essayer.

— Il n'est plus ici.

— Je le sais. Je m'apprête à embarquer pour l'île de Roul.

— En l'absence de Lord Gregor, vous devez me dire ce que vous attendez de moi.

— La vue d'un visage familier, même renfrogné comme en ce moment, me serait fort agréable sur le navire. Mais je crois qu'il vaut mieux que vous restiez ici. Quelqu'un doit prendre le commandement du fort, Sir Simon, et je préfère que ce soit vous plutôt que qui que ce soit d'autre. Protégez Warehaven pour Gregor.

— À vos ordres, madame.

— Merci, Simon, murmura-t-elle.

Le capitaine prit sa main dans les siennes.

— Un long voyage vous attend.

— Je le sais, répondit-elle en serrant ses doigts. Mais je l'aime trop pour renoncer à lui sans me battre.

Chapitre 19

Le voyage avait pris plus de temps que prévu : d'abord retenu à Warehaven par une tempête, le navire avait été ralenti par des vents contraires. Après une attente insoutenable de près de vingt jours, Beatrice débarqua enfin sur l'île de Roul.

Elle franchit les grilles du fort sans la moindre difficulté. Les portes étaient ouvertes et, dans la cour, seuls quelques gardes s'affairaient. Mais lorsqu'elle pénétra dans la grande salle, une légère inquiétude la saisit. Comment allait-elle trouver Gregor ou ses frères ?

Un homme aux cheveux noirs s'approcha d'elle.

— À qui ai-je l'honneur ? demanda-t-il.

Les doutes de Beatrice se dissipèrent aussitôt : elle sut immédiatement qu'elle avait devant elle l'un des frères de son mari. L'inconnu avait la même taille, la même carrure, et, si son front n'était pas barré d'une mèche argentée, sa chevelure sombre était striée de gris. C'était le portrait de Gregor, en plus jeune.

— Je suis Lady Roul de Warehaven, et vous êtes soit Rory, soit Edan.

— Ah ! L'épouse insaisissable existe donc bel et bien ! Je suis Rory, dit-il avant de se tourner pour crier par-dessus son épaule : Edan !

Un autre jeune homme qui semblait également être le double de Gregor apparut à ses côtés.

— Tu m'as appelé ?

— Nos soldats n'ont pas menti. Il a vraiment une femme. Je te présente l'épouse de Gregor. Comment a-t-il pu laisser derrière lui une créature aussi ravissante ? Cela dépasse l'entendement !

Edan passa un bras autour des épaules de Beatrice pour l'entraîner vers le milieu de la pièce.

— Madame, je vous prie d'excuser mon frère : il a été élevé par des chiens. Avez-vous fait bon voyage ? Puis-je vous offrir à boire ou à manger ?

— Non, merci. Le voyage s'est très bien passé. Où est Gregor ?

— En effet, vous ne pouvez être que son épouse : vous allez droit au but.

Devant son regard d'impatience, il leva les mains comme pour se rendre.

— Je ne vous tourmenterai plus ! S'il fait encore jour, Gregor est au chantier naval. Et, si le soleil s'apprête à se coucher, il se terre dans la cabane sans meubles qu'il nomme un cottage.

— La nuit ne tombera pas avant quelques heures. Où se situe le chantier naval ?

Le rire du jeune homme lui rappela tant Gregor qu'elle en eut le cœur serré.

— Après la poterne, vous trouverez un chemin qui vous mènera jusqu'à cette ruine. Et en continuant un peu vous parviendrez à l'endroit où Gregor travaille, loin de tous, sur le côté du plus grand terrain.

— En réalité, nous ne l'avons pas encore vu, avoua Rory. Depuis son retour, il ne s'est pas aventuré une seule fois jusqu'ici.

— Je lui ai rendu visite une fois et j'ai bien cru qu'il allait me mordre !

Beatrice poussa un soupir.

— A-t-il de quoi manger, là-bas ? De quoi se chauffer ? Du linge ? Un lit ?

— Non, répondirent les deux frères à l'unisson.

— Puis-je emporter des provisions ?

— Certainement. Nous allons vous fournir ce dont vous

avez besoin et nous vous aiderons à porter le tout jusqu'à la cabane.

— Mais après cela vous ne pourrez plus compter que sur vous-même, l'avertit Rory.

— Puis-je encore avoir un balai et des chiffons ? Et un seau ?

Edan ouvrit de grands yeux étonnés.

— Vous n'avez pas sérieusement l'intention de nettoyer ce taudis ?

— Seulement d'enlever les toiles d'araignée, si l'endroit est aussi sale que vous le dites.

— Vous en trouverez quelques-unes, c'est certain.

Rory fit signe à une servante d'approcher.

— Aidez Lady Beatrice à réunir des ustensiles de ménage, voulez-vous ? C'est pour la cabane de Gregor, ajouta-t-il devant son regard interrogateur.

Sur le visage de la femme, l'étonnement s'effaça pour laisser place à un sourire.

— Vous devez être l'épouse de Gregor. Soyez la bienvenue, madame.

Il fallut une charrette à bras pour transporter tout ce que Beatrice avait demandé. Les deux hommes l'accompagnèrent jusqu'à la cabane en tirant la petite voiture derrière eux. Grâce à leur conversation ininterrompue, le trajet lui sembla très court.

Une fois toutes les provisions déchargées, ils repartirent en emportant la charrette.

Avant de s'attaquer au cottage, Beatrice parcourut la distance qui la séparait du chantier naval. Elle voulait le voir. Ne fût-ce que pour s'assurer qu'il était bel et bien là.

Cachée derrière un arbre au tronc massif, elle le regarda travailler. Il lui fallut faire appel à toute sa volonté pour ne pas courir vers lui et caresser son front plissé. Contrairement à ce que pensaient ses frères, il n'était pas maussade : il était triste, et la fatigue se lisait sur ses traits creusés. Quand avait-il dormi pour la dernière fois ? Ou pris un repas correct ?

Il passa une main calleuse le long de la pièce de bois qu'il était en train de façonner, le regard intense, le geste sûr et sensuel. Les yeux fermés, Beatrice s'imagina qu'il la touchait de la même manière. À cette idée, elle se mit à frissonner de désir. Comme elle aurait voulu qu'il la caresse comme ce morceau de bois !

Soucieuse de ne pas être vue, elle le laissa à son travail. Elle n'avait jeté qu'un bref regard à l'intérieur de la maisonnette, mais c'était suffisant pour savoir qu'elle avait beaucoup à faire avant son retour.

Les frères de Gregor n'avaient pas exagéré : c'était plus une cabane qu'un cottage. Mais en se donnant de la peine elle parviendrait à rendre l'endroit habitable.

Derrière le bâtiment se trouvaient un puits et un foyer, et la forêt alentour lui fournit tout le bois sec nécessaire pour faire du feu. Elle se mit à l'œuvre, et bientôt une marmite d'eau chauffait au-dessus des flammes. Ce ne serait pas suffisant pour un bain, mais au moins pourrait-il se laver. De toute façon, il n'y avait pas de baignoire dans le cottage.

Ensuite, elle retourna et battit comme elle le put la paillasse posée à même le sol dans un angle de la pièce. Après avoir pratiqué une petite fente dans le tissu, elle y glissa quelques brins de lavande et de romarin séchés. Puis elle disposa sur le matelas le drap, la couverture et les oreillers qu'elle avait apportés. Enfin, elle plaça sur ce lit de fortune des braies et une chemise propres, qu'il pourrait revêtir après sa toilette.

Un des pieds de la table était cassé. Beatrice trouva une bûche de la taille voulue pour la redresser. La réparation était sommaire, mais suffisamment robuste pour l'humble repas qu'elle avait apporté. Il n'y avait là que quelques aliments qui ne nécessitaient pas de cuisson : du pain, du fromage, des fruits, du poisson fumé ainsi que des mets sucrés qui, avait juré la cuisinière, étaient au goût de Gregor.

Le carré de peau grattée qui masquait l'unique fenêtre avait connu des jours meilleurs, mais elle parvint à le retendre en remettant les clous en place à l'aide d'une pierre.

Les frères de Gregor avaient insisté pour qu'elle emporte un réchaud et du charbon, et elle se félicita de les avoir écoutés, car le cottage ne comportait aucune source de chaleur. Même si le temps était clément, la nuit serait froide, et un peu de chauffage bienvenu. Lorsque les charbons commencèrent à rougeoyer, elle les parsema d'herbes séchées et un agréable parfum se diffusa dans la pièce.

Après cela, elle s'employa à balayer le sol, les murs et le plafond : elle ne voulait pas prendre le risque de s'empêtrer dans une toile d'araignée au milieu de la nuit.

Lorsqu'elle eut terminé, l'eau était assez chaude pour qu'elle pût la porter à l'intérieur. Elle posa la marmite sur le sol, à côté d'un tabouret sur lequel elle avait disposé du savon, une serviette et un peigne.

Plongeant le coin d'une autre serviette dans l'eau, elle procéda à une rapide toilette avant de démêler et de tresser ses cheveux.

Alors, elle s'installa sur le siège sans accoudoirs qui occupait un angle de la pièce et attendit. Puis se leva pour arpenter le cottage. Puis se rassit pour attendre encore.

Peu à peu, sa nervosité montait. À chaque battement de cœur, l'inquiétude la rongeait un peu plus.

Comment allait-il réagir ? Tenterait-il de la chasser ? Écouterait-il ses excuses ? Comprendrait-il le désarroi qui l'avait envahie à ce terrible moment ? Comment pourrait-il jamais lui pardonner ?

C'étaient toujours les mêmes interrogations. Celles qui ne la laissaient plus en paix depuis qu'elle avait découvert la ruse employée par Gregor et son père.

Et, lorsque son esprit cessait de la harceler de questions, c'était son corps qui la mettait au supplice.

Cela ne faisait que quelques semaines qu'elle n'avait pas partagé son lit, et pourtant elle avait l'impression de ne pas l'avoir touché depuis des années. Elle se languissait de le serrer dans ses bras, et plus encore d'être serrée dans les siens. Plus que tout, elle voulait se blottir contre son torse une dernière fois avant qu'il ne la repousse.

Enfin, quand elle crut qu'elle ne pourrait pas patienter un instant de plus, la porte s'ouvrit.

Sitôt qu'il eut pénétré dans la pièce, Gregor s'immobilisa et son regard parcourut le cottage avant de s'arrêter sur elle.

— Que faites-vous ici ?

Beatrice s'était attendue à un tel accueil. Elle ne devait pas laisser sa froideur la troubler.

— C'est ici que se trouve mon époux. Où d'autre devrais-je aller ?

— Vous pouvez partir comme vous êtes venue, Beatrice.

— Gregor, ne me renvoyez pas. Je vous en prie, je vous en supplie, écoutez-moi !

— Ne perdez pas votre temps à me supplier. Vous n'obtiendrez rien de moi.

Mais il ne tournait pas les talons. Il se trouvait encore dans l'embrasure de la porte et, tant qu'elle le voyait devant elle, Beatrice était déterminée à garder espoir.

— Gregor, je vous ai fait du tort, je le sais. Et je sais aussi que rien de ce que je pourrai dire maintenant ne pourra atténuer la cruauté des dernières paroles que je vous ai adressées.

Son regard dur et ténébreux ne laissait aucun doute : il était furieux contre elle. Et même si sa bouche conservait une certaine douceur, s'étirant légèrement vers le haut au lieu de lui barrer le visage d'un trait net, Beatrice savait qu'elle ne s'était pas trompée. Elle l'avait profondément blessé et elle ne pourrait jamais se le pardonner.

— Gregor, je regrette de vous avoir causé tant de mal.

— Vous vous préoccupez sans raison. Il aurait fallu que je vous aime pour que vous me causiez du mal.

Beatrice reçut cette gifle sans ciller. Elle n'en méritait pas moins.

Et, encore une fois, elle songea qu'il était toujours là.

— Je sais que rien ne peut excuser les mots que j'ai prononcés. Mais je vous jure que je n'en pensais rien ! Oh ! Gregor, comment vous expliquer pourquoi je me suis conduite de la sorte ? J'étais convaincue que vous aviez tué mon père, c'est pourquoi je me suis tournée contre vous. Pourtant, j'aurais dû vous soutenir, quelles que soient les circonstances. J'ai pris le parti de mon père alors que je vous aime plus que la vie ! Et je ne puis effacer les paroles ignobles que j'ai proférées, ni la peine que je vous ai causée.

Gregor se contentait de la regarder droit dans les yeux, sans bouger, sans même battre des paupières. Respirait-il seulement ? Enfin, il se décida à parler.

— Votre réaction n'a rien eu d'inattendu pour moi. C'est votre père, Beatrice. Il est normal qu'au moment où vous avez cru le voir mourir vous vous soyez rangée de son côté. C'est le contraire qui m'eût étonné.

— Mais je vous ai chassé sans vous donner la moindre chance de vous expliquer !

— Même sans votre ordre, je serais parti.

Même sans son ordre ? Beatrice fut saisie d'un vertige.

— Pourquoi ?

— Je m'étais emparé du domaine de Warehaven et j'avais épousé son héritière : ma mission était accomplie.

— Mais..., commença-t-elle avant de s'interrompre, ne sachant que lui demander.

— Que voulez-vous de moi, Beatrice ?

Son pardon. Son amour. Voilà ce qu'elle voulait de lui. Mais il parlait d'une voix si atone, si inexpressive que tous ses espoirs s'effondrèrent brutalement. Vaincue, elle baissa les yeux. C'était sa faute.

Il lui eût été plus facile de supporter sa colère, ou même sa haine, que cette indifférence. C'était comme si elle n'était pour lui qu'une inconnue.

Sans doute méritait-il mieux qu'elle.

Levant la tête, elle sentit sans surprise des larmes brûlantes couler sur ses joues.

— Gregor, je ne vous importunerai plus. Sachez seulement que si je vous ai blessé je le regrette sincèrement. Et que je vous ai aimé, de tout mon cœur.

Beatrice se dirigea vers la porte. Lorsqu'elle passa tout près de lui, elle pria pour qu'il fasse ou dise quelque chose.

N'importe quoi. Elle aurait tellement voulu sentir ne fût-ce que le bout de ses doigts sur sa peau !

Comme elle franchissait le seuil, il la saisit par le bras pour l'attirer à nouveau dans la pièce avant de pousser la porte, qui se referma dans un claquement.

Puis il se campa devant elle, les bras croisés sur la poitrine.

— Avez-vous fini de vous complaire dans la culpabilité ?

Devant son silence, il poursuivit :

— Vous n'avez pas confiance en moi, vous ne m'aimez pas, vous me détestez et vous ne voulez plus jamais me revoir. N'est-ce pas ce que vous m'avez signifié ?

Elle hocha le menton. Oui, elle avait affirmé tout cela, et pis encore.

— Mais je ne pensais pas…

— Non, répliqua-t-il en secouant la tête. Vous avez dit ce que vous aviez à dire. À mon tour de parler.

Beatrice referma la bouche.

— Si je ne me trompe, vous avez même crié pour être sûre que je vous entende.

Elle ne pouvait le contredire : en effet, elle avait crié contre lui.

— Et je suis à peu près certain de vous avoir expliqué, à plus d'une occasion, que j'étais capable de supporter votre haine, n'est-ce pas ?

À nouveau, elle hocha le menton. Il avait bien dit cela.

— Jamais je ne vous ai menti ; pas une seule fois.

Là encore, il avait raison.

— Jamais je n'ai levé la main sur vous.

Une fois de plus, il disait vrai.

— Pourtant, tels sont les motifs que vous avez invoqués pour m'exclure de votre vie. Et voilà que vous faites irruption ici, pétrie de remords, pleurant sur votre sort, et dans quel but ? Me raisonner, me présenter vos excuses ? Que voulez-vous que je fasse ?

— Je… Je ne sais pas.

À sa grande horreur, elle sentit ses larmes redoubler.

— Tout ce que je sais, c'est que je ne veux pas que vous me quittiez.

— Cessez de pleurer, grommela-t-il en essuyant ses joues avant de poser les mains sur ses épaules. Je vous ai dit que notre histoire n'avait rien d'un de ces poèmes d'amour chantés par les troubadours. Nous sommes deux guerriers et notre mariage sera rarement facile, mais, Beatrice, je ne vous quitterai que le jour de ma mort.

Sur ces mots, il fouilla dans la bourse qui pendait à sa ceinture, saisit la main gauche de Beatrice et glissa son alliance à son doigt.

— Ne l'ôtez jamais plus.

— Mais je croyais…

— Et moi, je croyais que vous devineriez notre ruse !

Avec hésitation, elle se pencha en avant pour s'appuyer contre lui, puis se ravisa, craignant sa réaction. Gregor gronda entre ses dents avant de l'attirer brusquement contre sa poitrine.

— Je suis désolée d'avoir prononcé ces mots, Gregor ! Je sais qu'ils vous ont peiné.

— Oui, Beatrice, je ne peux prétendre le contraire. Mais je vous comprenais. Ce n'est pas pour cette raison que je suis parti. J'ai vu à votre regard que vous aviez trop souffert par ma faute pour que je prenne le risque de vous blesser davantage en restant à Warehaven. Nous aurions fini par nous entre-déchirer, emportés par une rage insoutenable, le cœur brisé.

— Je n'aurais pas souffert autant si je n'avais pas tenu à vous. Quand je vous ai avoué mon amour, j'étais sincère. Vous êtes l'homme qu'il me faut, Gregor. Je n'en voudrais aucun autre. Sans vous, ma vie n'aurait pas de sens.

— Pour être honnête, répondit-il avec un profond soupir, je serais revenu. Maintes fois, je me suis juré de ne plus vous approcher, mais je n'ai jamais réussi à tenir parole. Vous m'avez tant manqué, toutes ces nuits, que je n'aurais sans doute pas tardé à réapparaître.

— Je ne vous ai manqué que la nuit ?

— Oui.

Sa franchise brutale la fit tressaillir.

— Et aussi le matin, l'après-midi et, depuis quelque temps, le soir, ajouta-t-il en la conduisant vers le siège qui se trouvait toujours dans le coin de la pièce.

Là, il s'assit et la prit sur ses genoux.

— Oui, vos paroles m'ont blessé. Mais, même si j'avais réellement tué votre père, j'aurais respecté ma promesse. J'aurais accepté de subir votre haine si j'avais cru un instant que jamais plus je ne vous causerais de peine.

Beatrice appuya la joue contre son épaule.

— Me pardonnerez-vous ma faiblesse ?

— Votre faiblesse ? répéta-t-il avec un air incrédule. Voilà bien un défaut dont je ne vous accuserai jamais ! Je n'ai rien à vous pardonner, Beatrice. Et pour l'amour du ciel, ajouta-t-il en frémissant avec une feinte indignation, cessez de me supplier ! Tout ce que je suis, tout ce que je possède est à vous. Vous n'avez qu'à demander.

— Il y a justement une chose que j'aimerais vous demander.

— De quoi s'agit-il ?

— Je veux être un morceau de bois entre vos mains.

Gregor la repoussa légèrement pour la considérer d'un air interrogateur.

— Je vous ai observé aujourd'hui, expliqua-t-elle, pendant que vous étiez en train de travailler. Je n'ai jamais rien vu de plus sensuel que la façon dont vous caressiez ce morceau de bois. Pendant un instant, je me suis consumée de désir et de jalousie.

— De jalousie ?

— Il y avait une telle intensité dans votre regard, une telle passion dans vos gestes que j'ai eu l'impression d'assister à un acte qui ne devrait pas être pratiqué en public.

Gregor passa une main sous ses jupes et lentement, presque avec déférence, remonta le long de sa jambe. Beatrice laissa échapper un gémissement en rejetant la tête en arrière.

— Oh ! oui ! C'est exactement cela.

Il enfouit le visage dans son cou.

— Avons-nous d'autres sujets à aborder avant que je ne vous traîne jusqu'à cette paillasse recouverte de draps frais ?

— Oui, j'ai une question à vous poser. Peut-être deux.

— Je vous écoute, répondit-il en s'appuyant contre le dossier de son siège.

— Y a-t-il des prénoms que vous aimez particulièrement, pour un enfant ?

— Êtes-vous en train de me dire que vous êtes enceinte ? demanda-t-il en fronçant les sourcils.

— Oui.

— Parfait.

— Vous n'êtes pas mécontent ?

— Pas le moins du monde. Seulement un peu contrarié que vous ayez jugé nécessaire de parcourir les mers avec mon enfant. À quoi songiez-vous ?

— Il fallait que je vous demande pardon avant sa naissance.

— Ne recommencez pas.

— Je vous le promets.

Après lui avoir ôté ses chausses et ses bas, il la déposa sur le sol et se leva à son tour.

— Y a-t-il autre chose ? demanda-t-il en saisissant le bas de sa robe. Ou pouvons-nous clore cette conversation ?

— Je crois que tout est dit.

Mais lorsqu'il l'allongea nue sur le lit Beatrice se ravisa.

— Oh ! j'oubliais : que va dire David Ier ?

Devant son regard furieux, elle éclata de rire. Il savait qu'elle le tourmentait à dessein.

— J'ai déjà parlé au roi : il semble que le Loup de David ne soit pas encore libéré de ses chaînes.

— Il considère donc que vous n'avez pas réussi votre mission ?

— En effet.

— Mais vous avez conquis Warehaven !

Gregor ôta ses vêtements avant de s'agenouiller entre ses jambes.

— Il pense qu'il s'agit d'un cadeau de mariage.

— Pourquoi cela ? demanda-t-elle en tâchant de ne pas prêter attention aux battements de son cœur tandis qu'il faisait glisser ses mains le long de ses cuisses avec une exquise lenteur.

— Je ne lui ai pas révélé notre stratagème, mais je lui ai expliqué pourquoi je n'avais pas tué FitzHenry.

Beatrice s'efforçait d'écouter ses paroles, mais ses doigts étaient parvenus jusqu'à son intimité, lui prodiguant des caresses qui troublaient considérablement sa concentration.

— Que lui avez-vous dit ?

Gregor se pencha au-dessus d'elle en s'appuyant sur ses avant-bras et inclina la tête pour poser ses lèvres sur les siennes.

Le peu d'attention qui lui restait s'évanouit devant l'ardeur de son baiser. Toutes ses pensées s'évaporèrent dans une brume légère : seule demeura son envie de lui.

— Je lui ai expliqué que la guerrière de Warehaven avait le cœur tendre, murmura-t-il tout contre son oreille. Trop tendre pour que je le brise d'une manière aussi cruelle.

Beatrice gémit quand il entra en elle. Basculant les hanches en avant, elle savoura la chaleur qui gagnait peu à peu tout son corps, même si déjà elle en voulait davantage.

Il la serrait si fort contre lui qu'elle sentit son cœur cogner contre son sein.

— Je lui ai dit que je ne pouvais pas faire une chose pareille, parce que je l'aimais trop.

À ces mots, une joie immense la submergea. C'était plus qu'elle n'en pouvait supporter. Levant vers lui des yeux emplis de larmes, elle prit son visage dans le creux de ses mains.

— Oh ! Gregor, je vous aime, moi aussi.

Chapitre 20

Fort de Warehaven, printemps 1146

Gregor s'appuya contre le bastingage du pont supérieur. Le port de Warehaven était en vue et, en découvrant la rangée d'hommes qui montait la garde sur le quai, il craignit d'arriver trop tard.

On lui avait ordonné de rassembler les membres de la famille de Beatrice pour les conduire au fort. C'était la dernière mission que David Ier avait confiée à son Loup. Pour la mener à bien, il avait dû passer plus de temps en mer qu'il ne l'aurait voulu étant donné que Beatrice s'apprêtait à donner naissance à leur enfant.

La tâche n'avait rien eu de difficile et n'avait exigé aucune effusion de sang. Gregor était d'ailleurs certain que c'était une idée de l'impératrice.

En réalité, il n'avait fait que transporter la famille Warehaven au grand complet. Lady Mathilde était montée à bord à Montreau avec Jared, le frère de Beatrice, ainsi que son épouse et leurs deux bébés. Les autres — FitzHenry et sa femme, mais aussi Isabella, son mari et leurs deux jeunes enfants — avaient embarqué à Dunstan.

Au cours de la traversée, Gregor avait parfois eu le sentiment que cette mission était son ultime punition : il se trouvait pris au piège sur un petit vaisseau avec sa famille par alliance, dont quatre bébés qui semblaient pleurer à l'unisson comme s'ils s'étaient donné le mot.

Ces deux semaines avaient été les plus longues de sa vie. Et, à en juger par la mine des hommes postés sur le quai, son calvaire était loin d'être terminé.

Dès que le navire fut suffisamment proche de la rive, il sauta à terre sans attendre que l'on ait jeté l'ancre.

Simon, le visage sombre, lui tendit les rênes d'un cheval prêt à prendre la route.

— Il n'y a pas de temps à perdre, lança-t-il.

Gregor laissa derrière lui la famille Warehaven : tous connaissaient le chemin du fort. Enfourchant sa monture, il partit ventre à terre.

— Le bébé est-il né ? demanda-t-il à son capitaine qui se maintenait à sa hauteur.

— S'il n'est pas encore né, cela ne saurait tarder.

— Comment se porte Beatrice ?

— Il y a eu beaucoup de larmes.

Gregor sourit ironiquement.

— Combien de fois faut-il que je te présente mes excuses, Simon ?

— C'est inutile. Mais je me souviens maintenant pourquoi j'ai juré de ne jamais me remarier.

Comme ils s'approchaient du château, Simon cria aux gardes d'ouvrir les portes.

— Je leur ai ordonné de les fermer derrière moi quand je suis parti pour le port, ce matin, expliqua-t-il.

— Pourquoi cette précaution ? Avons-nous des raisons de nous méfier ?

— Non, il ne s'est rien passé. Je voulais seulement éviter le moindre risque.

Quand Gregor pénétra dans la grande salle, les cris déchirants de son épouse résonnaient dans l'escalier. Soudain, il chancela et manqua tomber. Se ressaisissant, il gravit les marches quatre à quatre et se précipita dans la chambre en ouvrant brutalement la porte. Là, il se figea.

L'un de ses frères par alliance avait déclaré que la naissance était un moment magnifique, et l'autre avait acquiescé d'un hochement de tête solennel.

Tous deux avaient menti.

Trois femmes se tournèrent vers lui en même temps, si bien qu'il eut l'étrange impression d'être un ennemi en train de donner l'assaut.

Almedha lui jeta un regard mauvais. Quant à Helena, la sage-femme, elle désigna la porte du doigt.

— Si vous ne pouvez pas nous aider, sortez !

Beatrice, ruisselante de sueur, le visage écarlate, gémit en tendant le bras vers lui.

— Ne me quittez pas !

Sans hésiter, il traversa la pièce pour lui prendre la main, sourd aux protestations de la sage-femme, qui se plaignait de sa présence. Il ne pouvait pas partir après avoir promis tant de fois à son épouse d'être à ses côtés pour la naissance de leur enfant.

— Ne me quittez pas ! répéta-t-elle, le visage tordu de douleur, en serrant sa main entre ses doigts.

— N'ayez crainte, je ne vous quitterai pas.

À vrai dire, il aurait préféré mener des troupes au combat à pied et complètement nu plutôt que de voir sa femme en proie à de telles souffrances.

— Promettez-le-moi !

— Je vous le jure. Je ne partirai pas d'ici.

— Si jamais il m'arrivait malheur…

— Beatrice, arrêtez. Ne dites pas de bêtises. Rien ne va vous arriver, répondit-il en lançant un regard inquiet à la sage-femme.

Mais celle-ci se contenta de lever les yeux au ciel avant de lui faire signe de s'installer sur le lit, derrière Beatrice.

Tout le temps que dura le travail, elle s'appuya contre lui pendant les contractions, et Gregor lui frictionna le dos et les épaules lors des instants de répit.

Enfin, alors qu'il était certain qu'elle ne pourrait pas en supporter davantage, la sage-femme se tourna vers eux.

— Nous y sommes.

— Je n'y arriverai pas ! s'écria Beatrice.

Gregor tendit les bras pour agripper ses mains.

— Cette fois, vous n'avez pas le choix, Beatrice. Poussez !

À partir de ce moment, tout se déroula comme dans un rêve. Beatrice poussa, hurla, poussa encore, puis il entendit quelqu'un s'exclamer :

— C'est une fille !

L'instant d'après, la sage-femme et la servante étaient en train de s'affairer autour du nouveau-né, du lit et de Beatrice, jusqu'à ce que cette dernière, vêtue d'une chemise propre, repose sous des draps d'un blanc immaculé, son bébé langé dans les bras.

Alors enfin, la porte de la chambre se referma et ils demeurèrent seuls.

Gregor s'étendit aux côtés de son épouse, le dos appuyé contre les oreillers. Blottie au creux de son bras, la tête sur son torse, elle regarda le bébé qui dormait contre son sein.

— Espériez-vous un garçon ?

Gregor sourit en lui caressant la joue. Elle semblait à la fois épuisée et comblée de bonheur.

— Pas vraiment. Garçon ou fille, cela m'est égal. Tout ce qui m'importe, c'est que vous soyez heureuse.

— Vous êtes trop bon avec moi, soupira-t-elle.

— Me préféreriez-vous cruel ? Je le serai, si vous le souhaitez.

— Non, vous en seriez incapable ! répondit-elle en éclatant de rire. De plus, je vous aime comme vous êtes.

— Moi de même, mon amour. Je ne vous changerais pour rien au monde.

Retrouvez en février 2018, dans votre collection

LES HISTORIQUES

Leçons pour un séducteur, de Julia Justiss - N°778

LES GENTLEMEN REBELLES - TOME 4

Londres, XIXe siècle

Christopher doit se marier. Pour assurer sa carrière parlementaire et faire oublier ses frasques de don Juan, il aura besoin à ses côtés d'une épouse bien née et respectable. Mais comment un séducteur comme lui, habitué aux aventures sulfureuses, doit-il s'y prendre pour faire la cour à une oie blanche ? Heureusement, la belle Ellie, une courtisane décidée à changer de vie, lui offre des leçons, et grâce à ses conseils précieux il trouvera rapidement une débutante avec titre et fortune. À condition de refréner l'attirance qu'il ressent pour son charmant professeur…

Un ennemi au château, de Meriel Fuller - N°779

Angleterre, XIVe siècle

Matilda tremble quand sa sœur invite chez elle le comte de Cormeilles et ses amis, qui leur ont porté secours sur la route. A-t-elle perdu la raison ? Bien sûr, Matilda est reconnaissante au valeureux comte de les avoir sauvées des brigands, puis escortées jusqu'au château. Mais sa sœur semble ignorer qu'elle introduit chez elle la garde rapprochée du comte de Lancastre, le pire ennemi du royaume ! Avec ces hors-la-loi dans leur foyer, Matilda devra tout faire pour cacher leur allégeance au roi Richard, car le moindre faux pas leur serait fatal. Mais le comte n'est pas homme à se laisser tromper…

Pour un baiser de son ennemie, d'Amanda McCabe - N°780

Italie, XVe siècle

Orlando enrage. La mystérieuse Isabella, qu'il a sauvée d'une attaque de voleurs dans les rues de Florence, n'est autre que la cousine de Matteo Strozzi, son pire ennemi ! L'homme responsable de la mort de sa sœur. Depuis deux ans, Orlando ne vit que pour lui faire payer son crime… Pourquoi faut-il que la seule femme qui parvienne à lui redonner goût à la vie soit de la famille Strozzi ? Il devrait haïr Isabella, comme il hait son cousin, mais malgré lui un instinct plus fort que la vengeance le pousse sans cesse à la revoir. Même si, pour cela, il doit mettre sa propre vie en danger…

Enlevée par le Viking, de Juliet Landon - N°781

Angleterre, Danemark, Xe siècle

« Que je sois maudite si je pars avec vous ! »
Lady Fearn tremble à l'idée de suivre Aric, le guerrier danois qui négocie sa capture avec son père adoptif. Non seulement ce Viking la traite comme une vulgaire marchandise, mais en plus il compte la retenir en otage au Danemark pendant toute une année ! Et, à sa grande stupeur, son père, coupable d'avoir fauté avec la sœur du Viking, accepte la proposition pour maintenir la paix. Blessée à l'idée d'être abandonnée, Fearn sait pourtant qu'elle doit se résoudre au destin de captive qui l'attend par-delà les mers. Mais, même si Aric fait naître en elle un trouble inavouable, elle n'a aucune intention de se montrer docile…

Le secret du châtelain, de Laura Martin - N°782

INTRÉPIDES DÉBUTANTES - TOME 2

Sussex, XIXe siècle

« Vous pouvez aller où bon vous semble, excepté dans l'aile est. Est-ce clair ? »
Lorsque son hôte lui impose cette condition pour rester chez lui, Amelia s'empresse d'acquiescer, consciente de sa chance. Après avoir été agressée par l'homme méprisable qu'elle croyait aimer, elle a trouvé refuge dans ce manoir qu'elle pensait à l'abandon, pour s'apercevoir qu'il était en fait habité. Son propriétaire, un seigneur ténébreux et charismatique, y vit comme un reclus. Fort heureusement, il tolère sa présence le temps qu'elle trouve une solution pour rejoindre sa famille en Inde. Mais, bientôt, Amelia est gagnée par le désir de percer à jour les secrets du mystérieux châtelain…

Mariée au nom du roi, de Denise Lynn - N°783

Angleterre, XIIe siècle

Depuis la mort de son mari, le puissant seigneur de Thornson, Marguerite vit dans la crainte. Son fils Marcus n'a que cinq ans, et elle sait que le roi ordonnera bientôt que le fief ait un nouveau maître. Un ordre auquel, malgré sa répugnance, elle ne pourra qu'obéir si elle veut protéger son fils. Mais, lorsque les troupes du roi arrivent et qu'elle voit flotter la bannière du chevalier qui les conduit, sa crainte se mue en véritable angoisse. Car l'homme qui vient prendre possession des lieux au nom du roi est loin d'être un inconnu. Et elle doute que leur ancienne passion le rende plus clément à son égard quand il découvrira la vérité. Une vérité soigneusement cachée et qui le frappera de plein fouet lorsqu'on lui présentera Marcus… qui lui ressemble trait pour trait.

La promesse du Highlander, de Marguerite Kaye - N°784

Écosse, XVIIIe siècle

Et si, après toutes ces années, il était de retour pour la reconquérir ? Alors qu'elle observe Alasdhair, son séduisant Highlander, au milieu du groupe de convives, Ailsa se sent défaillir. Combien de fois a-t-elle rêvé de ces retrouvailles depuis la disparition d'Alasdhair, six ans plus tôt ? Combien de fois a-t-elle imaginé qu'il reviendrait lui expliquer les raisons de son départ ? Aujourd'hui, Ailsa croyait avoir renoncé à ses rêves de jeune fille. Elle est promise à un laird, un homme de son rang. Pourtant, elle ne peut ignorer la lueur d'espoir qui s'allume en elle lorsqu'elle croise le regard de feu de l'irrésistible Alasdhair…

Composé et édité par HarperCollins France.

Achevé d'imprimer en novembre 2017.

BLACK PRINT

Barcelone

Dépôt légal : décembre 2017.

Pour limiter l'empreinte environnementale de ses livres, HarperCollins France s'engage à n'utiliser que du papier fabriqué à partir de bois provenant de forêts gérées durablement et de manière responsable.

Imprimé en Espagne.